16	3	2	13
5	10	11	8
9	6	7	12
4	15	14	1

Publicado com o apoio do Instituto de Tradução da Rússia

Coleção LESTE

Varlam Chalámov

CONTOS DE KOLIMÁ

1

Tradução e notas
Denise Sales e Elena Vasilevich

Apresentação
Boris Schnaiderman

Prefácio
Irina P. Sirotínskaia

editora■34

EDITORA 34

Editora 34 Ltda.
Rua Hungria, 592 Jardim Europa CEP 01455-000
São Paulo - SP Brasil Tel/Fax (11) 3811-6777 www.editora34.com.br

Варлам Шаламов, «Колымские рассказы»
Varlam Shalamov's Russian texts copyright © 2011 by Irina Sirotinskaya
Translation rights into the Portuguese language
are granted by FTM Agency, Ltd., Russia, 2011
© Portuguese translation rights by Editora 34 Ltda., 2015

Tradução © Denise Sales e Elena Vasilevich, 2015
Apresentação © Boris Schnaiderman, 2015

A FOTOCÓPIA DE QUALQUER FOLHA DESTE LIVRO É ILEGAL E CONFIGURA UMA
APROPRIAÇÃO INDEVIDA DOS DIREITOS INTELECTUAIS E PATRIMONIAIS DO AUTOR.

Imagem da capa:
Campo de trabalhos forçados na União Soviética, anos 1930

Capa, projeto gráfico e editoração eletrônica:
Bracher & Malta Produção Gráfica

Revisão:
Cide Piquet, Cecília Rosas, Lucas Simone, Alberto Martins

1ª Edição - 2015, 2ª Edição - 2016,
3ª Edição - 2018 (1ª Reimpressão - 2021)

CIP - Brasil. Catalogação-na-Fonte
(Sindicato Nacional dos Editores de Livros, RJ, Brasil)

Chalámov, Varlam, 1907-1982

C251c   Contos de Kolimá / Varlam Chalámov;
tradução e notas de Denise Sales e Elena Vasilevich;
apresentação de Boris Schnaiderman; prefácio de
Irina P. Sirotínskaia — São Paulo: Editora 34, 2018
(3ª Edição).
304 p. (Coleção Leste)

Tradução de: Kolímskie rasskázi

ISBN 978-85-7326-582-8

      1. Literatura russa. 2. História da Rússia -
Século XX. I. Sales, Denise. II. Vasilevich, Elena.
III. Schnaiderman, Boris. IV. Sirotínskaia, Irina P.
V. Título. VI. Série.

CDD - 891.73

CONTOS DE KOLIMÁ
1

Apresentação, *Boris Schnaiderman* 7
Prefácio, *Irina P. Sirotínskaia* 11

Pela neve 23
Na fé 25
De noite 34
Os carpinteiros 38
Medição individual 46
A encomenda 50
Chuva 56
Kant 61
Ração seca 68
Injetor 88
Apóstolo Paulo 90
Frutinhas 97
A cadela Tamara 101
Xerez 108
Desenhos infantis 116
Leite condensado 121
Pão 127
O encantador de serpentes 136
O mulá tártaro e o ar puro 144
A primeira morte 153
Tia Pólia 159
A gravata 165
Taiga dourada 174
Vaska Denissov, o raptor de porcos 180
Serafim 184
Dia de folga 194
Dominó 199

Hércules 212
Terapia de choque 216
Stlánik 229
Cruz Vermelha 232
A trama dos juristas 243
Quarentena de tifo 267

Mapa da União Soviética 292
Mapa da região de Kolimá 294
Glossário 295
Sobre o autor 299
Sobre as tradutoras 303

APRESENTAÇÃO

Boris Schnaiderman

Antes de se consagrar com seus *Contos de Kolimá* (este *i* tem a pronúncia lusitana da palavra "tia"), Varlam Chalámov já era conhecido do leitor russo como poeta bastante ligado à tradição e cujos versos se caracterizavam por um teor filosófico acentuado. Ainda antes da *glásnost*, ele chegou também a publicar contos em revistas, mas poucos, pois eles dificilmente se enquadravam nas exigências das publicações da época.

Filho de um sacerdote da Igreja Russa, chegou a traçar um retrato impressionante de seus pais, num dos contos da série, "A cruz".[1] É também com muita emoção que recorda, por exemplo, a biblioteca do pai, onde ocorreu certamente sua iniciação marxista. Pois até hoje a cúpula da Igreja Russa volta-se contra tendências mais ecléticas entre seus adeptos e servidores, bem como contra pensadores religiosos menos conservadores.

Rebento de seu século e de seu povo então nos anos ásperos da História, recorda, por exemplo, um dos divertimentos prediletos de sua infância: caçar em grupo algum esquilo extraviado nas ruas da cidade de Vólogda, a partir das florestas que ainda a cercavam — procedimento favorito

---

[1] O conto aparece no volume 3 dos *Contos de Kolimá*, intitulado *O artista da pá*. O ciclo de contos de Chalámov compreende seis volumes, dos quais este é o primeiro.

de uma população testemunha dos anos de guerra civil com a sua barbárie, que incluía fuzilamento de reféns.

Por ocasião da morte de Lênin, em 1924, ele era estudante da Universidade de Moscou, muito preocupado com as instituições jurídicas num país comunista.

Foi preso por difundir cópias da carta que Lênin havia escrito aos membros do Comitê Central do Partido Comunista, advertindo-os contra as tendências monopolizadoras de Stálin. Em consequência, passou três anos preso. Se isto houvesse acontecido alguns anos mais tarde, certamente não escaparia ao fuzilamento, mas o terror stalinista ainda não se desencadeara em toda a violência.

Preso novamente no ano de 1937, no auge da repressão, passou mais dezessete anos em trabalhos forçados ou residência obrigatória nos lugares mais distantes.

Avesso a eufemismos e a qualquer tendência para suavizar um relato, seus contos autobiográficos são o polo extremo atingido pela assim chamada "literatura do *gulag*" (expressão que remete ao *Arquipélago Gulag* de Aleksandr Soljenítsin, não obstante o relacionamento, que se tornou hostil, entre os dois escritores).

Realmente, depois da apresentação de um mundo em que alguém é capaz de devorar um cão ou arrebatar um leitão congelado e comer metade num acesso de loucura, não sobra espaço para nenhum tipo de ilusão.

Mas nada como consultar, neste caso, a opinião do próprio autor. Vou repetir aqui, portanto, um texto do próprio Chalámov que traduzi para meu livro *Os escombros e o mito: a cultura e o fim da União Soviética* (São Paulo, Companhia das Letras, 1997, p. 100):

"Por que escrevo contos?
Eu não acredito na literatura. Não acredito em sua capacidade de corrigir o homem.

A experiência da literatura humanista russa resultou, diante dos meus olhos, nas sangrentas execuções do século XX.

Eu não acredito na possibilidade de evitar um fato, de anular a sua repetição. A história se repete. E qualquer fuzilamento de 1937 pode ser repetido.

Por que então escrevo?

Escrevo para que alguém, apoiando-se em minha prosa alheia a qualquer mentira, possa contar sua própria vida, num outro plano. Afinal, um homem tem de fazer algo."[2]

De regresso à vida em liberdade e a um cotidiano em que ele ficava marcado por um nome indicativo de sua origem religiosa (seu nome no registro civil era Varlaam, isto é, Balaão, com referência à personagem bíblica, mas que ele simplificou com a supressão de um "a"), enfrentou então grandes problemas.

Depois de um casamento fracassado, ficou vivendo sozinho numa habitação coletiva. Teve então encontros com a escritora Irina P. Sirotínskaia, que traçou um retrato comovente do contista em seus últimos anos, no livro *Meu amigo Varlam Chalámov* (Moscou, 2006), onde há um libelo veemente contra o abandono a que são relegadas as pessoas idosas que não contam com um núcleo familiar em torno.

Enfim, estes contos de Chalámov enquadram-se, com toda a certeza, entre os documentos humanos mais fortes que o atribulado século XX nos legou.

[2] "A nova prosa", *Nóvi Mir* (Mundo Novo), junho de 1989.

31.8

Заклинатель змей

Мы сидели на поваленной бурей огромной лиственнице. Деревья в краю вечной мерзлоты едва держатся за неуютную землю, и буря легко вырывает их с корнями и валит на землю. ~~Гроза.~~ Платонов рассказывал мне историю своей здешней жизни — второй нашей жизни на ~~том~~ этом свете. Я нахмурился при упоминании прииска Джанхара. Я сам побывал в местах дурных и трудных, но страшная слава Джанхара ~~известна была всем~~ гремела везде.

— И долго вы были на Джанхаре?
— Год, — сказал Платонов негромко. Глаза его сузились, морщины обозначились резче — передо мной был другой Платонов, старше первого лет на десять.
— Впрочем, трудно было только первое время, два-три месяца. Там одни воры. Я был единственным... грамотным человеком там. Я им рассказывал, «тискал романы», как говорят на блатном жаргоне, рассказывал по вечерам Дюма, Конан-Дойля, Уоллеса. За это они меня кормили, одевали, и я работал мало. Вы, вероятно, ~~тоже~~ использовали ~~в своё время~~ здесь это единственное преимущество грамотности ~~в~~ здесь ~~своём~~?
— Нет, — сказал я. — Нет. Мне ~~даже~~ это казалось всегда последним унижением, концом. За суп я никогда не рассказывал романов. Но я знаю, что это такое. Я слышал «романистов».
— Это — осуждение? — сказал Платонов

Manuscrito do conto "O encantador de serpentes",
de Varlam Chalámov (1954).

PREFÁCIO[1]

Irina P. Sirotínskaia

O gigantesco mosaico da epopeia de Kolimá, de Chalámov, compreende seis coletâneas de contos e ensaios: *Contos de Kolimá*, *A margem esquerda*, *O artista da pá*, *Ensaios sobre o mundo do crime*, *A ressurreição do lariço* e *A luva, ou KR-2*. A disposição dos contos foi cuidadosamente estudada pelo autor. O desencadear espiralado das temáticas, o simbolismo da estrutura narrativa, o subtexto filosófico, o ritmo da prosa — tudo foi muito bem equilibrado na precisa balança da intuição criativa e da maestria profissional.

Um exemplo: uma das *personas* do autor nos *Contos de Kolimá* leva o nome de Krist, e a primeira coletânea é formada por 33 contos. Há ainda outros exemplos: as figuras evangélicas, a tangível tradição da firmeza romana e da precisão do estilo, as alusões à pintura e à literatura; tudo isso atesta o profundo arraigamento da prosa de Chalámov na cultura mundial, e, ainda, a energia inerente a essa prosa, capaz de destruir os ícones do século XIX: a fé no Progresso, na justiça social, na virtude do homem...

A epopeia kolimana de Varlam Chalámov representa o mais importante testemunho da tragédia do século XX, e um fenômeno único na literatura russa.

---

[1] Este texto foi escrito originalmente como prefácio para a edição italiana dos *Contos de Kolimá* (Turim, Einaudi, 1999), a primeira tradução integral da obra de Varlam Chalámov fora da Rússia. A tradução para o português é de Diana Szylit. (N. da E.)

Prefácio

Talvez o formato desta obra seja mais próximo e compreensível ao leitor italiano: séries de novelas ligadas entre si pela unidade de protagonista, conteúdo, percepção de mundo e entonação do autor. Na literatura russa, essa é uma palavra nova; é uma forma que corresponde à terrível verdade da matéria, em que a polifonia do romance e um tema de invenção pareceriam em certa medida sacrilégios.

O estilo artístico do autor se tornou objeto de pesquisa de críticos literários: "O mundo estético de Varlam Chalámov é coerente e antinômico, catastrófico e salvífico. O texto não fala só do absurdo e da paradoxal tragicidade da vida, mas vai além de um horror que se tornou total e ordinário. Essa superação se concretiza de forma significativa por meio do ubíquo paradoxo artístico e rítmico politonal", escreve a estudiosa da obra chalamoviana Elena V. Vólkova.[2]

O próprio Chalámov, em seus ensaios "Sobre a prosa" e "Sobre a minha prosa",[3] havia formulado a crença da "nova prosa": "O nosso próprio sangue, o nosso próprio destino — é isso o que a literatura de hoje exige. [...] É necessário e possível escrever um conto que seja indistinguível de um

[2] Elena V. Vólkova, "Estetítcheski fenomen V. Chalámova", em *IV Mejdunaródnie Chalámovskie tchtiénia. Moskvá 18-19 iiúnia 1997*, Moscou, 1997, p. 7. Outras importantes contribuições lidas durante o IV Encontro Internacional sobre Chalámov foram as de Jelena Michajlik (Austrália), que examinou o fenômeno do modernismo na estrutura da prosa do autor; de Franciszek Apanowicz (Polônia), que falou sobre as relações intertextuais; e de Mireille Berutti (França), preocupada em evidenciar os princípios existencialistas. Também de Elena Vólkova, lembramos o volume *Traguítcheski paradoks V. Chalámova* (Moscou, 1998), até hoje, o estudo mais completo e aprofundado de que se tem notícia sobre a obra do escritor.

[3] Publicados pela primeira vez, respectivamente, em Varlam Chalámov, *Liévi biéreg*, Moscou, 1989, e em *Nóvi Mir*, 1988, nº 6. Ambos foram republicados no volume 4 das obras completas: Varlam Chalámov, *Sobránie sotchiniéni*, Moscou, 1998.

documento. Só que o autor deve examinar seu material com a própria pele, não apenas com a mente, não apenas com o coração, mas com cada poro da epiderme, com cada nervo seu. [...] A nova prosa contemporânea só pode ser criada por pessoas que conheçam perfeitamente o próprio material. Para esses, o domínio sobre o material e sua transformação artística não constituem uma tarefa literária, mas uma obrigação, um imperativo moral".[4]

No que concerne à "transformação artística", nos cadernos de trabalho de Chalámov encontramos esta opinião: "Também eu me sinto um herdeiro, mas não da literatura humanista russa do século XIX, e sim do modernismo do início do século XX. Experimentação sonora. Multiplicidade de planos e simbolicidade".[5]

O leitor deste livro deve ficar imerso em um grande cansaço espiritual. Não basta a simples leitura.

"Lembre-se do principal: o campo [de trabalhos forçados] é uma escola negativa para qualquer um, do primeiro ao último dia. O homem — seja ele chefe ou prisioneiro — não deve vê-lo. Mas, se o vê, deve dizer a verdade, por mais terrível que seja. Quanto a mim, decidi que dedicarei todo o resto da minha vida justamente a essa verdade", escreveu Chalámov a Soljenítsin em novembro de 1962.

Desumana, horripilante é a verdade nos campos de Kolimá. Ainda mais horripilante é a verdade sobre o homem que se revela naquelas condições extremas. Com que facilidade o homem renuncia à sutil película da civilização, "com que facilidade o homem se esquece de ser um homem"...[6]

---

[4] Varlam Chalámov, "O prózie", em *Sobránie sotchiniéni*, vol. 4, *op. cit.*, pp. 360, 362 e 364.

[5] "Dos cadernos de anotações", *Známia* [Bandeira], 1995, n° 6, p. 155.

[6] *Idem, ibidem.*

Prefácio

Essa descoberta é fundamental, assim como a teoria da relatividade de Einstein. O homem o é apenas em sentido relativo, enquanto não for colocado em condições de existência desumanas. Mas do mesmo modo que em um enorme templo os arcos escuros e pesados conduzem a alma para cima, a uma altura impensável, ansiada pelo coração, também naquele mundo terrível existe luz. Ela está na verdade dita impavidamente. Naquelas sementes de bondade que não foram esmagadas pelas botas. Na índole do autor. Depois de ter passado por todos os círculos do inferno de Kolimá, depois de ter arrastado a carriola nas jazidas de ouro e de ter girado o sarilho com o peito nas minas de carvão, depois de ter morrido sob as botas dos criminosos e dos soldados de escolta e de ter ressuscitado em uma maca de hospital, Chalámov encontrou em si a grande força de espírito para a escolha definitiva, fundamental: não se desmerecer, não trair ninguém, não se tornar "lacaio" ou "narrador de romances" para criminosos, nem capataz com direito de comandar os próprios companheiros ("é melhor — acredito — morrer").

Chalámov encontrou em si a força para passar uma segunda vez por aquele inferno, escrevendo os *Contos de Kolimá* e vencendo o inferno com a criação.

"Cada conto, cada uma de suas frases é antes de tudo gritada no quarto vazio: eu sempre falo sozinho quando escrevo. Grito, ameaço, choro. E não posso conter as lágrimas. Só depois, terminado o conto ou parte dele, eu as enxugo."[7] Mesmo com toda a dor abrasadora, com aquela extrema sinceridade e precisão artística que permeiam os *Contos de Kolimá*, Chalámov ainda se atormentava com a ideia de não ter dito a verdade até o fim.

"Há uma profunda inverdade no fato de que o sofrimen-

_____

[7] De uma carta de 1971 endereçada a mim. [Essa carta seria depois publicada com o título "Sobre minha prosa". (N. da E.)]

to humano se torne objeto de arte, que o sangue vivo, o tormento, a dor apareçam sob forma de quadro, poesia, romance. Isso é falso, sempre. Nenhum Remarque[8] restituirá a dor e a desventura da guerra. Pior ainda é achar que escrever signifique para o artista afastar-se da dor, aliviar a dor, sua própria dor. Isso também é ruim."[9]

Este livro é endereçado à alma de todos os homens. Chalámov, intencionalmente, rejeita toda literariedade pensada que possa afastar o escritor do leitor, uma literariedade "sacrílega para um tema como esse". Ele exige que o leitor tome parte na criação, na dor, nas emoções, na raiva. É infinitamente sincero, infinitamente verídico. Impiedosamente verídico.

Os contos desta epopeia estão ligados entre si por uma densa rede de protagonistas, desencadeamentos temáticos, iterações e refrãos, tanto no plano emocional quanto no narrativo; mas tudo isso é dominado pela entonação do autor, por sua voz austera e calma, que concede uma enorme força épica ao fluxo lírico emocional. De fato, a natureza do talento de Chalámov é eminentemente lírica. "Eu sou o cronista da minha própria alma."[10] Seu estilo criativo estava estritamente ligado às qualidades de sua índole — ao mesmo tempo coerente e contraditória —, de sua natureza apaixonada e espontânea, de sua inteligência profunda e analítica. Nele, o caos e a harmonia coexistiam tempestuosamente. E eu muitas vezes penso que o alicerce de sua integridade devia ser de ordem ética. Uma moral simples e sólida, que não diferenciava o grande do pequeno.

[8] Erich Maria Remarque (1898-1970), escritor alemão, autor de *Nada de novo no front*. (N. da E.)

[9] "Nova prosa", *Nóvi Mir* [Mundo Novo], 1989, nº 12, p. 3.

[10] De uma carta de 1971 endereçada a mim. ["Sobre minha prosa". (N. da E.)]

Prefácio

"Tudo em mim é simples, claro. Não tenho segredos. O ladrão, o delator, eu os esbofeteio. A minha moral é elementar."

Essa segurança, essa clareza descompromissada, Varlam Tíkhonovitch trazia consigo desde a infância. Provinha do harmonioso mundo de uma família patriarcal de eclesiásticos, das cúpulas de ouro da catedral de Santa Sofia em Vólogda, dos jogos infantis diante do plácido e límpido rio Vólogda. Foi ali que ele nasceu, em 18 de junho de 1907.

Provinha de um mundo no qual o critério da moral era servir ao Bem e ao Povo com abnegação. Lembramos o sacerdote Tíkhon Nikoláievitch, que sem medo defendia os aleutas da ilha Kodiak das companhias americanas que os espoliavam. Varlam Tíkhonovitch não seguiu a trilha do pai: o espírito de sacrifício pela causa, próprio da *Naródnaia Vólia*,[11] foi seu eterno modelo.

Vinha de um mundo que ruíra em 1918. As forças primordiais e cruéis da revolução arremessaram-se contra sua juventude. As cruzes de ouro foram derrubadas, sua família caiu na miséria, o irmão foi morto, o pai ficou cego. Os ideais progressistas e os elevados princípios do pai-sacerdote eram inúteis ao novo poder.

O confronto de Chalámov com o Estado totalitário foi inevitável. A correspondência entre palavra e ação não era apenas uma exaltação juvenil, mas se tornaria princípio de vida, levando-o — o ano era 1927 — às alas da oposição, às filas de manifestantes que sustentavam o *slogan* "Abaixo Stá-

---

[11] *Naródnaia Vólia*: literalmente "Vontade do Povo", partido de extrema esquerda fundado no fim dos anos 1870. Defendia a criação de uma Assembleia Constituinte, a adoção do sufrágio universal, liberdade de imprensa, entre outras plataformas. O grupo foi responsável pelo assassinato do tsar Alexandre II, em 1881, e acabou perdendo força política após o episódio. Na década seguinte, muitos de seus antigos membros estariam envolvidos na fundação do Partido Social-Democrata Russo.

lin", primeiro na imprensa clandestina, depois — já em 1929 — nos Urais do Norte, em Víchera, anexo externo dos campos de concentração de Solovkí, e por fim — estamos em 1937 — em Kolimá.

O Estado respondeu à sua tentativa de continuar a ser ele mesmo com uma pena de vinte anos entre campos de concentração (1929-1931, 1937-1951) e exílio (1951-1956). Mas vinte anos de deportação não o impediram de conservar o princípio fundamental de sua vida. Em 1966, escreveu em seu diário: "A arte exige correspondência entre ação e palavra dita, e o exemplo vivo pode, pela repetição, convencer os vivos, não apenas na esfera da arte, mas em cada uma de suas ações".[12]

Assim que voltou de Kolimá, em novembro de 1953, Chalámov começou a escrever os *Contos de Kolimá*.

Na isbá onde morou com outras cinco ou seis pessoas, operários de um estabelecimento que produzia turfa na região de Kalínin, Chalámov, ainda antes de se recuperar, escreve à noite seus primeiros contos: "De noite", "*Kant*", "Os carpinteiros"... Em 1973, doente e sozinho, termina os últimos contos da série *A luva, ou KR-2*.

Foram vinte anos compondo esta epopeia, impregnada por sua vida, por suas ideias, por seus sentimentos, por seu talento, por sua alma, pela lembrança dos vivos e dos mortos. E passaram-se outros quinze anos antes que, em 1989, saíssem na Rússia os primeiros livros dos *Contos de Kolimá*: *A margem esquerda* (Moscou, 1989), *A ressurreição do lariço* (Moscou, 1989), *Contos de Kolimá* (Moscou, 1991; volumes 1 e 2, Moscou, 1992) e *Obras reunidas* (volumes 1 a 4, Moscou, 1998).

Os manuscritos dos contos foram conservados: já em 1966 Chalámov confiara seus papéis ao Arquivo Central de

---

[12] "Dos cadernos de anotações", *op. cit.*

Prefácio

Literatura e Arte do Estado (atual Arquivo de Literatura e Arte do Estado Russo — RGALI), e em 1979, quando se mudou para o asilo de idosos e inválidos, entregou tudo, até a última folha, ao fundo instituído em seu nome (RGALI, f. 2596).

Tais manuscritos viriam a ser a fonte para a edição dos *Contos de Kolimá*. Na publicação, conservou-se a ordem estabelecida pelo autor.[13]

Sim, é duro ler tudo o que está ali. Mas é necessário, visto que os campos de concentração não pertencem apenas ao passado.

"O fato fundamental é a corrupção da mente e do coração, quando a imensa maioria das pessoas se persuade, dia após dia, de forma cada vez mais nítida, que se pode viver sem carne, sem açúcar, sem roupas, sem sapatos, e também sem honra, sem consciência, sem amor, sem dever. Tudo é posto a nu, mas o desnudamento final é terrível."[14]

Essa verdade cruel sobre o homem e sobre o mundo, a possibilidade de que os seres humanos sejam exterminados,

---

[13] Chalámov raramente datava seus contos. Por isso, as datas de muitos deles foram estabelecidas indiretamente, e estão indicadas entre parênteses. Para determiná-las, foi de grande ajuda o sumário feito pelo autor durante a composição dos textos. Ao comparar aqueles já datados com o sumário, foi possível determinar o âmbito cronológico de cada um. Além disso, até 1967 Chalámov escrevia os contos em cadernos escolares que possuíam uma marca tipográfica com a indicação do ano e do quadrimestre de impressão. Outras fontes úteis foram suas anotações, as cartas, sua caligrafia — que se modificou dos anos 50 aos 70 — e, por fim, o tipo de papel usado. Muitos dos *Contos de Kolimá*, com exceção da coletânea *A luva, ou KR-2*, foram publicados pelo jornal de emigrantes russos *Nóvi Jurnal* [Revista Nova], em Nova York, entre 1966 e 1976. Chalámov não via com bons olhos a publicação de sua obra principal de forma esparsa: considerava que, desse modo, a tessitura artística da epopeia de Kolimá seria destruída, e sua vontade seria inadmissivelmente violada.

[14] De uma carta a Boris Pasternak, em 8 de janeiro de 1956.

de que se cometam violências e crueldades, de que os próprios conceitos de consciência e de honra sejam aniquilados, envenenam a sociedade russa — e não só ela —, destroem a ética, difundem uma vil e subterrânea moral do crime. E o ladrão, tanto faz se ministro ou batedor de carteiras, não se envergonha de roubar, o assassino não teme o pecado, o trapaceiro e o mentiroso irrompem presunçosos na economia e na política.

De que maneira permanecemos firmes na beira do abismo? Onde encontramos força para nos mantermos de pé?

Uma vez perguntei a Varlam Tíkhonovitch: "Como viver?". Ele respondeu: "Com os dez mandamentos. Tudo está dito ali".

É simples, mas como é difícil...

Lembro-me do rosto de Varlam Tíkhonovitch, sulcado por rugas profundas, a testa alta, os cabelos jogados para trás, os olhos azul-claros e um olhar intenso, penetrante; toda aquela figura alta e robusta de "ex-hilota", como ele mesmo se define em certos versos. Eterno cavaleiro, Dom Quixote que desejava salvar os homens, suas almas frágeis, seus frágeis corpos.

> *Mas, escondendo-se às minhas costas,*
> *Jaz e respira o globo terrestre,*
> *Acreditando o dia todo ingenuamente*
> *Na minha sombra redentora.*

Era assim que Chalámov media a responsabilidade do Poeta.

(Moscou, 1999)

Traduzido do original russo *Kolímskie rasskázi* em *Sobránie sotchiniéni v tchetiriokh tomakh*, de Varlam Chalámov, vol. 1, Moscou, Khudójestvennaia Literatura/Vagrius, 1998. Foi também utilizado, para consultas e pesquisas, o site http://shalamov.ru, dedicado ao autor.

O presente volume é o primeiro da série de seis que constitui o ciclo completo dos *Contos de Kolimá*: *Contos de Kolimá* (vol. 1); *A margem esquerda* (vol. 2); *O artista da pá* (vol. 3); *Ensaios sobre o mundo do crime* (vol. 4); *A ressurreição do lariço* (vol. 5); *A luva, ou KR-2* (vol. 6).

CONTOS DE KOLIMÁ

1

PELA NEVE

Como é que se abre caminho pela terra virgem coberta de neve? À frente vai um homem, suando e praguejando, mal conseguindo alternar as pernas, o tempo todo atolando os pés na neve fofa e profunda. O homem vai bem à frente, marcando o próprio trajeto com buracos negros irregulares. Ele se cansa, deita na neve, acende um cigarro, e a fumaça da *makhorka*[1] estica-se numa nuvenzinha azul sobre a neve branca e brilhante. O homem já seguiu adiante, mas a nuvenzinha continua ali, onde ele descansou — o ar está praticamente parado. Abre-se caminho sempre em dias calmos, para que os ventos não varram o trabalho humano. O próprio homem determina os pontos de orientação na imensidão da neve: um precipício, uma árvore alta; ele conduz o próprio corpo pela neve como o timoneiro conduz o barco pelo rio, de estuário em estuário.

Pelo rastro das pegadas, estreitas e irregulares, caminham cinco ou seis homens, lado a lado, ombro a ombro. Pisam perto das pegadas, mas não sobre elas. Quando chegam ao local pré-determinado, viram-se e voltam pelo mesmo caminho, para pisotear a terra virgem coberta de neve ali onde nenhum outro homem pisara antes. O caminho está aberto. Por ele podem passar pessoas, comboios de trenós, tratores. Se caminhassem sobre cada uma das pegadas do

---

[1] Tabaco muito forte e de baixa qualidade. (N. da T.)

primeiro, abririam uma trilha visível, mas difícil de ser percorrida, uma senda e não uma estrada, buracos pelos quais seria mais difícil passar do que pela terra virgem. O primeiro cansa mais do que os outros e, quando as suas forças se esgotam, um dos cinco restantes passa à frente. Dos que abrem caminho, todos, até o menor, o mais fraco, em algum momento tem de pisotear um pedaço de terra virgem coberta de neve e não a pegada alheia. Quem vai de trator e a cavalo não são os escritores, mas sim os leitores.

(1956)

NA FÉ

Jogavam cartas na tarimba do cavalariço Naúmov.[2] Os carcereiros de plantão nunca rondavam o pavilhão dos cavalariços, supondo, corretamente, que a sua principal função era vigiar os condenados pelo artigo 58.[3] Em geral, não confiavam cavalos a contrarrevolucionários. É verdade que os contramestres resmungavam às escondidas: privavam-lhes dos melhores trabalhadores, os mais aplicados; porém, a instrução a esse respeito era exata e rigorosa. Em resumo, a barraca dos cavalariços era a mais segura, e toda noite a bandidagem se reunia lá para torneios de cartas.

No canto direito da barraca, nas tarimbas de baixo, estendiam-se cobertores de várias cores. Na coluna do canto, estava amarrada com arame uma *kolimka* — lamparina artesanal de vapor de benzina — acesa. Na tampa de uma lata de conserva, soldavam três ou quatro tubinhos de cobre abertos: eis todo o mecanismo. Para acender a luminária, colocavam brasa sobre a tampa, a benzina esquentava, o vapor subia pelos tubos e o gás ardia quando aceso por um fósforo.

Sobre os cobertores havia um travesseiro de penas sujo; nas duas pontas, estavam sentados os parceiros, de pernas cruzadas à moda da Buriátia: pose clássica da batalha de

[2] Esta frase é quase idêntica àquela que abre o conto "A dama de espadas", de Aleksandr Púchkin (1799-1837). (N. da T.)

[3] Artigo do Código Penal soviético de 1922, relativo a crimes políticos por atividade contrarrevolucionária. (N. da T.)

cartas na prisão. Sobre o travesseiro, um baralho novo. Não eram cartas comuns, mas um baralho rústico de prisão, confeccionado com singular rapidez por mestres nesse negócio. Para a confecção, usavam papel (qualquer livrinho), um pedaço de pão (mastigado, cuspido e esfregado num trapo para fazer goma e colar as folhas), um toco de lápis-tinta (em vez de tinta tipográfica) e uma faca (para recortar os moldes dos naipes e as próprias cartas).

Tinham acabado de recortar as cartas do dia a partir de um volumezinho de Victor Hugo — na véspera, alguém esquecera o livrinho na administração. O papel era denso, grosso, não fora preciso colar as folhas, como se fazia em caso de papel fino. No campo de prisioneiros, na hora da revista, sempre encontravam lápis-tinta, invariavelmente. Eram recolhidos também na vistoria das encomendas recebidas. Agiam assim não só para restringir a possibilidade de confecção de documentos e selos (havia muitos mestres nisso), mas também para destruir tudo que pudesse competir com o monopólio estatal das cartas de jogo. Desse lápis tiravam a tinta e com ela estampavam na carta o desenho do molde feito de papel: damas, valetes, dez... de todos os naipes. Os naipes não se distinguiam pela cor, mas essa distinção não fazia falta aos jogadores. O valete de espadas, por exemplo, era aquele com a figura do naipe de espadas nos dois cantos opostos da carta. A distribuição e a forma dos desenhos continuavam as mesmas há centenas de anos; a habilidade de confeccionar cartas com as próprias mãos fazia parte do programa de formação "cavalheiresca" dos jovens *blatares*.[4]

Havia um baralho novinho sobre o travesseiro; um dos jogadores bateu nele com a mão suja, dedos finos e brancos, de quem não trabalha. O comprimento da unha do mindinho

---

[4] De *blatar*: bandido ou criminoso profissional que segue o "código de conduta" da bandidagem. (N. da T.)

era excepcional — outro luxo da bandidagem, assim como os "fixos", coroazinhas douradas, ou seja, de bronze, enfiadas em dentes inteiramente saudáveis. Havia até mestres, auto-denominados dentistas protéticos, que ganhavam bem com a preparação dessas coroazinhas, muito procuradas. No que se refere às unhas, sem dúvida o esmalte colorido teria entrado no cotidiano do mundo criminoso se, nas condições prisionais, fosse possível arranjar esmalte. Uma unha amarela bem cuidada brilhava como pedra preciosa. O dono da unha passou a mão esquerda nos cabelos claros, pegajosos e sujos. Tinham sido cortados rente, do modo mais acurado. A testa baixa, sem nenhuma ruga, os tufinhos amarelos das sobrancelhas, os lábios fininhos, tudo isso dava à sua fisionomia uma qualidade importante para a aparência de um ladrão: a habilidade de passar despercebido. Lembrar de seu rosto era impossível. A pessoa olhava e pronto, esquecia, perdia todos os traços e não o reconheceria num novo encontro. Chamava-se Siévotchka, notável especialista em trinca, faraó e trinta e um, três jogos de cartas clássicos, e conhecedor inspirado de milhares de regras do baralho, cuja rigorosa observação era obrigatória nos verdadeiros embates. De Siévotchka diziam que "executava muito bem", ou seja, demonstrava conhecimento e astúcia de trapaceiro. E era realmente um trapaceiro, é claro; o jogo honesto entre ladrões é isso, um jogo de fraudes: vigiar e surpreender o parceiro, aprender a enganar, aprender a tirar proveito de um lance duvidoso.

Jogavam sempre em dupla, um contra outro. Nenhum dos mestres se rebaixava participando de jogos em grupo, como o vinte e um. Não tinham medo de sentar frente a frente com "executores" fortes; o verdadeiro combatente buscava adversários superiores, assim como no xadrez.

O parceiro de Siévotchka era o próprio chefe da brigada dos cavalariços, Naúmov. Era o mais velho (aliás, quantos anos teria Siévotchka? Vinte? Trinta? Quarenta?); pequeno, cabelos escuros, uma expressão tão sofrida nos olhos pretos profundamente encovados que, se não soubesse que Naúmov era ladrão de estradas de ferro de Kuban, eu o tomaria por algum peregrino, monge ou membro da conhecida seita "Deus Sabe", que há dezenas de anos é encontrada em nossos campos de prisioneiros. Essa impressão intensificava-se diante do cordão com uma cruzinha de estanho, pendurado no pescoço de Naúmov; o colarinho da camisa estava aberto. A cruzinha não era de jeito nenhum uma brincadeira sacrílega, nem capricho ou improvisação. Naquela época, toda a bandidagem levava cruzinhas de alumínio no pescoço, um sinal distintivo da ordem, como as tatuagens.

Nos anos vinte, os criminosos usavam quepe de soldado, antes disso, de capitão da marinha. Nos anos quarenta, no inverno, usavam *kubanka*,[5] dobravam o cano das botas de feltro e penduravam uma cruz no pescoço. A cruz geralmente era lisa, mas se acontecia de aparecer algum artista, obrigavam-no a inscrever desenhos do tema preferido: coração, carta, cruz, mulher nua... A cruz de Naúmov era lisa. Estava pendurada no peito desnudo e escuro e não deixava ler direito a tatuagem azul em curva, uma citação de Iessiênin,[6] o único poeta aceito e canonizado no mundo da criminalidade:

> *Tão poucos os caminhos percorridos,*
> *Tantos os erros cometidos.*[7]

---

[5] Chapéu de pele, de copa reta, característico dos cossacos da região do rio Kuban, no norte do Cáucaso. (N. da T.)

[6] Serguei Iessiênin (1895-1925), representante da nova poesia camponesa e do imagismo. A popularidade de seus versos no mundo criminoso é fato e desperta a atenção dos estudiosos de sua obra. (N. da T.)

[7] Versos do poema "Mnie grustno na tebia smotriet" [Me dá tristeza olhar para você]. (N. da T.)

— Está apostando o quê? — resmungou Siévotchka entre dentes, com imenso desprezo: isso também era considerado de bom-tom no início do jogo.

— Estes trapos aqui. Esta porcaria...

E Naúmov bateu no próprio ombro.

— Quinhentos — Siévotchka avaliou a roupa.

Em resposta, soaram xingamentos loquazes e altos, que deviam convencer o adversário do valor muito maior da coisa. Os homens em torno dos jogadores esperavam com paciência o fim do tradicional prelúdio. Siévotchka pagava na mesma moeda e brigava ainda mais ferozmente, baixando o valor. No final, a roupa foi avaliada em mil. Siévotchka, por sua vez, apostou uns pulôveres usados. Depois que os pulôveres foram avaliados e largados ali mesmo, sobre o cobertor, Siévotchka embaralhou as cartas.

Eu e Garkunov, ex-engenheiro têxtil, cortávamos lenha para o pavilhão de Naúmov. Trabalho noturno: depois da mina, era preciso serrar árvores e rachar lenha para um dia. Nós nos metíamos no pavilhão dos cavalariços logo depois do jantar, lá era mais quente do que no nosso. Depois do trabalho, o faxina de Naúmov despejava em nossos caldeirõezinhos uma *iuchka*[8] fria, restos do único prato regular, denominado *"galuchki*[9] ucraniano" no menu do refeitório, e dava a cada um de nós um pedaço de pão. Então sentávamos no chão, em algum canto, e rapidamente comíamos tudo que tínhamos recebido. Comíamos no escuro: as *benzinkas*[10] do pavilhão iluminavam apenas o campo de cartas, mas, segundo observavam os veteranos da prisão, as

---

[8] No sul da Rússia, Ucrânia e Bielorrússia, sopa bem rala com algum complemento. (N. da T.)

[9] Pedacinhos de massa cozidos em leite ou caldo. (N. da T.)

[10] *Benzinka*: o mesmo que *kolimka*. (N. da T.)

colheradas não erravam a boca. Agora assistíamos ao jogo de Siévotchka e Naúmov.

Naúmov tinha perdido a "porcaria". As calças e o casaco estavam ao lado de Siévotchka, sobre o cobertor. Apostavam o travesseiro. A unha de Siévotchka traçava desenhos intrincados no ar. As cartas ora sumiam em suas mãos, ora apareciam de novo. Naúmov estava com a camiseta de baixo: a *kossovorotka*[11] de cetineta tinha ido embora logo depois das calças. Mãos obsequiosas jogaram-lhe uma *telogreika*,[12] mas ele a lançou ao chão num movimento rápido dos ombros. De repente, fez-se silêncio. Siévotcha acariciou o travesseiro com a unha, sem pressa.

— Aposto o cobertor — disse Naúmov roucamente.

— Duzentos — respondeu Siévotchka, com indiferença.

— Mil, cadela! — gritou Naúmov.

— Por isto? É um nada! Uma porcaria, um trapo — disse Siévotchka. — Só pra você, jogo por trezentos.

O combate continuou. Pelas regras, a batalha não podia terminar enquanto o parceiro tivesse ainda com que responder.

— Aposto as botas de feltro.

— Não jogo — disse Siévotchka com firmeza. — Não aceito trapos do governo.

No valor de alguns rublos foram perdidas uma toalhinha ucraniana com galos e uma cigarreira com o perfil de Gógol

[11] Camisa masculina larga, tipo bata, com abertura lateral e não no meio do peito. Peça tradicional do vestuário russo, era tanto um traje popular quanto roupa de baixo no uniforme de militares. (N. da T.)

[12] Literalmente, "esquentador de corpo". Agasalho acolchoado, especialmente confeccionado para proteger contra o clima rigoroso do inverno russo, com temperaturas bem abaixo de zero. De fácil fabricação e baixo custo, popularizou-se no período soviético como símbolo de roupa funcional, em que a estética cedia lugar à praticidade. Fazia parte do uniforme de inverno do Exército Vermelho. (N. da T.)

estampado: tudo passou para Siévotchka. Na pele escura do rosto de Naúmov, surgiu um rosado denso.

— Na fé — disse ele, servil.

— Mais essa — replicou vivamente Siévotchka e estendeu a mão para trás: no mesmo instante, colocaram em sua mão um cigarro de *makhorka* aceso.

Siévotchka tragou profundamente e tossiu.

— O que eu ganho com essa fé? Comboio de prisioneiros, não tem nenhum programado, onde vai arranjar? Com a escolta, hein?

Aceitar uma aposta na fé, a crédito, era um favor, não era obrigatório por lei, mas Siévotchka não queria ofender Naúmov, privar-lhe da última chance de desforra.

— Cem — disse ele, lentamente. — Dou uma hora na fé.

— Passe a carta.

Naúmov ajeitou a cruz e sentou-se. Recuperou o cobertor, o travesseiro, as calças; depois perdeu tudo de novo.

— Podia requentar a *tchifirka* — disse Siévotchka, ajeitando as coisas ganhas numa mala grande de compensado. — Eu espero.

— Façam, rapazes — disse Naúmov.

Tratava-se de uma bebida nortista surpreendente: um chá forte, que se prepara numa caneca pequena, com cinquenta gramas de erva ou mais. A bebida é extremamente amarga, toma-se aos golinhos, petiscando peixe salgado. Ela tira o sono e por isso tem a estima da bandidagem e dos motoristas do Norte nos trajetos longos. Diziam que o *tchifir* age de forma devastadora sobre o coração, mas eu conhecia *tchifiristas* longevos, que suportavam a bebida praticamente sem problemas. Siévotchka tomou um gole da xícara que lhe serviram.

O olhar negro e pesado de Naúmov percorreu os circundantes. Cabelos arrepiaram-se. Seu olhar me encontrou e parou.

Alguma ideia surgiu de repente na mente de Naúmov.

— Ande, venha cá.

Eu saí à luz.

— Tire a *telogreika*.

Já era evidente o que ia acontecer, e todos acompanhavam com interesse a tentativa de Naúmov.

Sob a *telogreika*, eu usava apenas a roupa de baixo surrada, fornecida no campo: dois anos antes, tinham me dado uma *guimnastiórka*,[13] mas ela há muito se esfacelara. Tornei a me vestir.

— Agora você — disse Naúmov, apontando o dedo para Garkunov.

Garkunov tirou a *telogreika*. Seu rosto empalidecera. Sob a camiseta suja, vestia um suéter de lã, última remessa da esposa antes da partida dele para a longa jornada, e eu sabia como Garkunov o protegia, lavava no banho, secava no próprio corpo, não se separava dele nem por um minuto: a malha teria sido roubada no mesmo instante por algum companheiro.

— E então? Tire! — disse Naúmov.

Siévotchka balançou o dedo em sinal de aprovação, coisas de lã tinham valor. Se mandasse lavar e ainda fumegasse os piolhos, podia até usar, o desenho era bonito.

— Não tiro — disse Garkunov roucamente. — Só com a pele...

Caíram em cima dele, derrubaram-no.

— Está mordendo — gritou alguém.

Do chão, Garkunov levantou-se lentamente, limpando com a manga o sangue do rosto. No mesmo instante, Sachka, faxina de Naúmov, aquele mesmo Sachka que uma hora antes nos servira a sopinha pela lenha rachada, abaixou-se,

---

[13] Blusão de tecido grosso usado pelo Exército Vermelho e, depois, pelo Exército Soviético até 1972. (N. da T.)

quase sentando, e tirou algo do cano da bota de feltro. Depois estendeu o braço na direção de Garkunov; Garkunov resfolegou e começou a tombar de lado.

— Não podia passar sem isso, hein?! — gritou Siévotchka.

À luz bruxuleante da *benzinka*, via-se o rosto de Garkunov ficando cinza.

Sachka estendeu os braços do assassinado, arrancou-lhe a camiseta e tirou-lhe o suéter pela cabeça. Era vermelho, nele mal se notava o sangue. Siévotchka, com cuidado para não sujar os dedos, colocou o suéter na mala de papelão. O jogo tinha terminado, e eu podia ir para casa. Agora teria de procurar um novo parceiro para cortar lenha.

(1956)

DE NOITE

O jantar terminou. Gliébov lambeu a tigela demorada-
mente; juntou com cuidado as migalhas de pão da mesa na
palma da mão esquerda, ergueu a mão até a boca e lambeu-
-a com zelo. Sem engolir, sentiu na boca como a saliva densa e ávida envolvia a bolinha de migalhas de pão. Gliébov
não poderia dizer se isso era saboroso. Sabor era outra coisa,
pobre demais em comparação com aquela sensação apaixonada e desprendida dada pela comida. Gliébov não tinha
pressa de engolir: o próprio pão derretia na boca, e derretia
rapidamente.

Os olhos brilhantes e encovados de Bagrietsov olhavam
fixamente para dentro da boca de Gliébov; não havia em
ninguém força de vontade poderosa o bastante para fazer
desviar os olhos da comida que desaparecia na boca de outro
ser humano. Gliébov engoliu a saliva, e, no mesmo instante,
Bagrietsov voltou os olhos para o horizonte, para a lua grande e alaranjada, deslizando no céu.

— Está na hora — disse Bagrietsov.

Calados, seguiram a trilha do penhasco e subiram até
uma pequena reentrância, ao redor da *sopka*;[14] o sol desapa-
recera há pouco, mas as pedras, que durante o dia queima-
vam as solas através das galochas de borracha calçadas nos

---

[14] Nome dado a montes e colinas com o topo arredondado no leste
da Rússia. (N. da T.)

pés nus, já estavam frias. Gliébov abotoou a *telogreika*. A marcha não o aquecia.

— Longe, ainda? — perguntou num murmúrio.

— Sim — respondeu Bagrietsov baixinho.

Sentaram-se para descansar. Não havia o que dizer, não havia o que pensar, tudo era claro e simples. No patamar, no final da reentrância, montes de pedras entulhadas, cobertas de musgo arrancado e ressequido.

— Eu podia fazer isso sozinho — sorriu Bagrietsov, — só que em dupla é mais animado. E, além disso, um velho amigo...

Tinham sido trazidos no mesmo vapor, um ano antes. Bagrietsov parou.

— Temos que deitar, senão vão ver.

Deitaram e começaram a jogar as pedras para o lado. Não havia ali pedras tão grandes que os dois juntos não conseguissem erguer ou deslocar, pois aqueles que as tinham jogado pela manhã não eram mais fortes do que Gliébov.

Bagrietsov praguejou baixinho. Arranhara o dedo, pingava sangue. Polvilhou a ferida com areia, rasgou uma nesga de algodão da *telogreika* e amarrou ali; o sangue não estancava.

— Baixa coagulação — disse Gliébov, indiferente.

— Você é médico, por acaso? — perguntou Bagrietsov, chupando o sangue.

Gliébov ficou calado. O tempo em que fora médico parecia muito distante. Aquele tempo existira realmente? Com frequência, o mundo além das montanhas, além dos mares, parecia-lhe uma espécie de sonho, de invenção. Real era o minuto, a hora, o dia, desde a alvorada até o toque de recolher; além desse ponto ele não planejava e não encontrava forças dentro de si para planejar. Assim como todos.

Ele não conhecia o passado das pessoas que o cercavam, não se interessava por isso. Aliás, se amanhã Bagrietsov

De noite   35

anunciasse ser doutor em filosofia ou marechal da aviação, Gliébov acreditaria nele sem pensar. E ele, será que fora médico algum dia? Havia perdido não apenas o automatismo da reflexão, mas também o automatismo da observação. Gliébov viu que Bagrietsov chupava o sangue do dedo sujo, mas não disse nada. Isso apenas roçou sua consciência, mas ele não conseguiu encontrar, e nem buscou, força de vontade para responder. A consciência que ainda lhe restava, e que talvez já não fosse humana, tinha limites estreitos demais e agora estava orientada para uma única coisa: tirar as pedras o mais rápido possível.

— Fundo, será? — perguntou Gliébov, quando deitaram para descansar.

— Como é que pode ser fundo? — perguntou Bagrietsov.

E Gliébov percebeu que tinha falado besteira, o buraco realmente não podia ser fundo.

— Aqui — disse Bagrietsov.

Ele atingira um dedo humano. O dedão do pé espiava por entre as pedras, bem visível à luz da lua. Não se parecia com os dedos de Gliébov ou de Bagrietsov, mas não porque estava sem vida e congelado, nisso havia pouca diferença. A unha do dedão morto estava cortada, o dedo era mais grosso e mais macio do que o de Gliébov. Afastaram às pressas as pedras com as quais o corpo fora coberto.

— Bem jovem — disse Bagrietsóv.

Juntos, puxaram o cadáver pelas pernas com dificuldade.

— E forte — disse Gliébov, suspirando.

— Se não fosse tão forte — disse Bagrietsov —, teria sido enterrado como enterram todos nós, e não precisaríamos vir aqui hoje.

Endireitaram os braços do morto e puxaram a sua camiseta.

— Ceroulas bem novas — disse Bagrietsov, satisfeito.

Arrancaram também as ceroulas. Gliébov escondeu o bolo de roupa sob a *telogreika*.

— É melhor vestir — disse Bagrietsov.

— Não, não quero — murmurou Gliébov.

Ajeitaram o morto de novo no túmulo e jogaram pedras em cima.

A luz azul da lua nascente deitava-se sobre as pedras, sobre o minguado bosque de taiga, mostrando cada reentrância, cada árvore numa forma particular, não diurna. Tudo parecia verdadeiro à sua maneira, mas não como durante o dia. Parecia outra imagem do mundo, noturna.

A roupa de baixo do morto aqueceu-se no peito de Gliébov e já não parecia alheia.

— Fumar seria bom... — disse Gliébov, sonhador.

— Amanhã você fuma.

Bagrietsov sorriu. Amanhã venderiam a roupa de baixo, trocariam por pão e, quem sabe, talvez até conseguissem um pouco de tabaco...

(1954)

OS CARPINTEIROS

Há dias o nevoeiro branco era tão denso que não dava para ver uma pessoa a dois passos. Aliás, não havia por que ir longe sozinho. Os poucos destinos — refeitório, hospital, posto de vigia — adivinhavam-se sem serem vistos, como por um instinto adquirido, semelhante ao senso de direção que os animais dominam plenamente e que, em condições propícias, é despertado também nos humanos.

Não mostravam o termômetro meteorológico aos trabalhadores, não havia necessidade, eram obrigados a sair para o trabalho sob qualquer temperatura. Além disso, mesmo sem termômetro, os prisioneiros antigos mediam o frio quase com exatidão: se há nevoeiro gelado, na rua faz quarenta graus abaixo de zero; se o ar da respiração sai com ruído, mas ainda não é difícil respirar, então, quarenta e cinco graus; se a respiração fica barulhenta e visivelmente ofegante, cinquenta graus. Abaixo de cinquenta e cinco graus, o cuspe congela no ar. O cuspe congelava no ar há duas semanas.

Todas as manhãs, Potáchnikov despertava esperançoso: será que o frio diminuiu? Ele sabia, pela experiência do inverno anterior, que, por mais que a temperatura estivesse baixa, para se ter a sensação de calor bastava uma mudança abrupta, um contraste. Se o frio subisse para quarenta, quarenta e cinco graus, ficaria quente dois dias, e além de dois dias não tinha sentido fazer planos.

Mas o frio não diminuía e Potáchnikov compreendeu que não podia mais suportar. O café da manhã rendia uma hora de trabalho, no máximo, depois vinha o cansaço, e o frio penetrava o corpo até os ossos — essa expressão popular estava longe de ser só uma metáfora. Restava apenas sacudir a ferramenta e trocar de perna aos saltos para não se congelar antes do almoço. O almoço quente, a famigerada *iuchka* e mais duas colheres de mingau, pouco ajudava a recobrar as forças, mas pelo menos esquentava. E de novo as forças para o trabalho duravam uma hora, e então Potáchnikov era tomado pelo desejo ora de se aquecer, ora de simplesmente deitar sobre as pedras congeladas espicaçantes e morrer. Por fim o dia terminava e, após o jantar, depois de tomar água com o pão que nenhum trabalhador comia no refeitório, junto com a sopa, mas sempre levava para o pavilhão, Potáchnikov ia dormir no mesmo instante.

Ele dormia, é claro, nas tarimbas de cima; embaixo era um sótão gelado, e aqueles que ficavam embaixo passavam metade da noite plantados junto do fogão — um fogão meio quente —, abraçando-o alternadamente com as mãos. Nunca havia lenha bastante: para buscar lenha precisavam andar uns quatro quilômetros após o trabalho e esquivavam-se dessa responsabilidade por todos os meios. Em cima era mais quente, embora, é claro, dormissem como trabalhavam — de chapéu, *telogreika*, *buchlat*[15] e calças de algodoim. Em cima era mais quente, mas também lá, de noite, os cabelos congelavam-se e grudavam no travesseiro.

Potáchnikov sentia que, a cada dia, suas forças diminuíam mais e mais. Homem de trinta anos, ele tinha dificuldade de trepar nas tarimbas de cima e de descer delas. O vizinho morrera na véspera, simplesmente morrera, não des-

---

[15] Casaco de inverno pesado, tradicionalmente usado por marinheiros, com tecido duplo para proteger das rajadas de vento. (N. da T.)

Os carpinteiros

pertara, e ninguém se interessou em saber de que morreu, como se o motivo da morte fosse sempre o mesmo, bem conhecido de todos. O faxina alegrou-se porque a morte acontecera não à noite, mas de manhã; ele ficaria com a provisão diária do morto. Todos sabiam disso; Potáchnikov criou coragem, aproximou-se do faxina: "Divida um pedacinho", mas o outro lhe devolveu um xingamento tão pesado, como só pode xingar quem foi fraco e tornou-se forte e sabe que o xingamento ficará impune. Apenas em situações extraordinárias o fraco xinga o forte — é a ousadia do desespero. Potáchnikov ficou calado e afastou-se.

Era preciso decidir algo, inventar algo com seu cérebro enfraquecido. Ou então — morrer. Potáchnikov não temia a morte. Mas sentia um desejo apaixonado e secreto, como uma última teimosia, o desejo de morrer em outro lugar, num hospital, num leito rodeado da atenção de outras pessoas, nem que fosse uma atenção burocrática, e não na rua, não no frio, não sob as botas da escolta, não no pavilhão, no meio de palavrões e imundície, sujeito à completa indiferença de todos. Ele não culpava as pessoas pela indiferença. Há muito entendera de onde vinha esse embotamento da alma, esse frio espiritual. O frio cortante, aquele mesmo que transformava o cuspe em gelo no ar, atingia a alma humana. Se ossos podiam congelar, também o cérebro podia congelar e embotar, também a alma podia congelar. No frio intenso, não era possível pensar em nada. Tudo ficava simples. Com frio e com fome, o cérebro abastecia-se mal, as células cerebrais secavam — um processo material evidente, e só Deus sabe se esse processo é reversível, como dizem na medicina, semelhante ao congelamento dos membros, ou se os danos são permanentes. Era assim com a alma, congelava inteira, encolhia-se e talvez ficasse fria para sempre. Todos esses pensamentos ocupavam Potáchnikov antes, agora não restava nada além do desejo de aguentar, de sobreviver ao frio intenso.

Antes disso, é claro, era preciso buscar algum caminho de salvação. Desses caminhos havia poucos. Tornar-se chefe de brigada ou encarregado; em geral, manter-se perto da chefia. Ou da cozinha. Mas para a cozinha havia centenas de concorrentes e a chefia de brigada Potáchnikov recusara ainda um ano antes, tendo prometido a si mesmo não se permitir violar aqui a liberdade de outro homem. Nem mesmo em nome da própria vida ele queria que companheiros moribundos lançassem-lhe maldições pouco antes da morte. Potáchnikov esperava a morte a cada dia, e parecia que o dia chegara.

Depois de engolir toda a tigela de sopa quente, mastigando longamente o pão, Potáchnikov chegou ao local de trabalho, mal arrastando as pernas. A brigada enfileirara-se para começar a trabalhar e, ao longo das fileiras, passava agora um homem gordo, de fuça vermelha, com um gorro de pele de cervo, *torbassi*[16] iacutos e peliça branca curta. Perscrutava os rostos macilentos, sujos e indiferentes dos trabalhadores. Os homens pisavam ora num pé, ora noutro, esperando o fim do atraso imprevisto. O chefe da brigada permanecia de pé e, com deferência, dizia algo ao homem de gorro de cervo:

— Garanto ao senhor, Aleksandr Ievguênievitch, entre nós não há esse tipo. Procure com Sobolev ou entre presos comuns. Aqui, como vê, Aleksandr Ievguênievitch, está a *intelligentsia*, um suplício.

O homem de gorro de cervo parou de examinar as pessoas e voltou-se para o chefe da brigada:

— Os chefes de brigada não conhecem os seus homens,

---

[16] Botas de cano alto macias, de pele de cervo, com os pelos para fora, muito comum entre os povos do norte da Rússia e da Sibéria. (N. da T.)

Os carpinteiros

não querem conhecer, não querem nos ajudar — reclamou com voz rouca.

— Se o senhor diz, Aleksandr Evguênievitch.

— Vou lhe mostrar agora mesmo. Como é o seu sobrenome?

— Meu sobrenome é Ivanov, Aleksandr Evguênievitch.

— Pois então veja. Ei, rapazes, atenção — o homem de gorro de cervo postou-se diante da brigada. — A administração precisa de carpinteiros para fazer caixas de transportar terra.

Todos se calaram.

— Está vendo, Aleksandr Evguênievitch? — sussurrou o chefe.

Potáchnikov, de repente, ouviu a própria voz:

— Eu. Eu sou carpinteiro — e deu um passo à frente.

Do flanco direito, em silêncio, outro se adiantou. Potáchnikov o conhecia: era Grigóriev.

— Pois bem — o homem de gorro de cervo voltou-se para o chefe da brigada —, você é um trouxa, uma besta. Rapazes, venham comigo.

Potáchnikov e Grigóriev arrastaram-se, seguindo o homem de gorro de cervo. Este parou.

— Se é assim que vamos andar — rouquejou —, não chegaremos nem para o almoço. Vejam só. Eu vou na frente e vocês dirijam-se à oficina de marcenaria, procurem o contramestre Serguêiev. Sabem onde fica a oficina de marcenaria?

— Sabemos, sabemos! — gritou Grigóriev. — Ofereceria um cigarro, por favor?

— O pedido de sempre — resmungou entre dentes o homem de gorro de cervo e, sem puxar a cigarreira do bolso, tirou dois cigarros.

Potáchnikov seguiu à frente, tenso, pensando. Hoje ficaria no calor da oficina de marcenaria, afiaria o machado, faria um cabo de madeira. Afiaria a serra. Não era preciso se apressar. Até o almoço, receberiam a ferramenta, fariam o registro, mandariam chamar o almoxarife. Ainda hoje, no final da tarde, quando ficasse claro que ele não sabia fazer cabos de machado nem travar a serra, então seria expulso e amanhã voltaria à brigada. Mas hoje ficaria no calor. Também podia ser que hoje, amanhã, depois de amanhã, ele continuasse carpinteiro, se Grigóriev fosse carpinteiro. Seria ajudante de Grigóriev. O inverno estava terminando. O verão, o curto verão ele suportaria de algum modo.

Potáchnikov parou, esperando Grigóriev.

— Você entende disso... de carpintaria? — soltou ele, ofegante da súbita esperança.

— Sabe de uma coisa? — disse Grigóriev, alegremente. — Sou pós-graduado pelo Instituto de Filologia de Moscou. Acredito que todas as pessoas com formação superior, ainda mais nas Humanidades, têm obrigação de saber desbastar um cabo de machado e travar uma serra. Ainda mais se for pra fazer isso perto de um fogão aquecido.

— Quer dizer que você também...

— Não quer dizer nada. Vamos enganá-los por uns dois dias, e depois, que conta você tem com isso, com o que vem depois?

— Só conseguimos enganar por um dia. Amanhã nos mandarão para a brigada.

— Não, num dia não conseguem transferir o nosso registro para a oficina de marcenaria. É preciso passar os dados, as listas. Depois excluir de novo...

Os dois juntos mal conseguiram empurrar a porta grudada pelo frio. No meio da oficina de marcenaria, ardia um fogão de ferro incandescente; cinco carpinteiros, cada um em sua bancada, trabalhavam sem *telogreika* nem gorro. Os recém-chegados puseram-se de joelhos diante da portinhola aberta do fogão, diante do deus fogo, um dos primeiros deuses da humanidade. Depois de arrancar as luvas inteiriças,

Os carpinteiros   43

ofereceram as mãos ao calor, enfiaram-nas diretamente no fogo. Os dedos congelados repetidas vezes, há muito sem sensibilidade, não sentiram logo a quentura. Um minuto depois, Grigóriev e Potáchnikov tiraram o gorro e desabotoaram o *buchlat*, sem se erguer.

— Vieram pra quê? — perguntou-lhes um dos carpinteiros, hostil.

— Nós somos carpinteiros. Vamos trabalhar aqui — disse Grigóriev.

— Por disposição de Aleksandr Ievguênievitch — acrescentou Potáchnikov às pressas.

— Ah, o contramestre falou de vocês, para dar-lhes os machados — disse Arnchtriom, o ferramenteiro mais velho, que, num canto, aplainava cabos de pá.

— Sim, de nós, de nós...

— Pegue — disse Arnchtriom, examinando-os com desconfiança. — Aqui estão dois machados, uma serra e uma travadeira. A travadeira, depois devolvam. Tome o meu machado, entalhem um cabo.

Arnchtriom sorriu.

— A minha cota diária de cabos é de trinta unidades — disse ele.

Grigóriev pegou o pedaço de madeira das mãos de Arnchtriom e começou a desbastar. Soou a sirena do almoço. Arnchtriom não colocou o casaco, ficou olhando o trabalho de Grigóriev em silêncio.

— Agora você — disse ele a Potáchnikov.

Potáchnikov colocou uma acha sobre um cepo, pegou o machado das mãos de Grigóriev e começou a desbastar.

— Chega — disse Arnchtriom.

Os marceneiros tinham saído para almoçar, na oficina não havia mais ninguém além deles.

— Peguem aqui dois dos meus cabos — Arnchtriom entregou os cabos prontos a Grigóriev — e enfiem nos machados. Afiem a serra. Hoje e amanhã aqueçam-se junto ao fogão. Depois de amanhã voltem para o lugar de onde vieram. Tomem um pedaço de pão para o almoço.

Naquele dia e no seguinte eles se aqueceram junto ao fogão, depois o frio diminuiu para trinta graus. O inverno estava terminando.

(1954)

MEDIÇÃO INDIVIDUAL

No final da tarde, enrolando a trena, o encarregado disse que a medição de Dugáiev no dia seguinte seria individual. O chefe da brigada, que estava de pé ali ao lado e pedira emprestada ao encarregado "uma dezena de centímetros cúbicos até depois de amanhã", calou-se de repente e fixou os olhos na estrela vespertina cintilante, na crista da *sopka* nua. Baránov, parceiro de Dugáiev, que ajudara o encarregado a medir o trabalho feito, pegou a pá e pôs-se a limpar a galeria de mina que há muito já fora limpa.

Dugáiev tinha 23 anos de idade e tudo o que via e ouvia aqui mais o surpreendia do que assustava.

A brigada reuniu-se para a contagem, entregou as ferramentas e voltou ao pavilhão numa formação irregular. O dia difícil terminara. No refeitório, sem se sentar, Dugáiev tomou a porção de sopa de cereal rala e fria pela borda da tigela. O pão distribuído de manhã para o dia todo há muito fora comido. Vontade de fumar. Olhou ao redor, imaginando de quem podia pedinchar uma guimba. Na beira da janela, Baránov juntava num papel os fiapos de *makhorka* da bolsa de tabaco revirada. Juntou-os zelosamente, enrolou um cigarro fininho e estendeu-o a Dugáiev.

— Fume e devolva — propôs ele.

Dugáiev ficou surpreso, ele e Baránov não eram amigos. Aliás, com fome, frio e sono, não se fazia amizade nenhuma, e Dugáiev, apesar de jovem, compreendia toda a falsidade do provérbio sobre amigos temperados na infelicidade e na desgraça. Para que a amizade fosse amizade era preciso uma base sólida, formada quando as condições e a vida ainda não tivessem atingido aquela última fronteira, além da qual já não há nada de humano no ser humano, a não ser desconfiança, maldade e mentira. Dugáiev lembrava bem o provérbio nortista dos três mandamentos do detento: não confie, não tema e não peça...

Dugáiev absorveu avidamente a fumaça doce da *makhorka* e sua cabeça girou.

— Estou ficando fraco — disse ele.

Baránov não disse nada.

Dugáiev voltou ao pavilhão, deitou-se e fechou os olhos. Nos últimos tempos, dormia mal, a fome não o deixava dormir direito. Os sonhos eram especialmente martirizantes: bisnagas de pão, sopas grossas fumegantes... A sonolência demorou a chegar, mas, apesar disso, meia hora antes do toque de alvorada, Dugáiev já abria os olhos.

A brigada chegou ao trabalho. Foi cada um para a sua galeria.

— Você, espere aqui — disse o chefe da brigada a Dugáiev. — O encarregado é que vai dizer.

Dugáiev sentou-se no chão. Já estava tão esgotado que enfrentava com total indiferença qualquer mudança no destino.

Os primeiros carrinhos de mão caíram com estrondo sobre o passadouro de madeira, as pás bateram nas pedras, rangendo.

— Venha cá — disse o encarregado a Dugáiev. — Seu lugar é aqui.

Ele mediu a cubatura da galeria e colocou uma marca: um pedaço de quartzo.

— Até aqui — disse ele. — O tabueiro vai estender as tábuas até o caminho principal. Aí você leva até lá, como

Medição individual

todo mundo. Tome: pá, picareta, pé de cabra, carrinho de mão. Ande.

Dugáiev começou o trabalho, obediente.

"Melhor assim", pensou ele. Nenhum dos companheiros ia ficar resmungando que ele trabalhava mal. Ex-lavradores não eram obrigados a entender, nem podiam saber que Dugáiev era novato, que tinha ido para a universidade logo depois do colégio e trocara o banco universitário por essa galeria de mina. Cada um por si. Não eram obrigados a entender e não entendiam que há muito tempo ele estava esgotado e faminto e que não sabia roubar: no Norte, um talento importante era a habilidade de roubar, em todas as suas formas, começando pelo pão do companheiro e terminando pelos milhares de pedidos oficiais de prêmios à chefia por resultados inexistentes, não alcançados. Não era da conta de ninguém se Dugáiev não conseguia aguentar um dia de trabalho de dezesseis horas.

Dugáiev empurrava o carrinho, escavava e carregava; de novo empurrava o carrinho, escavava e carregava.

Depois do intervalo do almoço, o encarregado chegou, examinou o que Dugáiev tinha feito e saiu calado... Dugáiev voltou a escavar e a carregar. Ainda faltava muito até a marca de quartzo.

No final da tarde, o encarregado apareceu de novo e esticou a trena. Mediu o que Dugáiev fizera.

— Vinte e cinco por cento — disse ele e olhou para Dugáiev. — Vinte e cinco por cento. Está ouvindo?

— Estou — disse Dugáiev.

Surpreendia-lhe essa cifra. O trabalho era pesado, a pá pegava tão pouca pedra, era tão difícil escavar. A cifra, vinte e cinco por cento da cota, parecia muito grande a Dugáiev. As batatas da perna doíam sem parar por causa do peso do carrinho de mão; as mãos, os ombros, a cabeça doíam insuportavelmente. A sensação de fome há muito o abandonara.

Dugáiev comia porque via os outros comendo; algo lhe dizia: é preciso comer. Mas ele não tinha vontade de comer.

— Bem, é isso — disse o encarregado, afastando-se. — Desejo boa sorte.

De noite, mandaram Dugáiev ao agente de polícia. Ele respondeu quatro perguntas: nome, sobrenome, artigo, pena. Quatro perguntas que faziam ao detento trinta vezes ao dia. Depois Dugáiev foi dormir. No dia seguinte, trabalhou de novo com a brigada, ainda como parceiro de Baránov, mas, passados dois dias, à noite, os soldados levaram-no por detrás da estrebaria, passando pela trilha do bosque até o local onde, quase cortando um pequeno desfiladeiro, ficava uma cerca alta, de arame farpado, estendida até em cima, e de onde, à noite, ouvia-se um farfalhar longínquo de tratores. E, tendo compreendido o que ia acontecer, Dugáiev lamentou ter trabalhado em vão, ter padecido em vão no trabalho aquele dia, aquele último dia.

(1955)

Medição individual 49

A ENCOMENDA

Distribuíam as encomendas no posto de vigia. Os chefes de brigada garantiam a identidade do destinatário. O compensado quebrava-se e rangia à sua maneira, à maneira dos compensados. As árvores locais não se quebravam assim, gritavam com outra voz. Do outro lado da barreira de bancos, homens de mãos vazias, em uniformes militares extremamente alinhados, arrancavam embalagens, sacudiam, entregavam. As caixas das encomendas, quase mortas após tantos meses de viagem, lançadas ao alto com habilidade, caíam no chão, partiam-se. Pedaços de açúcar, frutas secas, cebolas apodrecidas, pacotes de *makhorka* amassados voavam pelo chão. Ninguém subtraía o que se espalhava. Os donos das encomendas não protestavam: receber uma encomenda era a maravilha das maravilhas.

Junto ao posto de vigia ficava a escolta, de fuzil nas mãos; no nevoeiro branco e gelado, moviam-se figuras desconhecidas.

Eu estava de pé junto à parede e esperava a fila. Vejam esses pedacinhos azuis — é claro que não é gelo! É açúcar! Açúcar! Açúcar! Daqui a uma hora, eu também vou ter nas mãos esses pedacinhos, e eles não vão derreter. Vão derreter só na boca. Um pedaço grande assim é duas, três vezes mais do que eu preciso.

Ah, *makhorka*! A verdadeira *makhorka*! A *makhorka* do continente, o "Bielka" de Iaroslav ou o "Krementchug n°

2". Eu vou fumar, vou oferecer a todos, a todos, todos, mas principalmente àqueles que me deram de fumar este ano inteiro. *Makhorka* do continente! Na ração, davam-nos tabaco dos armazéns do exército, com prazo de validade vencido, uma aventura de proporções gigantescas: despachavam para o campo de trabalhos forçados todos os produtos fora do prazo de validade. Mas agora vou fumar uma verdadeira *makhorka*. Pois, mesmo se a esposa não soubesse, alguém lhe diria que era preciso enviar uma *makhorka* mais forte.

— Sobrenome?

O pacote rebentou e ameixas derramaram-se da caixa, frutas de couro preto. E o açúcar, onde está? E mesmo as ameixas, uns dois, três punhados...

— Para você, *burki*![17] *Burki* de piloto! Ha-ha-ha! Com solas de borracha! Ha-ha-ha! Como as do chefe da mina! Pegue, receba!

Fiquei quieto, desconcertado. O que eu ia fazer com aquelas *burki*? Andar de *burki* aqui só nos feriados, mas não há feriados. Ainda se fossem *torbassi*, botas de pele de cervo ou as botas de feltro comuns. Mas *burki*: chique demais... Não combina. Além disso...

— Escute aqui... — a mão de alguém tocou o meu ombro.

Voltei-me de tal modo que conseguia ver a *burki*, a caixa em cujo fundo havia algumas ameixas pretas, o chefe e o rosto daquele homem que segurava o meu ombro. Era Andrei Boiko, encarregado da mina.

Boiko sussurrou às pressas:

— Me venda as *burki*. Pago em dinheiro. Cem rublos. Veja bem, nem chegue com elas no pavilhão, vão pegar, tomar

---

[17] Botas de cano alto de feltro, sem corte, feitas especialmente para o clima muito frio. (N. da T.)

à força. — E Boiko apontou o dedo para o nevoeiro branco.

— E no barracão também podem roubar. Na primeira noite.

"Você mesmo manda alguém", pensei.

— Certo, passe o dinheiro.

— Viu só quem sou? — Boiko tirou e contou o dinheiro.

— Não engano você, não sou como os outros. Disse cem, dou cem.

Agora Boiko temia ter pagado demais.

Eu dobrei as notas sujas em quatro, em oito e as escondi no bolso das calças. Despejei as ameixas da caixa no *buchlat*, os bolsos há muito tempo tinham sido arrancados para guardar tabaco.

Vou comprar manteiga! Um quilo de manteiga! E vou comer com pão, com sopa, com mingau. E açúcar! Pego uma bolsa com alguém, uma sacolinha com cadarço de barbante. Objeto obrigatório de qualquer encarcerado *fráier*[18] respeitável. Bandido de verdade não carrega sacolinha.

Voltei para o pavilhão. Todos deitados nas tarimbas, só Iefriêmov sentado com as mãos encostadas no fogão sem fogo, esticando o rosto na direção da quentura que se dissipava, temendo endireitar-se e afastar-se do fogão.

— Por que não acende o fogo?

O faxina aproximou-se.

— Plantão de Iefriêmov! O chefe da brigada disse: que vá pegar onde quiser, mas traga lenha. De qualquer modo, não vou deixar você dormir. Vá, enquanto é cedo.

Iefriêmov esgueirou-se pela porta do pavilhão.

— A sua encomenda, cadê?

— Enganaram-se...

---

[18] Termo do jargão criminal. Indica o criminoso ocasional, que não faz parte da bandidagem; sinônimo de ingênuo, vítima dos bandidos mais experientes. (N. da T.)

Corri à mercearia. Chaparienko, gerente da mercearia, ainda estava vendendo. Não havia mais ninguém lá.

— Chaparienko, pão e manteiga.

— Vai acabar comigo.

— Ó, pegue quanto precisar.

— Não está vendo o dinheirão que tenho? — disse Chaparienko. — O que um nada feito você pode dar? Pegue o pão e a manteiga e caia fora, ande.

Açúcar, esqueci de pedir. Manteiga, um quilo. Pão, um quilo. Fui procurar Semion Cheinin, ex-ajudante de Kírov[19] que nessa época ainda não tinha sido fuzilado. Trabaláramos juntos certa época, na mesma brigada, mas o destino tinha nos separado.

Cheinin estava no pavilhão.

— Vamos comer. Manteiga, pão.

Os olhos famintos de Cheinin brilharam.

— Vou esquentar...

— Não precisa de água!

— Precisa, sim, um minuto.

Desapareceu.

Nesse instante alguém golpeou minha cabeça com algo pesado; quando voltei a mim e me levantei de um salto, a bolsa tinha sumido. Todos estavam em seus lugares e olhavam-me contentes, maldosos. Diversão da melhor qualidade. Nesses casos, alegravam-se duplamente: em primeiro lugar, alguém levara a pior; em segundo, não tinha sido você. Aquilo não era inveja, não era...

Não chorei. Mal sobrevivi. Passaram-se trinta anos, mas me lembro exatamente do pavilhão na penumbra, os rostos

---

[19] Serguêi Mirónovitch Kírov (1886-1934), ativista político e membro do governo soviético. Seu assassinato gerou uma das primeiras repressões de grande proporção na União Soviética. (N. da T.)

A encomenda

maldosos e contentes de meus camaradas, a acha de lenha úmida no chão, a face pálida de Cheinin.

Voltei à loja. Já não pedi manteiga, nem perguntei por açúcar. Pedi pão, voltei ao pavilhão, derreti neve e coloquei as ameixas pra cozinhar.

O pavilhão já dormia: gemendo, roncando e tossindo. No fogão, três de nós cozinhávamos cada um o seu: Sintsov fervia a côdea de pão guardada do almoço, para então comê-la viscosa, quente, e depois tomar com avidez a água da neve derretida, cheirando a chuva e a pão. Já Gúbarev entulhava o caldeirão de folhas de repolho congelado: felizardo e esperto. O repolho cheirava como o melhor borche ucraniano! E eu cozinhava as ameixas da encomenda. Nenhum de nós conseguia não olhar o vasilhame do outro.

Alguém escancarou a porta do pavilhão com um pontapé. Da nuvem de vapor gelado, saíram dois militares. Um mais novo, Kovalienko, chefe do campo de prisioneiros; o outro mais velho, Riabov, chefe da lavra. Riabov usava *burki* de piloto — minhas *burki*! Custei a reconhecer que me enganara, as *burki* eram mesmo de Riabov.

Kovalienko lançou-se ao fogão, vibrando a picareta que trouxera consigo.

— De novo caldeirões! Caldeirões, vou mostrar a vocês agora mesmo! Vou mostrar como se faz uma sujeira!

Kovalienko derrubou os caldeirões com sopa, côdea de pão, folhas de repolho, ameixas e abriu o fundo de cada caldeirão com a picareta.

Riabov aqueceu as mãos no fumeiro do fogão.

— Se há caldeirões, então há o que cozinhar — pronunciou com gravidade o chefe da lavra. — Sabem, isso é sinal de abundância.

— Se visse o que eles cozinham — disse Kovalienko, pisoteando os caldeirões.

Os chefes saíram e nós nos pusemos a pegar os caldeirões amassados e a juntar cada um o seu: eu, as frutinhas; Sintsov, o pão encharcado e disforme; Gúbarev, migalhas de folhas de repolho. Comemos tudo de uma vez só: assim era mais seguro.

Engoli algumas frutinhas e peguei no sono. Há muito aprendera a pegar no sono antes de esquentar os pés; houve época em que não conseguia fazer isso, mas a experiência, a experiência... O sono parecia um desfalecimento.

A vida voltava como num sonho, abriam as portas outra vez: brancas nuvens de vapor próximas do chão, percorrendo o espaço até a outra parede do pavilhão, pessoas em peliças brancas, cheirando a roupa nova, usada pela primeira vez, e algo jogado no chão, sem se mexer, mas vivo, guinchando.

O faxina ficou numa pose atônita, mas respeitosa, inclinado diante dos *tulups*[20] brancos dos capatazes.

— É dos seus? — e o encarregado apontou o enrodilhado de trapos sujos no chão.

— É Iefriêmov — disse o faxina.

— Vai aprender a não roubar lenha dos outros.

Iefriêmov passou muitas semanas deitado na tarimba, ao meu lado, antes de ser levado dali; ele morreu na vila dos inválidos. Atingiram-no no "bucho" — na lavra, não eram poucos os mestres nessa arte. Ele não se queixava, só ficava deitado e gemia baixinho.

(1960)

---

[20] Casaco de pele de carneiro, com os pelos na parte interior. (N. da T.)

CHUVA

Estávamos perfurando o novo polígono há três dias. Cada um tinha seu poço, e a cada três dias o poço ficava meio metro mais fundo, não mais que isso. Ninguém tinha chegado ainda até o *permafrost*,[21] embora pés-de-cabra e picaretas fossem distribuídos sem economia — coisa rara; os ferreiros não tinham como enrolar; só a nossa brigada estava trabalhando. Tudo debaixo de chuva. Chovia há três dias, sem parar. Pelo solo pedregoso não era possível saber: uma hora ou um mês de chuva. Chuva fina e fria. Há muito tinham tirado as brigadas vizinhas do trabalho e levado para casa, mas aquelas eram da marginalidade, não nos restavam forças nem para a inveja.

O capataz, usando uma enorme capa de lona molhada, com um capuz anguloso como uma pirâmide, raramente aparecia. A chefia depositava grandes esperanças na chuva, nos açoites de água gelada que desciam sobre nossas costas. Há muito estávamos encharcados, não posso dizer até a roupa de baixo porque não tínhamos roupa de baixo. O cálculo secreto e primitivo da chefia contava com que a chuva e o frio nos obrigariam a trabalhar. Mas o ódio ao trabalho era ainda mais forte, e, a cada final de tarde, o capataz praguejava ao soltar no poço a vara de medição com entalhes. A escolta nos vigiava, abrigada sob o "cogumelo", conhecida construção do campo de prisioneiros.

---

[21] No original, *viétchnaia merzlotá*, camada subterrânea do solo permanentemente congelada. (N. da T.)

Não podíamos sair dos poços, senão seríamos fuzilados. Só quem podia andar entre os poços era o chefe da nossa brigada. Não podíamos gritar uns com os outros, senão seríamos fuzilados. Então ficávamos calados, enfiados na terra até a cintura, em buracos de pedra, numa longa fila de poços estendida ao longo da margem do córrego seco.

Durante a noite não conseguíamos secar os nossos *buchlat*; as camisetas e as calças enxugavam no próprio corpo, ficavam quase secas. Faminto e irritado, eu sabia que nada no mundo me faria cometer suicídio. Foi bem nessa época que compreendi a essência do grandioso instinto de sobrevivência, qualidade dada ao homem em alto grau. Eu via como nossos cavalos esgotavam-se e faleciam; não posso me expressar de outro modo, usando outros verbos. Os cavalos não se distinguiam em nada das pessoas. Faleciam por causa do Norte, do trabalho além das forças, da comida ruim, das surras, e, embora tudo isso fosse dado a eles mil vezes menos do que às pessoas, faleciam antes. Então compreendi o principal: o ser humano tornou-se ser humano não porque é uma criatura de Deus e não porque tem um polegar em cada mão, mas sim porque é *fisicamente* mais forte, mais resistente do que todos os animais e, depois, porque conseguiu colocar seu princípio espiritual a serviço de seu princípio físico.

E eis que, dentro do poço, eu pensava nisso tudo pela centésima vez. Sabia que nunca me mataria porque já colocara à prova o instinto de sobrevivência. Pouco tempo antes, num poço como esse, só que mais fundo, soltei uma pedra grande com um golpe da picareta. Por muitos dias, fui liberando com cuidado aquele peso terrível. Daquele peso ruim pensei criar algo maravilhoso, como dizia o poeta russo.[22] Pensei salvar minha vida, quebrando minha própria perna.

---

[22] Referência ao poema "Notre Dame" (1912), de Óssip Mandelstam (1891-1938). (N. da T.)

Na verdade, a intenção era maravilhosa, um acontecimento inteiramente natural. A pedra desabava e partia minha perna. E eu: inválido para sempre! Esse sonho apaixonante foi submetido a cálculos; preparei o lugar onde colocar a perna, previ como virar de leve a picareta, e a pedra desabaria. Chegaram o dia, a hora e o minuto determinados. Coloquei a perna direita sob a pedra pendente, elogiei minha própria calma, ergui o braço e virei a picareta alojada sob a pedra, como uma alavanca. A pedra deslizou pela parede para o lugar calculado e esperado. Mas não sei como isso foi acontecer: puxei a perna. No poço estreito, a perna ficou um pouco machucada. Duas equimoses, três arranhaduras: eis aí todo o resultado de um negócio tão bem preparado.

Então entendi que não sirvo para mutilador de membros nem para suicida. Restava-me apenas esperar que o pequeno azar fosse substituído por uma pequena sorte, que o grande azar se esgotasse. A sorte mais próxima era o fim do dia de trabalho, três goles de sopa quente; mesmo se a sopa estivesse fria, seria possível esquentá-la no fogão de ferro; caldeirão eu tinha: uma lata de conserva de três litros. Fumar, ou melhor, matar uma guimba, isso eu podia pedir ao faxina Stiepan.

Então ficava esperando, misturando no cérebro questões "estelares" e miudezas, ensopado até os ossos, porém tranquilo. Essas divagações seriam algum tipo de treinamento do cérebro? De jeito nenhum. Tudo isso era natural, era a vida. Eu entendia que o corpo, ou seja, até as células do cérebro, alimentava-se mal, meu cérebro há muito recebia uma cota de fome, e isso fatalmente se refletiria em loucura, esclerose precoce ou ainda em alguma outra coisa... Mas me alegrava ao pensar que não viveria, não chegaria a viver até a esclerose. Continuava chovendo.

Lembrei-me então da mulher que um dia antes passara por nós no atalho, sem dar atenção aos chamados da escolta.

Nós a cumprimentamos e ela nos pareceu tão bonita: a primeira mulher que víamos em três anos. Ela acenou com a mão, apontou para o céu, para um ponto no canto do firmamento e gritou: "Está próximo, rapazes, está próximo!". A resposta foi um berro animado. Nunca mais a vi, porém a vida inteira me lembrei dela: como conseguiu nos compreender e consolar daquele jeito. Apontou para o céu sem nem pensar no mundo além-túmulo. Só indicou que o sol imperceptível se punha no ocidente, que estava próximo o fim do dia de trabalho. A seu modo, repetiu-nos as palavras de Goethe sobre o cume das montanhas.[23] A respeito da sabedoria dessa mulher simples, ex-prostituta ou prostituta, pois não havia naquela região nenhuma outra mulher além de prostitutas, a respeito de sua sabedoria, de seu grande coração é que eu pensava, e o rumor da chuva fazia um bom fundo musical para esses pensamentos. A margem pedregosa e cinzenta, as montanhas cinzentas, a chuva cinzenta, o céu cinzento, as pessoas em roupas cinzentas e rotas, tudo muito suave, muito semelhante entre si. Tudo numa única harmonia de cores, harmonia diabólica.

E nesse momento soou um grito fraco vindo do poço ao lado do meu. O vizinho era um tal Rozovski, agrônomo idoso, cujos razoáveis conhecimentos especializados, assim como os conhecimentos de médicos, engenheiros, economistas, não podiam encontrar aqui nenhuma utilidade. Ele me chamou pelo nome, e eu respondi, sem dar atenção ao gesto ameaçador do guarda da escolta lá longe, debaixo do cogumelo.

---

[23] Referência ao poema "Wandres Nachtlied" [Canção noturna do peregrino]: "Über allen Gipfeln/ Ist Ruh',/ In allen Wipfeln/ Spürest du/ Kaum einen Hauch;/ Die Vögelein schweigen im Walde./ Warte nur, balde/ Ruhest du auch". Na tradução de Paulo Quintela: "Por todos estes montes/ Reina paz,/ Em todas estas frondes/ A custo sentirás/ Sequer a brisa leve;/ Em todo o bosque não ouves nem uma ave./ Ora espera, suave/ Paz vais ter em breve". (N. da T.)

— Escute — gritava ele —, escute! Eu pensei muito! E entendi que a vida não faz sentido... Não faz...

Saí do meu poço num salto e corri até lá antes que ele pudesse se lançar sobre os guardas da escolta. Ambos se aproximaram.

— Adoeceu — eu disse.

Nesse momento, chegou até nós o som distante da sirene, abafado pela chuva, e começamos a entrar em formação.

Eu e Rozovski trabalhamos ainda mais algum tempo juntos, até que ele se jogou debaixo de um vagonete de carga que descia o morro. Enfiou a perna debaixo da roda, mas o vagonete simplesmente saltou sobre ela, não ficaram nem equimoses. Mesmo assim, pela tentativa de suicídio, abriram um processo, ele foi julgado, e nós nos separamos, pois existe a regra de que, depois do tribunal, o condenado nunca é mandado para o lugar de onde veio. Temem alguma vingança contra o agente de polícia ou as testemunhas, num momento de fúria. Regra sábia. Mas, em relação a Rozovski, não precisavam tê-la aplicado.

(1958)

KANT

As *sopkas* estavam brancas com um matiz azulado, como pães de açúcar. Arredondadas, sem vegetação, cobertas por uma fina camada de neve compacta, prensada pelos ventos. Nos desfiladeiros, a neve era profunda e firme, sustentava uma pessoa, mas, nas encostas das *sopkas*, parecia inflar como bolhas enormes. Eram os arbustos de *stlánik*[24] que se espraiavam pela terra, deitavam-se para a noitada invernal ainda antes da primeira neve. Era deles que precisávamos.

Mais do que de todas as outras árvores do Norte, eu gostava do *stlánik*, do *kedratch*.[25] Há muito eu compreendera e amava aquela invejável precipitação com que a pobre natureza do Norte ansiava compartilhar a sua riqueza desengonçada com homens miseráveis como ela: florescer com todas as flores e bem depressa só para eles. Acontecia de florescerem todas numa única semana, como se apostassem corrida; e num único mês, no início do verão, aos raios do sol que principiavam a nascer, as montanhas avermelhavam-se de mirtilos, negrejavam de vacínios azul-escuros. Em arbustos nanicos — nem era preciso levantar a mão — amadurecia a sumarenta e graúda sorva amarela. Havia também a rosa-canina alpestre doce: suas pétalas rosadas eram as únicas

---

[24] Espécie de pinheiro (*Pinus pumila*). (N. da T.)

[25] Sinônimo de *stlánik*, cuja denominação completa, em russo, é *kedróvi stlánik*. (N. da T.)

flores ali que cheiravam como flores, todas as outras cheiravam apenas a umidade, a pântano, e isso estava de acordo com a mudez primaveril dos pássaros, com a mudez do bosque de lariços, cujos ramos vestiam-se aos poucos com folhas verdes aciculares. A rosa-canina guardava os seus frutos até a chegada do frio mais intenso e, sob a neve, estendia-nos as frutinhas enrugadas e carnudas, cuja casca áspera, cor de violeta, escondia uma polpa doce, amarelo-escura. Eu conhecia a euforia das ramas que, na primavera, mudavam a coloração muitas vezes — ora rosa-escuras, ora alaranjadas, ora verde-pálidas, como que envoltas numa fina pelica colorida. Os lariços estendiam os dedos finos, de unhas verdes; o viçoso epilóbio, onipresente, cobria restos de bosques incendiados. Tudo isso era maravilhoso, ingênuo, barulhento e apressado e acontecia no verão, quando a relva verde e fosca misturava-se ao brilho da erva tenra dos penhascos musgosos e cintilantes ao sol, que, de repente, surgiam não cinzentos, nem castanhos, mas verdes.

No inverno, tudo desaparecia, coberto pela neve fofa e intensa, amontoada e pisoteada pelos ventos nos despenhadeiros de tal modo que, para subir a montanha, era preciso recortar degraus na neve a golpes de machado. No bosque, podia-se ver um homem à distância de uma versta, tão nua era a paisagem. E apenas uma árvore estava sempre verde, sempre viva: o *stlánik*, o sempre-verde *kedratch*. Ela previa o tempo. Dois a três dias antes da primeira neve, quando a tarde ainda ficava quente e sem nuvens, à moda do outono, e ninguém queria nem pensar no inverno vindouro, de repente, o *stlánik* espraiava pela terra as suas patas enormes, de duas braças, abaulava de leve o caule negro e reto, da grossura de dois punhos fechados, e deitava-se, estirado sobre o solo. Passava um dia, dois, aparecia uma nuvenzinha e, no começo da noite, soprava uma tempestade e a neve caía. No entanto, quando, no final do outono, nuvens baixas de neve amontoavam-se e soprava um vento frio, mas o *stlánik* não se deitava, podíamos garantir que não nevaria de jeito nenhum.

No final de março e em abril, quando ainda não havia nem cheiro de primavera e o ar do inverno era cortante e seco, o *stlánik* erguia-se de repente, chacoalhando a neve de sua roupa verde um tanto arruivada. Passados uns dois dias, o vento mudava, rajadas quentes traziam a primavera.

O *stlánik* era um instrumento tão preciso, tão sensível, que, às vezes, se enganava — erguia-se no degelo, quando o degelo demorava demais. Antes do degelo ele não se erguia. Mas mal começava a esfriar, já se apressava de novo a estender-se sobre a neve. Acontecia também assim: de manhã, aumentavam a fogueira para que no almoço houvesse onde esquentar pés e mãos, colocavam mais lenha e saíam para o trabalho. Duas, três horas depois, de debaixo da neve, o *stlánik* estendia seus ramos e aprumava-se aos pouquinhos, pensando que chegara a primavera. A fogueira ainda não tinha sido apagada por completo e ele de novo se deitava na neve. O inverno aqui tem duas cores — o azul-pálido do céu alto e a terra branca. Na primavera, põem-se à mostra os andrajos amarelo-encardidos do outono anterior e a terra veste-se durante muito tempo com esse adereço de mendigo, até que o novo verdejar tome força e tudo comece a florir às pressas, impetuosamente. E eis que, no meio dessa primavera vazia, desse inverno desapiedado, brilha o *stlánik*, verdejando, claro e ofuscante. E mais: nele crescem castanhas, castanhas de *kedratch* miudinhas. Essa guloseima, homens, pássaros, ursos, esquilos e tâmias dividiam entre si.

Tendo escolhido uma área a sotavento da *sopká*, juntamos gravetos, uns miúdos e outros um pouco maiores, arrancamos gramíneas secas das *prometini*, áreas nuas da montanha, das quais o vento varre a neve. Leváramos conosco, do barracão, alguns tições fumegantes, retirados do forno quente na hora de sair para o trabalho — ali não havia fósforos.

Kant

Carregamos os tições numa lata de conserva grande, com alça feita de arame, cuidando atentamente para que as brasas não se apagassem pelo caminho. Depois de tirar as brasas da lata, soprá-las e juntar as pontas incandescentes, avivei o fogo, coloquei as brasas sobre os gravetos e fiz uma fogueira: gramínea seca e gravetos mirrados. Tudo isso coberto com os gravetos maiores, e logo uma fumacinha azulada hesitante estendia-se ao vento.

Nunca antes eu havia trabalhado nas brigadas de provisão de folhas de *stlánik*. A coleta era feita à mão, os espinhos verdes e secos espetavam como a ponta da pena de patos selvagens; pegávamos um punhado com a mão, metíamos as folhas em sacos e, no final da tarde, entregávamos a carga ao capataz. Depois as folhas eram transportadas até a misteriosa fábrica de vitaminas, onde delas faziam um extrato amarelo-escuro, denso e pegajoso, de sabor indescritivelmente repulsivo. Obrigavam-nos a tomá-lo ou comê-lo (cada um a seu modo) antes do almoço. O gosto do extrato estragava não só o almoço, mas também o jantar, e muitos viam nesse tratamento um modo complementar de coação do campo de trabalhos forçados. Sem um copinho desse remédio, não se recebia comida nos refeitórios — mantinham rigoroso controle. Havia escorbuto por toda parte, e o *stlánik* era o único recurso contra essa doença aprovado pela medicina. A fé supera tudo e, embora depois tenha sido comprovada a completa inutilidade desse "preparado" contra o escorbuto e tenham abandonado o seu uso e fechado a fábrica de vitaminas, na nossa época, as pessoas tomavam essa porcaria fedorenta, cuspiam de nojo e curavam-se. Ou não se curavam. Ou não tomavam e se curavam. Por toda parte havia montes de rosa-canina, mas ninguém fazia extrato dela, ninguém a usava como remédio contra escorbuto — nas instruções de Moscou não se dizia nada sobre a rosa-canina. (Passados alguns anos, começaram a trazer rosa-canina do continente, mas, pelo que sei, a produção de extrato nunca foi implementada.)

Como fonte de vitamina C, a instrução considerava apenas as folhas aciculares de *stlánik*. Agora eu era um fornecedor desse xarope valioso, eu enfraquecera e fora transferido da galeria de mina para a colheita de *stlánik*.

— Vá colher *stlánik* — disse-me o supervisor pela manhã. — Daremos a você alguns dias de *kant*.

"*Kant*" é um termo amplamente disseminado no campo de trabalhos forçados. Significa algo como descanso temporário, não descanso em sentido pleno (nesse caso dizem: hoje ele "está inchando", "está inchado"), mas um tipo de trabalho em que o homem não esgota as próprias forças, um trabalho temporário leve.

O trabalho de colher *stlánik* era considerado não só leve, mas o mais leve de todos e, além disso, sem escolta. Depois de muitos meses em buracos congelados, onde cada pedrinha, coberta de gelo a ponto de brilhar, faz queimar as mãos, depois do espocar do fecho dos fuzis, do latir dos cães e do xingamento dos encarregados às nossas costas, o trabalho de colher *stlánik* era uma satisfação enorme, sentida por cada músculo cansado. Mandavam colher *stlánik* mais tarde, depois da distribuição habitual do grupo de trabalho, feita ainda na escuridão.

Que bom sair sem pressa, aquecendo as mãos na lata com tições fumegantes, e ir direto para as *sopkas*, para aquela incrível lonjura, como me parecia antes, e subir mais e mais, o tempo todo sentindo a própria solidão e o profundo silêncio do inverno nas montanhas como um feliz imprevisto, como se tudo de ruim no mundo tivesse desaparecido e restassem apenas o seu camarada, você e aquela faixa estreita, escura e interminável ao longo da neve, conduzindo a um lugar bem alto, nas montanhas.

O camarada observava os meus movimentos lentos com

Kant

desaprovação. Ele colhia *stlánik* há muito tempo e via em mim um parceiro inábil e fraco. Trabalhávamos aos pares, a colheita era dos dois, dividida pela metade.

— Eu derrubo e você debulha — disse ele. — E fique esperto, ou não cumprimos a cota. Sair daqui e voltar pra galeria, eu não quero.

Ele derrubou galhos de *stlánik* e arrastou um monte enorme de ramas para perto da fogueira. Eu quebrava os galhos em pedaços menores e, começando da ponta, depenava as folhas junto com a casca. Pareciam um rendado verde.

— Mais rápido — disse o meu camarada, voltando com uma nova braçada. — Assim está mal, irmão.

Eu mesmo conseguia ver que estava mal. Mas não podia trabalhar mais rápido. Os ouvidos zuniam e os dedos, congelados até a insensibilidade no início do inverno, há muito latejavam aquela dor conhecida, surda. Eu desfolhava os ramos, quebrava os galhos inteiros em pedacinhos, sem arrancar a casca, e enfiava a produção no saco. Mas o saco não queria encher de jeito nenhum. Uma montanha inteira de gravetos desfolhados, lembrando ossos sem carne, já se erguia junto à fogueira, mas o saco inchava, inchava e continuava aceitando as novas braçadas de *stlánik*.

O camarada veio ajudar. O negócio andou mais rápido.

— É hora de ir — disse-me ele, de repente. — Senão chegamos atrasados pro jantar. Isso aqui não atinge a cota.

Então, pegou uma pedra grande do meio das cinzas e enfiou-a no saco.

— Lá não desamarram — disse ele, franzindo a testa. — Agora cumprimos a cota.

Eu me levantei, joguei fora os gravetos aquecidos e, com os pés, juntei um monte de neve sobre as brasas avermelhadas. A fogueira chiou, apagou-se e logo esfriou; ficou claro que a noite se aproximava. O camarada me ajudou a jogar o saco nas costas. Cambaleei sob a carga.

— Leva de arrasto — disse o camarada. — Tem que puxar pra baixo e não pra cima.

Nós quase perdemos a sopa e o chá. Esse trabalho leve não dava direito ao segundo prato.

(1956)

RAÇÃO SECA

Quando nós quatro chegamos à fonte de Duskania, ficamos tão alegres que nem conversamos mais um com o outro. Temíamos que a nossa ida para lá fosse um erro ou brincadeira de alguém, que nos levassem de volta para a lavra, para as galerias de mina lúgubres e inundadas pela água fria do gelo derretido. As *tchuni*, galochas de borracha dadas pelo governo, não protegiam do frio nossos pés tantas vezes congelados.

Seguimos os rastros do trator, como pegadas de uma fera pré-histórica, mas o caminho aberto por ele terminou e, por uma antiga trilha batida, quase imperceptível, chegamos a um pequeno esqueleto de casa, com duas janelas recortadas, uma porta presa numa única dobradiça feita de borracha de pneu de carro e fixada com parafusos. Na portinha, havia uma maçaneta enorme, de madeira, parecida com a maçaneta das portas de restaurantes das cidades grandes. Lá dentro, tarimbas nuas, de troncos inteiros, e uma lata de conserva, preta de fuligem, largada no chão de terra. Grande quantidade de latas como essa, enferrujadas e amareladas, estavam jogadas ao redor da casinha coberta de musgo. Aquela era a isbá da prospecção de minas; há mais de um ano ninguém vivia nela; devíamos morar ali e abrir uma trilha, trazíamos conosco machados e serras.

Era a primeira vez que recebíamos os víveres da ração diretamente, nas próprias mãos. Eu levava um saquinho bem fechado, com grãos, açúcar, peixe, óleo. Um saquinho atado com pedaços de barbante em várias partes, como se amarram salsichas. Açúcar cristal e grãos de dois tipos: cevadinha e *magar*.[26] O de Savielev era exatamente igual ao meu; já Ivan Ivánovitch tinha dois saquinhos inteiros, presos com cadarços grossos, de sapato masculino. Fiédia Schapov, o quarto homem, enchera imprudentemente os bolsos do casaco com os grãos e entrouxara o açúcar cristal na *portianka*.[27] Um bolso interno arrancado do *buchlat* servia a Fiédia de porta-tabaco, onde ele acumulava com desvelo as guimbas encontradas.

As rações para dez dias tinham aspecto assustador: o melhor era nem pensar que tudo isso devia ser dividido em trinta partes exatas, no caso de café da manhã, almoço e jantar, e em vinte partes, se comêssemos só duas vezes ao dia. Tínhamos pão para dois dias, o capataz ia trazer mais depois, pois era inconcebível um grupo de trabalhadores, mesmo o menor deles, sem um capataz. Não nos interessava nem um pouco quem seria. Disseram-nos que até sua chegada devíamos preparar a morada.

Estávamos todos cansados da comida do pavilhão, ficávamos sempre à beira do choro quando chegava a sopa, em caixas de descarga de zinco sustentadas por varas. Ficávamos à beira do choro com medo de que a sopa fosse rala. E, quando acontecia um milagre e a sopa era grossa, nem acreditávamos; contentes, tomávamos tudo bem devagarinho. Mas mesmo depois da sopa grossa, sentíamos um ardor intenso no estômago mais aquecido: muito tempo sem comer. Todos os sentimentos humanos, amor, amizade, inveja, generosidade, misericórdia, sede de glória, honestidade, desapareciam

---

[26] Forrageira usada na confecção de vassouras e na alimentação do gado. É citada também como alimento da ração diária em *Um dia na vida de Ivan Denissovitch*, de Aleksandr Soljenítsin (1918-2008). (N. da T.)

[27] Pano para enrolar os pés e protegê-los do frio. (N. da T.)

Ração seca

junto com a carne que perdíamos ao longo do jejum prolongado. Na camada muscular insignificante que ainda restava sobre nossos ossos, que ainda nos dava a possibilidade de comer, de nos mover, respirar, cortar lenha, pegar a pá e jogar pedras e areia no carrinho de mão e inclusive de empurrar o carrinho pela interminável trilha de madeira até a galeria da mina de ouro e pela estreita estrada de madeira até o equipamento de lavagem, nessa camada muscular acomodava-se apenas raiva, o sentimento humano mais duradouro.

Savielev e eu decidimos cuidar da alimentação. A preparação da comida proporciona ao detento um prazer todo especial; nada se compara à satisfação de cozinhar para si mesmo, com as próprias mãos, e depois comer, ainda que o cozido seja pior do que fariam as mãos habilidosas do cozinheiro; nossos conhecimentos culinários eram insignificantes, não tínhamos habilidades na cozinha nem para uma simples sopa ou mingau. Mesmo assim, Savieliev e eu pegamos latas, limpamos, temperamos no calor da fogueira, cozinhamos, fervemos, aprendendo um com o outro.

Ivan Ivánovitch e Fiédia juntaram seus víveres; com desvelo, Fiédia revirou os bolsos, examinou cada costura e raspou os grãozinhos com a unha suja e quebrada.

Nós quatro estávamos muito bem preparados para a viagem futura, fosse ela celestial ou terrena. Sabíamos o que significava o valor nutricional de referência, fundamentado cientificamente, o que era a tabela de substituição de víveres, segundo a qual um balde de doze litros de água equivale, em calorias, a cem gramas de manteiga. Aprendemos a nos resignar, desaprendemos a nos surpreender. Em nós, não havia orgulho, nem egoísmo, nem amor-próprio; ciúme e paixão pareciam-nos noções marcianas e, ainda por cima, besteiras. Muito mais importante era pegar o jeito de abotoar as calças no frio rigoroso do inverno; homens adultos às vezes choravam quando não conseguiam fazer isso. Tínhamos compreendido que a morte não é nem um pouco pior do que a vida e não temíamos nem uma nem outra. Uma enorme indiferença nos dominava. Sabíamos que dependia só de nossa vontade interromper esta vida a qualquer momento, por exemplo, amanhã mesmo, mas nunca nos decidíamos a fazê-lo ou, às vezes, quando decidíamos, sempre uma das miudezas de que é feita a vida nos atrapalhava. Acontece que hoje receberíamos "gratificação", um quilo de pão como prêmio, e seria simplesmente estupidez se suicidar num dia desses. Numa outra vez, o faxina da barraca vizinha prometia um cigarro no final da tarde, para pagar uma dívida antiga.

Entendíamos que a vida, até a pior delas, consiste numa sucessão de alegrias e amarguras, sucessos e fracassos, e que não é preciso ter medo de que os fracassos superem os sucessos.

Éramos disciplinados, obedecíamos aos chefes. Entendíamos que verdade e mentira são irmãs de sangue, que no mundo há milhares de verdades...

Considerávamos a nós mesmos quase como santos, pensávamos que, com os anos passados no campo, expiávamos todos os nossos pecados.

Tínhamos aprendido a compreender as pessoas, a prever seus comportamentos, a decifrá-las.

Entendíamos, e isso era o mais importante, que conhecer as pessoas não nos servia para nada na vida. Que proveito há em compreender, sentir, decifrar, prever os comportamentos do outro? Não posso mudar meu próprio comportamento em relação a ele, também não vou denunciar um detento igual a mim, seja lá o que for que ele esteja fazendo. Não vou arranjar uma posição de chefe de brigada, que dá a chance de permanecer entre os vivos, pois o pior de tudo, no campo de prisioneiros, é impor a minha vontade (ou de outros) a uma pessoa que está detida, assim como eu. Não vou buscar familiaridades, nem dar propinas. Que proveito pode haver então em saber que Ivanov é canalha, Petrov espião e que Zaslavski deu falso testemunho?

A incapacidade de usar certos tipos de arma nos torna fracos, em comparação com alguns dos nossos vizinhos de tarimba. Aprendemos a nos satisfazer com pouco, a nos alegrar com pouco.

Entendemos também uma coisa surpreendente: aos olhos do Estado e de seus representantes, o indivíduo forte fisicamente é melhor, isso mesmo, melhor: moralmente superior, mais valioso do que o fraco, do que aquele que não consegue tirar da trincheira vinte metros cúbicos de terra por turno. O primeiro é moralmente superior ao segundo. Ele completa "a porcentagem", ou seja, cumpre sua principal obrigação perante o Estado e a sociedade, e por isso se faz respeitar por todos. Aconselham-se com ele, respeitam-no, ele é convidado para reuniões e assembleias que, pela temática, nada têm a ver com a extração de terra pesada e resvaladiça de canais úmidos e viscosos.

Graças à superioridade física, ele adquire força moral na resolução das numerosas questões cotidianas da vida do campo de prisioneiros. Além disso, ele só tem força moral enquanto tem força física.

O aforismo de Pavel I: "Na Rússia, ilustre é aquele com quem estou conversando, enquanto eu estiver conversando com ele" encontrou expressão nova e inesperada nas galerias de minas do Extremo Norte.

Ivan Ivánovitch, nos primeiros meses de sua vida na lavra, era um trabalhador dedicado... Mas agora, enfraquecido, não consegue entender por que, quando passam por ele, todos — o faxina, o barbeiro, o supervisor, o monitor, o chefe de brigada, o guarda de escolta — batem-lhe, meio de leve, mas batem. Além dos funcionários, bate nele também toda a marginalidade. Ivan Ivánovitch estava feliz por ter sido escolhido para o trabalho de derrubada do bosque.

Fiédia Schapov, adolescente da república de Altai, acabou-se antes dos outros, pois seu corpo semi-infantil ainda não se fortalecera. Por isso, ele aguentava umas duas semanas menos do que os outros, logo perdia as forças. Era filho único de uma viúva e fora condenado por abate ilegal de rebanho: apunhalara uma única ovelha. Os abates eram proibidos por lei. Fiédia recebeu dez anos de pena; o trabalho acelerado na lavra, nada parecido com as atividades da aldeia, era pesado para ele. Fiédia encantava-se com a vida livre da marginalidade, mas sua natureza era tal que o impedia de se aproximar dos bandidos. A origem camponesa saudável, o amor natural, em vez de aversão ao trabalho, ajudaram-no um pouco. Ele, o mais novo entre nós, grudou-se logo no mais velho, no mais positivo, em Ivan Ivánovitch.

Savielev fora estudante do Instituto de Telecomunicações de Moscou, meu colega na prisão Butirka.[28] Da cela, abalado por tudo que vira e como fiel *komsomóliets*,[29] Savielev escreveu uma carta ao dirigente do Partido, na certeza de que ele não sabia de nada. Seu processo era uma grande ninharia (a correspondência com a noiva); nele as cartas entre os noivos figuravam como prova de propaganda antirrevolucionária (parágrafo 10 do artigo 58); sua "organização" (parágrafo 11 desse mesmo artigo) compunha-se de duas pessoas. Tudo isso foi registrado no formulário da inquirição com a maior seriedade. Entretanto, todos achavam que, pelas tabelas de classificação da época, além do degredo, Savielev não receberia nenhuma outra condenação.

---

[28] Diminutivo de Butírskaia, a maior e uma das mais antigas e famosas prisões da cidade de Moscou. Sua origem remonta à época de Catarina II. Nas décadas de 1930 e 40, por ela passaram Varlam Chalámov, Óssip Mandelstam e Aleksandr Soljenítsin. (N. da T.)

[29] Membro do Komsomol, a Juventude Comunista da URSS. (N. da T.)

Ração seca

Logo após o envio da carta, num dos dias "peticionários" da prisão, chamaram Savielev no corredor e pediram-lhe que assinasse uma notificação. O procurador-geral informava que ia se ocupar pessoalmente do exame do processo. Depois disso, convocaram Savielev uma única vez, para lhe entregar a decisão da sessão especial: dez anos no campo de prisioneiros.

No campo, Savielev "nadou" até o fundo muito rapidamente. Até hoje ele não compreende essa justiça sumária. Não éramos amigos, simplesmente gostávamos de relembrar Moscou: suas ruas, monumentos, o rio Moscou, recoberto de fina camada de petróleo com tons de madrepérola. Nem Leningrado, nem Kíev, nem Odessa tinha fãs ou admiradores aficionados como nós. Podíamos passar horas sem fim falando de Moscou.

Levamos para dentro da isbá o fogão de ferro que trouxéramos e, embora fosse verão, acendemos a lenha. O ar quente e seco era extraordinário, tinha um aroma maravilhoso. Estávamos acostumados a respirar o cheiro ácido da roupa surrada, do suor; ainda bem que lágrimas não têm cheiro.

A conselho de Ivan Ivánovitch, tiramos a roupa de baixo e a enterramos à noite no chão batido; a camiseta e as ceroulas separadas, deixando apenas uma pontinha de fora. Era um método popular contra piolhos; na lavra somos impotentes na luta com eles. Realmente, pela manhã, os piolhos estavam todos juntos na pontinha das camisetas. Aquela terra, coberta pelo *permafrost*, no verão degelava apenas o suficiente para que enterrássemos a roupa de baixo. Obviamente, o solo era do tipo local, em que havia mais pedras do que terra. Mas até naquele solo pedregoso, coberto de gelo, cresciam bosques densos de lariços enormes, com troncos de três braças; tal era a força da vida das árvores, grande exemplo edificante que nos dava a natureza.

Queimamos os piolhos, aproximando a camiseta do tição ardente da fogueira. Infelizmente, esse método original não exterminou as lêndeas, e, naquele mesmo dia, enraivecidos, cozinhamos a roupa de baixo longamente, em grandes latas de conserva; assim garantimos a desinfecção.

Descobrimos as maravilhosas propriedades dessa terra mais tarde, quando capturamos ratos, corvos, gaivotas, esquilos. A carne de qualquer animal perde seu odor específico quando a enterramos antes de comer.

Fazíamos de tudo para não deixar o fogo se extinguir, pois tínhamos uns poucos fósforos, guardados por Ivan Ivánovitch. Ele enrolava os fósforos preciosos num pedacinho de lona e em trapos com todo cuidado.

Toda noite, colocávamos dois tições juntos, e eles ardiam lentamente até amanhecer, sem se apagar e sem queimar por completo. Se fossem três, então queimariam de todo. Essa lei Savielev e eu conhecíamos dos bancos da escola, mas Ivan Ivánovitch e Fiédia a conheciam desde a infância, de casa. Pela manhã, soprávamos os tições, um fogo amarelo irrompia, a fogueira começava a arder, e então ajuntávamos uma tora mais grossa...

Eu dividi os grãos em dez partes, mas isso parecia apavorante demais. A operação de saciar cinco mil pessoas com cinco pães devia ser mais fácil e simples do que a tarefa de um único detento dividir em trinta porções sua ração para dez dias. As rações e os talões de racionamento sempre eram de dez dias. No continente, há muito tempo haviam abandonado essas rações de "cinco dias", de "dez dias", "permanente", mas ali o sistema de dez dias perdurava com muita firmeza. Ali, domingo não era considerado dia de folga; os dias de descanso para detentos foram introduzidos muito depois desse nosso trabalho de corte do bosque; somavam três dias por mês distribuídos a bel-prazer pelo chefe local, que tinha o direito de usar os dias chuvosos do verão ou os

Ração seca

dias frios demais do inverno para descanso dos detentos na qualidade de dia de folga.

Misturei de novo os grãos; não conseguia mais suportar aquele suplício. Pedi a Ivan Ivánovitch e Fiédia que me aceitassem no grupo e juntei meus víveres ao estoque comum. Savielev seguiu meu exemplo.

Juntos, nós quatro tomamos uma decisão sábia: cozinhar duas vezes ao dia — para três vezes os víveres realmente não eram suficientes.

— Vamos colher frutas silvestres e cogumelos — disse Ivan Ivánovitch. — Caçar ratos e aves. E, um ou dois dias a cada dez, viveremos só de pão.

— Mas se jejuarmos um dia ou dois antes de receber os víveres — disse Savielev —, como vamos nos segurar pra não comer além da conta quando trouxerem a provisão?

Decidimos comer duas vezes ao dia a qualquer preço e, em caso extremo, acrescentar mais água. Pois ali, entre nós, ninguém ia roubar; recebíamos tudo de acordo com os valores de referência: entre nós não havia cozinheiros bêbados, nem despenseiros velhacos, nem carcereiros, nem ladrões que furtavam os melhores produtos, não havia aquela interminável chefia, capaz de sugar e depenar os encarcerados sem nenhum controle, sem nenhum medo, sem nenhuma consciência.

Recebemos todo o nosso óleo na forma de uma bolinha de gordura hidrogenada, açúcar cristal em menor quantidade do que o pó de ouro que se depositava na bateia, o pão pegajoso, viscoso, em cuja preparação labutavam grandes e inimitáveis mestres da arte do contrapeso, alimentando também a chefia da padaria. Cereais de vinte denominações, inteiramente desconhecidas por nós no curso de toda a nossa vida: *magar*, palha de trigo, tudo extremamente enigmático. E horrível.

O peixe que tomava o lugar da carne de acordo com

misteriosas tabelas de substituição, um arenque ferruginoso, prometia repor nosso gasto extra de proteínas.

Infelizmente, nem as quantidades normativas recebidas integralmente eram bastante para nos alimentar ou saciar. Precisávamos de três, quatro vezes mais; o organismo de cada um sofria há muito com a fome. Naquela época não compreendíamos essa coisa simples. Confiávamos nas normas, mas a conhecida observação dos cozinheiros de que é mais fácil cozinhar para vinte pessoas do que para quatro ainda nos era desconhecida. Compreendíamos apenas uma coisa, bem evidente: faltavam víveres. Isso nos assustava mais do que surpreendia. Era preciso começar a trabalhar, começar a abrir a trilha em meio às árvores arrancadas por tempestades.

No Norte, as árvores morrem deitadas, como as pessoas. Suas enormes raízes nuas parecem garras de uma ave de rapina gigantesca, prendendo-se às pedras. Dessas garras gigantes descem, em direção ao *permafrost*, milhares de tentáculos minúsculos, ramificações embranquecidas, cobertas de um córtex quente de cor castanha. Todo verão, a parte congelada do solo recua bem pouquinho, e, a cada palmo de terra descongelada, logo se crava e se firma um tentáculo, com filamentos fininhos: é a raiz. Os lariços atingem o amadurecimento em trinta anos, erguendo lentamente seu corpo pesado e potente sobre raízes fracas, estendidas ao longo do solo pedregoso. A tempestade forte derruba essas árvores de pernas fracas. Os lariços caem de costas, as cabeças viradas para um mesmo lado, morrem deitados sobre uma camada grossa de musgo macio vivamente esverdeado e rosado.

Só as árvores retorcidas, de estatura baixa, que rodopiam em atribuladas reviravoltas em busca de sol e de calor, só elas se mantêm firmes, solitárias, distantes umas das outras. Elas sustentam uma luta extenuante pela vida por tanto tempo que seu lenho amassado, rugoso, não serve para nada. O tronco curto e cheio de nódulos, enlaçado por estranhas

Ração seca

excrescências, como calcificações de uma fratura, não se presta à marcenaria nem no Norte, tão pouco exigente em termos de materiais de construção. Essas árvores retorcidas não servem nem para lenha: com sua resistência ao machado, são capazes de extenuar qualquer trabalhador. Assim elas se vingam do mundo inteiro pela vida estropiada que levam no Norte.

Nossa tarefa era abrir a trilha, então demos início ao trabalho corajosamente. Serramos árvores de sol a sol, derrubamos, traçamos, empilhamos. Esquecidos de tudo, queríamos ficar ali por mais tempo, temíamos as galerias de mina. Mas as pilhas cresciam devagar demais e, no final do segundo dia de trabalho intenso, ficou claro que fizéramos pouco, não tínhamos forças para mais. Ivan Ivánovitch fez uma vara de medição de um metro, marcando cinco *tchietvert*[30] num lariço jovem, de dez anos, serrado.

No final da tarde, o capataz chegou, mediu nosso trabalho no próprio bastão com entalhes e balançou a cabeça. Dez por cento da cota!

Ivan Ivánovitch demonstrou algo, mediu, mas o capataz permaneceu inflexível. Resmungou algo a respeito de metros cúbicos, da densidade da lenha: tudo acima de nossa compreensão. Só uma coisa estava clara: seríamos devolvidos à zona do campo de prisioneiros, entraríamos de novo pelos portões da prisão sob a obrigatória placa oficial: "O trabalho é questão de honra, glória, bravura e heroísmo". Dizem que nos portões dos campos de prisioneiros alemães, gravavam uma citação de Nietzsche: "A cada um o seu". Imitando Hitler, Béria[31] superou-o em cinismo.

[30] Antiga unidade de medida russa equivalente a aproximadamente 18 cm. (N. da T.)

[31] Lavrenti Pávlovitch Béria (1899-1953), chefe do Comissariado do

O campo de prisioneiros era um lugar onde se aprendia a odiar o trabalho físico, a odiar o trabalho em geral. O grupo mais privilegiado da população do campo era a marginalidade: será que para eles o trabalho significava heroísmo e bravura?

Mas não estávamos com medo. Além disso, quando o capataz reconheceu que nosso trabalho era inútil, que nossas qualidades físicas eram imprestáveis, isso nos deu um alívio inaudito, não nos amargurou nem um pouco, não nos assustou.

Nadávamos a favor da corrente e "nadamos" até o fundo, como se dizia na linguagem do campo. Nada mais nos inquietava, viver sob o poder da vontade alheia era fácil. Não nos preocupávamos nem mesmo em preservar a vida, e, se dormíamos, até isso era feito em obediência a uma ordem, ao regulamento do dia prisional. A tranquilidade do espírito, alcançada pelo embotamento de nossos sentimentos, lembrava a "suprema liberdade da caserna", com que sonhava Lawrence,[32] ou a não resistência ao mal, de Tolstói; a vontade alheia sempre velava por nossa tranquilidade de espírito.

Há muito havíamos nos tornado fatalistas; não prevíamos nossa vida nem mesmo para o dia seguinte. Seria lógico comer logo todos os produtos e voltar, cumprir o prazo determinado no cárcere e fazer o trabalho nas galerias de mina, mas também não faríamos isso. Qualquer interferência no destino, na vontade dos deuses, seria inconveniente, contrária aos códigos do comportamento prisional.

Povo para Assuntos Internos (NKVD), órgão responsável pela repressão política. (N. da T.)

[32] T. E. Lawrence, também conhecido como Lawrence da Arábia (1888-1935). (N. da T.)

O capataz foi embora, nós continuamos a abrir a trilha, a empilhar mais lenha, porém com grande tranquilidade, com grande indiferença. Agora já não discutíamos quem ia segurar a base ou o topo do tronco na hora de colocá-lo sobre a pilha, ou *triliovka*, como a chamavam os madeireiros. Descansávamos mais, prestávamos mais atenção ao sol, ao bosque, ao céu alto, de um azul pálido. Malandrávamos.

De manhã, Savielev e eu derrubamos de qualquer jeito um lariço enorme, que por milagre resistira a tempestades e incêndios. Então largamos a serra sobre os arbustos, ela resvalou nas pedras, retinindo, e sentamos no tronco da árvore caída.

— Quer saber? — disse Savielev. — Vamos sonhar. Sobrevivemos, voltamos para o continente, envelhecemos rapidamente e viramos uns velhos doentes: ora as pontadas no coração, ora as dores do reumatismo não dão descanso, ora o peito começa a doer; tudo o que estamos fazendo agora, o modo como vivemos os anos da juventude, as noites sem dormir, o trabalho pesado muitas horas seguidas, as galerias de minas de ouro infiltradas de água gelada, o frio do inverno, os açoites dos guardas da escolta, tudo isso não vai passar sem deixar suas marcas, isso se continuarmos vivos. Vamos adoecer sem saber o motivo da doença, vamos gemer e viver em enfermarias. O trabalho acima das forças deixará em nós feridas incuráveis, e toda nossa vida e velhice será uma vida de dor, de interminável e variável dor física e espiritual. Mas, em meio a esses terríveis dias futuros, haverá também dias em que vamos respirar mais livremente, em que vamos nos sentir quase saudáveis e em que os nossos sofrimentos não vão nos inquietar. Esses dias não serão muitos. Eles serão tantos quantos forem os dias que conseguimos malandrar no campo de prisioneiros.

— E o trabalho honesto? — perguntei eu.

— Quem invoca o trabalho honesto no campo de prisioneiros são os canalhas e aqueles que batem em nós, que nos mutilam, que comem a nossa comida e obrigam esqueletos vivos a trabalharem até a morte. Isso, esse tal de trabalho "honesto", é vantajoso para eles, mas eles acreditam em sua existência ainda menos do que nós.

À noite, sentamos em torno de nosso querido fogão. Fiédia Schapov ouvia atentamente a voz rouca de Savielev.

— Então se recusou a trabalhar. Lavraram um ato contra o acusado: "vestido conforme a estação"...

— O que significa isso, "vestido conforme a estação"? — perguntou Fiédia.

— Ah, isso é pra evitar a descrição de todas as coisas de inverno ou de verão que vestimos. Num ato lavrado no inverno, não podiam escrever que mandaram alguém para o trabalho sem *buchlat* ou sem luvas inteiriças. Quantas vezes você ficou no pavilhão porque não tinha luvas?

— Não deixavam ficar — disse Fiédia timidamente. — O chefe obrigava a ir abrir a trilha. Se deixassem, isso se chamaria "ficou por desnudação".

— Pois é.

— Agora, conte do metrô.

E Savielev contava a Fiédia sobre o metrô de Moscou. Ivan Ivánovitch e eu também gostávamos de ouvir Savielev. Ele sabia cada coisa, que eu, um moscovita, nem imaginava.

— Entre os maometanos, Fiédia — dizia Savielev, alegre de ainda ter uma mente ágil —, o muezim conclama à oração do alto do minarete. Maomé escolheu a voz para fazer o apelo à oração. Maomé experimentou de tudo: corneta, batida de tamborim, sinal de fogo, tudo isso foi rejeitado por Maomé... Mil e quinhentos anos depois, no teste do sinal dos trens do metrô, ficou claro que apito, buzina, sirene, nada disso era captado pelo ouvido do homem, do maquinista do metrô, com tanta abrangência e precisão quanto se capta a voz viva do despachante de plantão que grita: "Pronto!".

Ração seca

Fiédia admirava-se, encantava-se. Entre nós, ele era o mais adaptado à vida no campo, mais experiente do que todos nós, apesar de jovem. Fiédia entendia de carpintaria, sabia derrubar árvores da taiga e construir uma isbá sem complicações, sabia pôr abaixo uma árvore e com seus galhos reforçar o local do pernoite. Fiédia era caçador; em sua região, familiarizavam-se com armas desde criança. O frio e a fome deram cabo de todas as qualidades de Fiédia, a terra fazia pouco de seus conhecimentos, de suas habilidades. Ele não invejava os habitantes das cidades, simplesmente os reverenciava, e relatos sobre avanços da técnica e maravilhas urbanas ele estava sempre pronto a ouvir por horas a fio, apesar da fome.

A amizade não nasce nem na carência nem na desgraça. As condições de vida "difíceis" que, segundo nos dizem os contos da literatura de ficção, são indispensáveis para o surgimento da amizade, na verdade não são assim tão difíceis. Se a desgraça e a carência reunidas geram amizade entre as pessoas, então isso significa que a carência não é extrema e a desgraça não é grande. A tristeza que se pode dividir com amigos não é tão aguda nem profunda. Na verdadeira carência, só se reconhece a fortaleza do próprio espírito e do próprio corpo, determinam-se os limites das próprias possibilidades, da resistência física e da força moral.

Todos nós entendíamos que só era possível sobreviver por acaso. E, coisa estranha, certa época, em minha juventude, em momentos de fracassos e reveses, eu lembrava o dito: "Mas de fome não morreremos". Eu acreditava, acreditava nessa frase com todo meu coração. E, aos trinta anos de idade, encontrava-me na condição de quem está morrendo de fome de verdade, de alguém que luta literalmente por um pedaço de pão, e tudo isso muito antes da guerra.

Quando nós quatro nos reunimos na fonte de Duskania, sabíamos que ali não era lugar para fazer amizade; sabíamos que, saindo vivos, depois nos encontraríamos uns com os outros de má vontade. Seria desagradável lembrar o passado ruim: a fome que faz enlouquecer, a vaporização de piolhos em nossos caldeirões de fazer comida, as mentiras incontidas junto à fogueira, as mentiras-devaneios, as fábulas gastronômicas, nossas discussões e nossos sonhos idênticos, pois todos nós sonhávamos com a mesma coisa: fatias de pão de centeio que flutuavam à nossa frente como bólides ou anjos.

O ser humano alegra-se com a própria capacidade de esquecer. A memória está sempre pronta a esquecer o que foi ruim e a lembrar apenas o que foi bom. Não havia nada de bom na fonte de Duskania, nem depois e nem antes dela, para nenhum de nós. Tínhamos sido envenenados pelo Norte para sempre e compreendíamos isso. Três de nós paramos de contrariar o destino, apenas Ivan Ivánovitch trabalhava com o mesmo empenho trágico de antes.

Savielev tentou chamá-lo à razão na hora de um dos intervalos para fumar. Parar para fumar é a forma mais comum de descanso, descanso para não fumantes, pois há alguns anos não víamos *makhorka*, mas havia intervalo para fumar. Na taiga, os amantes do cigarro reuniam-se e secavam folhas de groselheira-preta, e havia discussões assustadoras, típicas dos detentos, sobre este tema: qual folha era mais gostosa, de mirtilo ou de groselheira-preta? De acordo com os especialistas, nem uma nem outra serviam, pois o organismo pedia o veneno da nicotina e não fumaça, e era impossível enganar as células do cérebro com esse recurso simples. Mas, para o descanso da hora de fumar, a folha de groselheira-preta servia, pois no campo de prisioneiros a palavra "descanso" durante o trabalho é odiosa demais e caminha na contramão das regras básicas da moral produtiva que forma o Extremo Oriente. Descansar a cada hora é uma afronta, é um crime, mas o intervalo para fumar de hora em hora está de acordo com a ordem das coisas. Aqui, assim como em todo o Norte, os fenômenos não correspondiam às regras. A folha de groselheira-preta seca era uma camuflagem natural.

— Escute só, Ivan — disse Savielev. — Vou lhe contar uma história. No Bamlag,[33] carregávamos areia em carrinhos de mão por estradas secundárias. O carreador era longo; a cota, vinte e cinco metros cúbicos. Menos da metade da cota significava restrição da ração: trezentos gramas e sopa rala uma vez ao dia. Mas quem cumpria a cota recebia um quilo de pão, além de provisões, e ainda tinha direito de comprar a dinheiro um quilo de pão no armazém. Trabalhávamos em pares. Com cotas inconcebíveis. Então, demos uma de espertos: hoje nós dois carreamos terra para você, da sua galeria de mina. Retiramos a cota. Recebemos dois quilos de pão mais os meus trezentos gramas restritos; cada um fica com um quilo, cento e cinquenta. Amanhã trabalhamos para mim. Depois de novo para você. Um mês inteiro carreamos assim. Não era uma vida boa? O importante é que o capataz tinha coração; ele sabia, é claro. Para ele, era até vantajoso, as pessoas não se enfraqueciam tanto, não caía a produtividade. Depois alguém da chefia desmascarou o negócio, acabou a nossa alegria.

— E então? Quer tentar isso aqui? — perguntou Ivan Ivánovitch.

— Eu, não; nós só vamos ajudar você.

— E vocês?

— Pra nós, querido, tanto faz.

— Então pra mim também tanto faz. Que venha o feitor.

---

[33] Acrônimo de *Baikalo-Amurski Ispravítelno-Trudovoi Lager*, campo correcional e de trabalho do Baikal e do Amur. Funcionou de 1932 a 1941 e ficou conhecido como "fábrica da morte", por causa do grande número de fuzilamentos. (N. da T.)

O feitor, ou seja, o capataz, veio dali a alguns dias. Os nossos piores receios se concretizaram.

— Já descansaram, agora acabou. É hora de dar lugar a outros. Esse trabalho é como um centro ou um grupo de restabelecimento da saúde, como o OP e o OK[34] — brincou o capataz, com ares de importante.

— É — disse Savielev:

OP primeiro, OK depois,
Plaquinha no pé, e foi-se!...

Rimos por decoro.

— Quando será a volta?

— Amanhã partimos.

Ivan Ivánovitch sossegou. Enforcou-se durante a noite, a dez passos da isbá, na forquilha de uma árvore, sem nenhuma corda; esse tipo de suicídio eu ainda não tinha visto. Quem o encontrou foi Savielev; da trilha, ele viu o corpo e soltou um grito. O capataz veio correndo, não autorizou tirarmos o corpo até a chegada da "apuração estratégica" e começou a apressar nossa saída.

Fiédia Schapov e eu juntamos as coisas, muito perturbados; Ivan Ivánovitch tinha *portiankas* boas, inteiras ainda, saquinhos, uma toalha, uma camisa de baixo de morim, que fora cozida para tirar os piolhos, capas de algodão remendadas; sua *telogreika* estava sobre a tarimba. Depois de breve deliberação, pegamos todas essas coisas. Savielev não participou da partilha das roupas do morto, o tempo inteiro ficou andando em volta do corpo de Ivan Ivánovitch. No mundo livre, o corpo morto sempre e em toda parte desperta um

---

[34] OP: sigla de *Ozdorovítelni Punkt* [Posto de Restabelecimento]; OK: sigla de *Ozdorovítelnaia Komanda* [Centro de Restabelecimento]. (N. da T.)

Ração seca

interesse angustiado, atrai como um ímã. Mas isso não acontece na guerra nem no campo de prisioneiros: a rotina das mortes, o embotamento dos sentimentos apaga o interesse pelo corpo morto. Mas a morte de Ivan Ivánovitch tocou Savielev, iluminou algo, inquietou algum cantinho escuro da alma, deu-lhe estímulo para tomar uma decisão.

Ele entrou na pequena isbá, pegou o machado num canto e caminhou até a soleira. O capataz, sentado no banco de terra, deu um salto e berrou algo incompreensível. Fiédia e eu corremos para o pátio.

Savielev aproximou-se do tronco de lariço curto e grosso em que sempre cortávamos a lenha; o tronco estava retalhado; a casca, toda arrancada. Ele colocou a mão esquerda sobre o tronco, abriu os dedos e ergueu o machado.

O capataz deu um grito esganiçado e penetrante. Fiédia lançou-se na direção de Savielev, os quatro dedos voaram e caíram sobre a serragem; em meio a galhos e estilhaços, não dava para vê-los de imediato. O sangue rubro jorrou dos dedos. Fiédia e eu rasgamos a camisa de Ivan Ivánovitch, apertamos um torniquete na mão de Savielev, amarramos a ferida.

O capataz levou todos nós para o campo de prisioneiros. Savielev à enfermaria, para um curativo, e à seção de diligências, para o início do processo por automutilação. Fiédia e eu voltamos para a mesma barraca de onde saíramos duas semanas antes com tantas esperanças e expectativas de felicidade.

Nossos lugares nas tarimbas de cima já estavam ocupados por outros, mas não nos preocupamos com isso; era verão, e nas tarimbas de baixo, decerto, ficaríamos até melhor do que nas de cima, e até o inverno chegar ainda haveria muitas, muitas mudanças.

Peguei no sono logo, mas no meio da noite despertei e me aproximei da mesa do faxina plantonista. Fiédia tinha se ajeitado ali, com uma folha de papel na mão. Sobre seu ombro, li o que estava escrito.

"Mamãe", escrevia Fiédia, "mamãe, eu estou bem. Mamãe, estou vestido conforme a estação...".

(1959)

INJETOR

Ao chefe da lavra, camarada A. S. Koroliov
Do chefe da seção Zolotoi Kliutch, L. V. Kudínov

Informe

Em atendimento à sua solicitação de explicações a respeito da interrupção do trabalho dos prisioneiros da quarta brigada durante seis horas, no dia 12 de novembro deste ano, na zona Zolotoi Kliutch, da lavra sob sua responsabilidade, informo:

A temperatura do ar pela manhã era inferior a menos cinquenta graus. O nosso termômetro atmosférico foi quebrado pelo carcereiro de plantão, fato que comuniquei ao senhor. Entretanto, conseguiu-se determinar a temperatura porque o cuspe congelava no ar.

Reuniu-se a brigada oportunamente, mas ela não pôde iniciar sua atividade, uma vez que o injetor do *boiler* que atende o nosso setor e aquece o solo congelado simplesmente se recusou a trabalhar. A respeito do baixo rendimento do injetor, mais de uma vez levei esse fato ao conhecimento do engenheiro-chefe, entretanto, nenhuma medida foi tomada e o injetor não está operando. Neste dado momento, o engenheiro-chefe não quer substituí-lo.

O baixo desempenho do injetor resultou na falta de preparo do solo; à brigada, nada restou senão ficar algumas horas sem trabalhar. Por aqui não há onde se aquecer e não temos permissão para acender fogueiras. Por outro lado, a escolta não permite enviar a brigada de volta ao pavilhão.

Fiz de tudo, enviei comunicação a todos os setores possíveis, informando que não se pode mais trabalhar com esse injetor. Já é o quinto dia em que ele trabalha mal e dependemos dele para o cumprimento do plano da nossa seção. Não podemos cuidar desse injetor e o engenheiro-chefe não dá a devida atenção ao caso, apenas exige os metros cúbicos.

Sem mais no momento,

Chefe da seção Zolotoi Kliutch, engenheiro de minas
L. Kudínov

No relatório, transversalmente, foi escrito com caligrafia firme:

1) Pela recusa em trabalhar durante um período de cinco dias, ocasionando a interrupção da produção e a suspensão do serviço na respectiva seção, prender o prisioneiro Injetor por três dias sem liberação para o trabalho, tendo estabelecido a sua inclusão em regime mais rigoroso. Relatar o ocorrido aos órgãos de investigação para que o prisioneiro Injetor seja chamado à responsabilidade de acordo com a lei.

2) Quanto ao engenheiro-chefe Gorev, será repreendido por falta de disciplina na produção. Proponho substituir o prisioneiro Injetor por um trabalhador livre.

Chefe da lavra
Aleksandr Koroliov

(1956)

APÓSTOLO PAULO

Quando destronquei o pé ao escorregar e cair da escada de varas do poço de sondagem, a chefia percebeu que eu mancaria por bastante tempo e, por ser proibido ficar sentado à toa, mandaram-me trabalhar como ajudante do marceneiro Adam Frizorguer, o que nos deixou a ambos, Frizorguer e eu, muito contentes.

Em sua primeira vida, Frizorguer fora pastor num povoado alemão perto de Marxstadt, às margens do Volga. Nós nos conhecemos em um dos grandes campos provisórios, na época da quarentena de tifo; viemos juntos para cá, para a extração de carvão. Assim como eu, Frizorguer havia passado pela taiga e pelo grupo dos *dokhodiaga*;[35] saíra da lavra meio louco e fora parar no campo provisório. Mandaram-nos para a extração de carvão na qualidade de inválidos, de extras: preenchiam o quadro de pessoal apenas com assalariados livres. Na verdade, eram ex-encarcerados, homens que tinham acabado de cumprir seu "termo" ou tempo de pena, e que no campo eram chamados de *volniachka*,[36] termo um tanto pejorativo. Durante a nossa transferência, entre os quarenta assalariados, era difícil encontrar alguém com dois rublos para comprar *makhorka*, mas, ainda assim, eles já não

[35] Categoria de prisioneiros completamente sem forças, esgotados, acabados. (N. da T.)

[36] Termo derivado do adjetivo *volni*, livre. (N. da T.)

eram nossos irmãos. Todos sabiam que, daí a dois ou três meses, estariam bem vestidos, poderiam beber, receberiam um documento de identidade, talvez até voltassem para casa passado mais um ano. Essas esperanças ficavam ainda mais vivas quando Paramónov, chefe da extração, prometia-lhes salários enormes e rações polares. "Vão chegar em casa de cartola", costumava garantir o chefe. Já conosco, detentos, não havia essa história de cartolas e rações polares.

A propósito, ele não nos tratava com grosseria. Para a extração, não lhe davam encarcerados; cinco homens extras era tudo que Paramónov conseguira obter da chefia.

Quando nos retiraram do pavilhão, ainda sem conhecermos uns aos outros, convocados a partir de uma lista e colocados diante dos olhos claros e penetrantes de Paramónov, ele ficou muito satisfeito com o interrogatório. Um de nós tinha sido forneiro: era Izguibin, de bigode grisalho, natural de Iaroslav, homem mordaz, que no campo de prisioneiros não perdera a vivacidade natural. Seu ofício ajudava-o um pouco, e ele não estava tão esgotado quanto os restantes. O segundo era um gigante caolho de Kámienets-Podolsk, "foguista de locomotiva a vapor", como ele se apresentou a Paramónov.

— Então deve entender um pouco do serviço de montador — disse Paramónov.

— Entendo, entendo — garantiu o foguista com entusiasmo.

Há muito ele considerara todas as vantagens de trabalhar na extração assalariada.

O terceiro era o agrônomo Riazánov. Essa profissão levara Paramónov ao êxtase. É claro que aos trapos rasgados com que se vestia o agrônomo ninguém dava a mínima atenção. No campo de prisioneiros não se identificam as pessoas pela roupa, e Paramónov conhecia bastante bem o campo.

O quarto homem era eu. Nem forneiro, nem montador,

nem agrônomo. Mas, pelo visto, minha altura elevada satisfez Paramónov e, além disso, não valia a pena se ocupar da correção da lista por causa de um único homem. Ele concordou, balançando a cabeça.

O nosso quinto homem, entretanto, comportou-se de modo muito estranho. Ficou murmurando uma prece, tapou o rosto com as mãos e não escutava as palavras de Paramónov. Isso também não era novidade para o chefe. Ele se voltou para o supervisor, postado ali perto, carregando nas mãos uma pilha amarelada de pastas intituladas "processos individuais".

— Marceneiro — disse o supervisor, adivinhando a pergunta de Paramónov.

A entrega foi concluída, levaram-nos para a extração.

Depois Frizorguer me contou que, quando o chamaram, pensou que seria fuzilado, de tanto que o investigador o aterrorizara ainda na lavra. Passamos um ano inteiro juntos, no mesmo pavilhão, e não brigamos nem uma única vez. Isso é raridade entre detentos, tanto no campo de prisioneiros quanto na prisão. As brigas surgem por bobagens, xingamentos súbitos atingem tal grau que o próximo passo só pode ser a faca ou, na melhor das hipóteses, um atiçador de fogo. Mas eu logo aprendi a não dar grande atenção a xingamentos pomposos. A exaltação diminuía logo e, se os dois ainda continuavam trocando ofensas longa e molemente, isso acontecia mais para manter a ordem, para preservar a imagem.

Com Frizorguer, no entanto, não briguei nem uma vez. Acho que foi mérito dele, pois não havia pessoa mais pacífica. Não ofendia ninguém, falava pouco. Sua voz era de velho, voz de taquara rachada, mas um tanto artificial, forçada. Como falam os atores jovens quando representam velhos no teatro. No campo de prisioneiros, muitos procuram (e não sem sucesso) mostrar-se mais velhos e fisicamente mais fracos do que são na realidade. Tudo isso nem sempre é feito com cálculo e consciência, mas por instinto. A ironia da vida está em que grande parte das pessoas que se dizia com mais anos e menos força chegava a uma situação ainda pior do que aquela que queriam aparentar.

Mas não havia nada de fingido na voz de Frizorguer.

Todas as manhãs e noites, ele rezava em silêncio, afastado de todos, com o olhar no chão, e, quando tomava parte em conversas gerais, falava apenas de temas religiosos, ou seja, isso acontecia muito raramente, pois detentos não gostam desses temas. Izguibin, um velho simpático e desbocado, tentou caçoar de Frizorguer, mas a sua mordacidade foi recebida com um sorriso tão pacífico que a munição se gastou à toa. Toda a unidade de investigação gostava de Frizorguer, inclusive Paramónov, para quem ele fez uma escrivaninha notável, depois de trabalhar nela, parece, meio ano.

Nossos leitos ficavam próximos, conversávamos com frequência e, às vezes, Frizorguer surpreendia-se e agitava as mãozinhas, como uma criança, ao descobrir que eu sabia alguma das histórias populares do evangelho, material que ele, simples de espírito, considerava patrimônio apenas de um estreito círculo de religiosos. Dava risadinhas e ficava muito satisfeito quando eu revelava semelhantes conhecimentos. Então se entusiasmava e começava a me contar coisas do evangelho de que eu pouco lembrava ou que eu simplesmente não sabia. Ele gostava muito dessas conversas.

Entretanto, certa vez, ao citar o nome dos doze apóstolos, Frizorguer enganou-se. Incluiu o apóstolo Paulo. Com toda a presunção de um ignorante que sempre considerara Paulo o verdadeiro fundador e principal guia teórico da religião cristã, eu conhecia um pouco de sua biografia e não deixei escapar a chance de corrigir Frizorguer.

— Não, não — disse ele, rindo. — O senhor não sabe nada. Veja só.

E ele começou a dobrar os dedos.

— Pedro, Paulo, Marcos...

Eu contei a ele tudo que sabia sobre o apóstolo Paulo. Ele me ouviu atento e calado. Já era tarde, hora de dormir. Acordei de noite e, à luz bruxuleante e enfumaçada do candeeiro, vi que Frizorguer estava de olhos abertos e ouvi um murmúrio: "Senhor, me ajude! Pedro, Paulo, Marcos...". Ficou acordado até amanhecer. De manhã, saiu cedo para o trabalho, à noite voltou tardc, quando eu já pegara no sono. Então fui acordado por um choro baixinho, de velho. Frizorguer estava ajoelhado, rezando.

— O que o senhor tem? — perguntei, depois de esperar o final da oração.

Frizorguer procurou a minha mão, apertou-a.

— O senhor tinha razão — disse ele. — Paulo não estava entre os doze apóstolos. Eu me esqueci de Bartolomeu.

Fiquei calado.

— Está surpreso com minhas lágrimas? — disse ele. — São lágrimas de vergonha. Eu não posso, eu não devo esquecer essas coisas. É um pecado, um grande pecado. Eu, Adam Frizorguer, cometo um erro imperdoável e um estranho é quem vê. Não, não, o senhor não é culpado de nada; sou eu o culpado, o pecado é meu. Mas foi bom o senhor ter me corrigido. Tudo vai ficar bem.

Custei a acalmá-lo e a partir daí (isso foi pouco antes do pé destroncado) ficamos até muito amigos.

Certa vez, quando não havia mais ninguém na oficina de marcenaria, Frizorguer tirou do bolso uma carteira de pano ensebada e acenou para que eu fosse até a janela.

— Veja — disse ele, estendendo na minha direção uma fotografia miudinha, com vincos —, é um "instantâneo".

Era a fotografia de uma mulher jovem, com uma expressão casual, igual a todos os retratos "instantâneos". A fotografia amarelada e rachada fora protegida zelosamente com um papelzinho colorido.

— É minha filha — disse Frizorguer solenemente. — Minha única filha. Minha mulher morreu há muito tempo. A filha não escreve; na verdade não sabe o endereço, deve ser isso. Eu lhe escrevi muito e continuo escrevendo. Só para ela. Não mostro essa fotografia a ninguém. Tirei de casa seis anos atrás, peguei da cômoda.

Paramónov entrara em silêncio pela porta da oficina.

— Filha, é? — disse ele, dando uma olhada rápida na fotografia.

— Filha, cidadão chefe — disse Frizorguer, num sorriso.

— Escreve?

— Não.

— Esqueceu o velho por quê? Faça um requerimento de instrução, eu o envio. Como está sua perna?

— Mancando, cidadão chefe.

— Bem, vá mancando.

Paramónov saiu.

A partir daí, depois da oração noturna, ao se deitar no leito, já sem esconder de mim, Frizorguer pegava a fotografia da filha e acariciava a borda colorida.

Vivemos assim, em paz, cerca de meio ano, até que um dia chegou o correio. Paramónov estava em viagem, quem recebia a correspondência era o secretário Riazánov, um dos encarcerados, que, afinal, revelou-se não agrônomo, mas esperantista, o que, aliás, não o impedia de esfolar com habilidade cavalos abatidos, além de dobrar grossos tubos de ferro e enchê-los de areia quente, aquecida na fogueira, e cuidar de toda a papelada do chefe.

— Veja só o que mandaram: uma declaração endereçada a Frizorguer — disse ele.

No pacote havia um relatório oficial com a solicitação de que dessem ao encarcerado Frizorguer (artigo, pena) conhecimento da declaração de sua filha, cuja cópia estava anexa. Na declaração breve e clara, ela escrevia estar convenci-

Apóstolo Paulo

da de que o pai era inimigo do povo, por isso o renegava e pedia que desconsiderassem a existência do parentesco.

Riazánov revirou o papel nas mãos.

— Que sujeira! — disse ele. — Pra que isso? O que ela quer? Entrar pro Partido, por acaso?

Eu pensava outra coisa: pra que enviar ao pai-detento uma declaração dessas? Seria algum tipo particular de sadismo, como as falsas notificações de morte que costumavam mandar a parentes de encarcerados? Ou simplesmente desejo de fazer tudo de acordo com a lei? Ou o quê, então?

— Ouça, Vániuchka — disse eu a Riazánov. — Você já registrou o correio?

— Quando é que ia registrar? Acabou de chegar!

— Passe aqui esse pacote.

Então expliquei o negócio a Riazánov.

— E a carta? — disse ele, hesitante. — Provavelmente ela vai escrever para ele.

— Você pega a carta também.

— Tome.

Amassei o pacote e joguei-o na portinha aberta do forno aceso.

Um mês depois chegou a carta, tão curta quanto a declaração. Nós a queimamos naquele mesmo forno.

Daí a pouco me mandaram para outro lugar; Frizorguer ficou lá, mas não sei o que lhe aconteceu. Lembrava-me dele com frequência, enquanto tinha forças para lembrar. Ouvia seu murmúrio trêmulo, inquieto: "Pedro, Paulo, Marcos...".

(1954)

FRUTINHAS

Fadiêiev disse:

— Espere aqui, eu falo com ele — aproximou-se de mim e encostou a coronha do fuzil na minha cabeça.

Eu estava deitado na neve, abraçado à tora que deixara cair do ombro; não conseguia me levantar e ocupar o meu lugar na fila de homens que desciam o morro — no ombro de cada um havia uma tora, "pau de lenha", uns maiores, outros menores; todo o grupo, escoltas e encarcerados, queria voltar logo, todos queriam comer e dormir, todos fartos daquele interminável dia de inverno. E eu deitado na neve.

Fadiêiev sempre tratava os encarcerados por "senhor".

— Ouça, meu velho — disse ele —, não é possível que um malandrão como o senhor não consiga carregar uma acha como esta, um pauzinho, pode-se dizer. O senhor é um flagrante simulador. O senhor é um fascista. No momento em que a nossa pátria luta com o inimigo, o senhor enfia um pau na roda.

— Não sou fascista — disse eu —, sou um homem doente e com fome. Você é que é fascista. Você lê nos jornais que os fascistas matam os velhos. Pense bem: o que vai contar à sua noiva sobre o que fazia em Kolimá?

Não ligava para mais nada. Eu não suportava aqueles homens corados, saudáveis, bem-alimentados, bem-vestidos; eu não tinha medo. Encolhi-me para proteger a barriga, mas até isso foi um movimento ancestral, instintivo; não tinha medo nenhum de chutes na barriga. Fadiêiev enfiou a bota nas minhas costas. De súbito, senti uma quentura, mas não dor. Se eu morrer, melhor.

— Ouça — disse Fadiêiev ao virar o meu rosto para o céu com a ponta das botas. — O senhor não é o primeiro, conheço bem o seu tipo.

Aproximou-se outro guarda de escolta, Serochapka.

— Pois bem, deixe ver, vou me lembrar de você. Cara de mau e feioso. Amanhã fuzilo com minhas próprias mãos. Entendeu?

— Entendi — disse eu, levantando-me e cuspindo uma saliva salgada de sangue.

Saí arrastando a tora sob vaias, gritos e palavrões dos camaradas — enquanto me batiam, eles congelavam.

Na manhã seguinte, Serochapka conduziu-nos ao trabalho: juntar, no bosque abatido no inverno anterior, tudo o que pudesse queimar nos fogões de ferro. O bosque fora derrubado no inverno, os tocos já estavam altos. Nós os desenterrávamos com alavancas de madeira, cortávamos e empilhávamos a lenha.

Nas raras árvores intactas em torno do local de trabalho, Serochapka pendurou marcos amarrados com capim seco amarelo-acinzentado; com esses marcos, ele cercou a zona interditada. O chefe da nossa brigada acendeu a fogueira numa colina para Serochapka — fogueira no trabalho só cabia à escolta —, com lenha de reserva.

A neve que caíra fora dissipada há tempo pelos ventos. A relva endurecida e coberta de geada deslizava nos dedos e mudava de cor ao toque da mão humana. Em montículos, a rosa-canina alpina enregelava-se, as frutinhas lilás-escuro totalmente congeladas tinham um aroma incomum. Ainda mais gostoso do que a rosa-canina era o mirtilo, tocado pelo frio intenso, mais do que amadurecido, cinza-azulado... Em galhinhos retos e curtos, pendiam frutinhas de vacínio, de um azul forte, enrugadas como uma moedeira de couro vazia, mas contendo em si um sumo escuro, negro-azulado, de sabor indescritível.

Nessa época, tocadas pelo frio intenso, as frutas silvestres não se parecem nem um pouco com as frutas sazonais suculentas. O sabor delas é muito mais fino. Meu camarada Ribakov juntava frutinhas numa lata de conserva, durante a pausa para fumar e também nos instantes em que Serochapka estava olhando para outro lado. Se Ribakov juntasse uma lata cheia, o cozinheiro do quadro de vigilância lhe daria pão. O empreendimento de Ribakov logo se tornou um negócio importante.

Ninguém me fazia encomendas desse tipo, então eu próprio comia as frutinhas, concentrado e ávido, apertando com a língua cada uma delas contra o céu da boca, o suco doce e aromático da fruta amassada entorpecia-me num segundo.

Eu não pensava em ajudar Ribakov na coleta, e ele também não iria querer esse tipo de ajuda — teria de dividir o pão.

A latinha de Ribakov enchia-se muito lentamente, as frutinhas tornavam-se mais e mais raras e, sem perceber, trabalhando e colhendo frutas, chegamos bem perto da zona fronteiriça — os marcos pendiam sobre nossa cabeça.

— Preste atenção — disse eu a Ribakov —, vamos voltar.

Mas logo adiante havia montículos de frutinhas de rosa-canina, vacínio, mirtilo... Tínhamos visto esses montículos bem antes. A árvore da qual pendia o marco devia estar uns dois metros mais à frente.

Ribakov apontou para a lata, que ainda não estava cheia, para o sol que baixava no horizonte e pôs-se a caminhar lentamente na direção das frutinhas encantadas.

Estourou um tiro seco e Ribakov caiu entre os montículos, o rosto no chão. Serochapka, balançando o fuzil, gritou:

— Parado, não se aproxime!

Frutinhas

Serochapka recarregou o fuzil e atirou de novo. Sabíamos o que significava aquele segundo tiro. Serochapka também. Era preciso atirar duas vezes; a primeira, um aviso.

Deitado entre os montículos, Ribakov de repente pareceu pequeno. O céu, as montanhas, o rio eram enormes e só Deus sabe quantas pessoas podiam caber nessas montanhas, nas trilhas entre os montículos.

A latinha de Ribakov rolou para longe; consegui pegá-la e escondê-la no bolso. Talvez me dessem pão pelas frutinhas; eu bem sabia para quem Ribakov estava colhendo.

Tranquilo, Serochapka providenciou a formação do nosso pequeno destacamento, fez a contagem, deu o comando e levou-nos de volta.

Tocou o meu ombro com a ponta do fuzil; voltei-me.

— Era você que eu queria — disse Serochapka —, mas não se enfiou lá, canalha!

(1959)

A CADELA TAMARA

A cadela Tamara foi encontrada na taiga por nosso ferreiro — Moissei Moisséievitch Kuznietsov. A julgar pelo sobrenome, a profissão era herança de família.[37] Moissei Moisséievitch nasceu em Minsk. Era órfão, como, aliás, podia-se deduzir do nome e do patronímico: entre os judeus, dão ao filho o nome do pai só e obrigatoriamente quando este morre antes do nascimento. O trabalho ele aprendera ainda menino, com o tio, também ferreiro como o pai.

A esposa de Kuznietsov, garçonete num restaurante de Minsk, era muito mais nova do que o marido quarentão e, em 1937, seguindo o conselho da copeira, sua melhor amiga, redigiu uma delação contra o marido. Naquele tempo, esse recurso era mais certeiro do que qualquer conspiração ou calúnia e até mais certeiro do que ácido sulfúrico: o marido Moissei Moisséievitch desapareceu num instante. Ele era operário de fábrica; não um ferreiro qualquer, mas um mestre, até um pouco poeta, daquela linhagem de ferreiros capazes de modelar uma rosa. As ferramentas com as quais trabalhava eram feitas por ele, com as próprias mãos. Essas ferramentas — alicates, formões, martelos, malhos — tinham um requinte incontestável, o que revelava o amor do mestre ao ofício e o quanto ele compreendia a alma de seu negócio.

---

[37] "Ferreiro" em russo é *kuzniets*. (N. da T.)

Aqui não havia uma simples questão de simetria ou assimetria, e sim algo mais profundo, mais espiritual. Cada ferradura, cada prego forjado por Moissei Moisséievitch era requintado, e em tudo que saía de suas mãos havia a marca do mestre. Sempre que fazia algo, terminava-o com pesar: parecia-lhe ser preciso bater mais uma vez, fazer algo ainda melhor, mais adequado.

A chefia estimava-o muito, embora o trabalho de ferreiro não fosse tão importante para o setor geológico. Moissei Moisséievitch às vezes brincava com a chefia, e essas brincadeiras eram desculpadas em virtude de seu bom trabalho. Foi assim que assegurou ao chefe que as brocas se temperavam melhor na manteiga do que na água, e o chefe ordenou que entregassem ao ferreiro a manteiga, em quantidade insignificante, é claro. Uma pequena porção dessa manteiga Kuznietsov jogava na água e a pontinha das brocas de aço adquiria um brilho suave, nunca revelado na têmpera comum. O restante, ele e seu martelador comiam. Dentro em pouco relataram ao chefe a malandragem do ferreiro, mas não se sucedeu nenhuma repreensão. Mais tarde, persistente na defesa da alta qualidade da têmpera com manteiga, Kuznietsov arrancou do chefe retalhos das barras que criavam bolor no depósito. Esses retalhos ele derretia mais uma vez no fogo, produzindo manteiga líquida um pouquinho rançosa. Era um homem bom, quieto, que desejava o bem a todos.

O nosso chefe conhecia as sutilezas da vida. Como Licurgo, cuidava para que em seu Estado, instalado na taiga, houvesse dois enfermeiros, dois ferreiros, dois capatazes, dois cozinheiros, dois contadores. Um enfermeiro tratava os pacientes, enquanto o outro fazia o trabalho pesado e vigiava o colega — será que não faria algo contra a lei? Se abusasse de "narcóticos" — de algum "codeínico" ou "cafeínico" —, o enfermeiro seria descoberto e punido, mandado para os trabalhos gerais, enquanto seu colega, depois de redigir e assinar um termo de compromisso, seria instalado na enfermaria. Segundo a ideia do chefe, o quadro reserva de especialistas não apenas possibilitava a substituição no momento necessário, mas também garantia a manutenção da disciplina, que viria abaixo, é claro, caso um único especialista se julgasse insubstituível.

Apesar disso, contadores, enfermeiros e capatazes eram trocados de lugar sem grandes considerações e, de qualquer modo, nenhum deles recusava um copinho, ainda que oferecido por um provocador.

O ferreiro convocado pelo chefe na qualidade de contrapeso de Moissei Moisséievitch nunca precisou segurar um martelo nas mãos: Moissei era irrepreensível, invulnerável, e, ainda por cima, de alta qualificação.

Pois foi ele que, numa trilha na taiga, encontrou a cadela desconhecida, da raça iacuta, com jeito de lobo e uma faixa de pelo esgarçado no peito branco: puxadora de trenó.

Não havia nenhum povoado nem acampamento de nômades iacutos ali por perto; a cadela surgiu numa trilha da taiga bem à frente de Kuznietsov, que levou o maior susto. Moissei Moisséivitch pensou que fosse um lobo e voltou correndo, chapinhando as botas pela vereda; atrás dele vinham outros encarcerados. Mas o lobo deitou-se de barriga e foi se arrastando, abanando o rabo para os homens. Fizeram-lhe carícias, deram-lhe comida e tapinhas nos flancos magrelos.

A cadela ficou conosco. Logo se esclareceu por que ela não se arriscou a voltar para a taiga em busca dos verdadeiros donos. Era hora de dar cria; já na primeira noite, começou a cavar um buraco sob a barraca, às pressas, mal dando atenção aos cumprimentos. Todos os cinquenta queriam alisar seu pelo, fazer-lhe carícias e contar, transmitir ao animal a própria tristeza através do carinho.

Apareceu até o contramestre Kassáiev, geólogo de trinta anos de idade, que completara há pouco dez de trabalho

A cadela Tamara

no Extremo Norte, tocando o seu inseparável violão, para examinar nosso novo morador.

— Vai se chamar Combatente — determinou ele.

— É cadela, Valentin Ivánovitch — disse, animado, o cozinheiro Slavka Ganuchkin.

— Cadela? Ah, sim. Então pode se chamar Tamara.

E o contramestre se foi.

A cadela sorriu para ele, agitando o rabo. Logo estabeleceu boas relações com todas as pessoas necessárias. Tamara compreendia o papel de Kassáiev e do capataz Vassilienko em nosso povoado, compreendia a importância da amizade com o cozinheiro. De madrugada, arranjava um lugar perto do guarda noturno. Logo ficou claro que Tamara pegava comida só das mãos e não tocava em nada na cozinha nem na barraca, houvesse ou não pessoas por lá.

Essa firmeza de caráter enternecia particularmente os moradores do povoado, que já tinham visto de tudo e passado pelas situações mais difíceis.

No chão, à frente de Tamara, colocavam carne em conserva, pão com manteiga. Ela farejava os comestíveis, escolhia e levava sempre a mesma coisa: um pedaço de salmão siberiano salgado, mais familiar, mais gostoso, provavelmente mais seguro.

A cadela logo deu cria: seis filhotinhos surgiram no buraco escuro. Para os filhotes, fizeram uma casinha de cachorro, levaram-nos para lá. Tamara passou muito tempo aflita, rastejando, balançando o rabo, mas, pelo visto, tudo saíra bem, os filhotes estavam inteiros.

Nessa época, o nosso destacamento de prospecção teve de se deslocar mais uns três quilômetros pelas montanhas; trabalhávamos a uns sete quilômetros da base, onde permaneceram os depósitos, a cozinha, a chefia e a moradia. A casinha de cachorro com os filhotes foi levada para o novo local e Tamara duas ou três vezes ao dia corria até o cozinheiro e carregava nos dentes, para os filhotes, algum osso dado por ele. Os filhotes seriam alimentados de qualquer modo, mas Tamara não tinha muita certeza disso.

Certa vez, aconteceu de chegar ao nosso povoado um destacamento de esquiadores em operação especial; percorriam a taiga à procura de fugitivos. Fugas no inverno eram coisa extremamente rara, mas havia notícia de que cinco detentos tinham fugido da lavra vizinha, por isso passavam um pente fino na taiga.

No povoado, ao destacamento de esqui destinaram não uma barraca, como aquela em que vivíamos, mas a única construção de madeira do povoado, a sauna. A missão dos esquiadores era séria demais para despertar protestos de alguém, como nos esclareceu o contramestre Kassáiev.

Os moradores trataram os visitantes indesejados com habitual indiferença e obediência. Apenas um ser expressou vigorosa insatisfação. Em silêncio, a cadela Tamara atacou o guarda mais próximo e mordeu-lhe a bota de feltro. O pelo de Tamara ficou arrepiado e havia uma raiva intrépida em seus olhos. Foi difícil afastá-la e contê-la.

Nazárov, chefe do grupo de operações especiais, a respeito de quem já ouvíramos algumas histórias antes, ia sacar a metralhadora para atirar na cadela, mas Kassáiev segurou-lhe o braço e arrastou-o para a sauna.

A conselho do carpinteiro Semion Parmiénov, colocaram uma correia de barbante na cadela e amarraram-na a uma árvore; a operação especial não ia ficar um século conosco.

Tamara não sabia latir, assim como todos os cães da Iacútia. Ela rosnava, seus velhos caninos tentavam roer a corda; já não era de jeito nenhum aquela pacífica cadela da Iacútia que passara conosco o inverno. O seu ódio era incomum e, por trás desse ódio, assomava o passado: não era a primeira vez que encontrava os guardas da escolta, isso ficara claro a todos.

A cadela Tamara

Que tragédia ocorrida no bosque teria ficado para sempre na memória da cadela? Esse passado terrível teria sido o motivo do seu aparecimento na taiga, perto do nosso povoado?

Nazárov provavelmente teria contado algo se fosse capaz de recordar não apenas pessoas, mas também animais.

Uns cinco dias depois, três esquiadores foram embora, enquanto Nazárov, um colega e nosso contramestre preparavam-se para partir na manhã seguinte. Beberam a noite inteira, ao amanhecer tomaram mais uma para cortar a ressaca e partiram.

Tamara pôs-se a rosnar, Nazárov voltou-se, tirou a metralhadora do ombro e descarregou o cartucho à queima-roupa. Tamara esticou-se bruscamente e calou-se. Por causa dos disparos, entretanto, já acorriam pessoas das barracas, pegando machados e pés de cabra. O contramestre lançou-se à frente dos trabalhadores, Nazárov escondeu-se no bosque.

Às vezes desejos se tornam realidade, ou talvez o ódio que aqueles cinquenta homens sentiram daquele chefe fosse tão arrebatador e poderoso a ponto de se transformar em uma força real, capaz de atingir Nazárov.

Ele partiu de esqui, com o ajudante. Seguiram não pelo leito do rio completamente congelado, que era o melhor caminho de inverno até a estrada real, a vinte quilômetros de nosso povoado, mas por uma passagem pelas montanhas. Nazárov temia uma perseguição; além disso, o caminho das montanhas era mais curto e ele, exímio esquiador.

Já anoitecera quando chegaram à subida do desfiladeiro, apenas no cume das montanhas ainda estava claro, as depressões dos despenhadeiros escureciam. Nazárov começou a descer a montanha na transversal, o bosque tornava-se mais denso. Ele viu que devia parar, mas os esquis arrastavam-no para baixo e então ele voou e caiu em cima de um cepo afiado, torneado pelo tempo, resto de um lariço tombado e oculto sob a neve. O cepo varou a barriga e as costas de Nazárov, rasgando o capote. O segundo soldado já estava longe, lá embaixo; ele conseguiu esquiar até a estrada e só no dia seguinte deu o alarme. Encontraram Nazárov uns dois dias depois, enfiado naquele cepo, enrijecido numa pose de movimento, de corrida, como uma figura num diorama de batalha.

Esfolaram Tamara, esticaram sua pele com pregos na parede da estrebaria, mas esticaram mal, a pele seca ficou tão pequena que era difícil imaginar que tinha sido de um forte cão da Iacútia, puxador de trenós.

Logo chegou o intendente florestal para marcar com uma data anterior as autorizações da derrubada do bosque, feita mais de um ano atrás. Quando cortaram as árvores, ninguém havia pensado na altura dos cepos: eles estavam acima da norma, teríamos de repetir a operação. Era um trabalho leve. Deixaram o intendente comprar coisas na loja, deram-lhe dinheiro, bebida. Ao partir, ele pediu a pele pendurada na parede da estrebaria; ia curtir e fazer *sabotchini*, luvas inteiriças de pele de cachorro, típicas do Norte, com o pelo virado para fora. Os buracos de bala, segundo ele, não tinham importância.

(1959)

XEREZ

O poeta estava morrendo.[38] As mãos grandes, infladas pela fome, com dedos brancos exangues e unhas longas, sujas e recurvadas jaziam sobre o peito, sem se esconderem do frio. Antes ele as enfiava sob a roupa, diretamente em contato com o corpo nu, mas agora havia ali pouco calor. As luvas inteiriças tinham sido roubadas muito antes; para o roubo bastava atrevimento — roubavam à luz do dia. O baço sol elétrico, emporcalhado por moscas e agrilhoado numa grade, pendia bem alto do teto. A luz caía sobre as pernas do poeta deitado na profundidade escura da fileira inferior das tarimbas contínuas de dois andares, como numa caixa. De tempos em tempos, os dedos das mãos remexiam, estalavam como castanholas, apalpavam um botão, uma casa, um buraco no *buchlat*, espanavam ciscos e de novo se aquietavam. O poeta estava morrendo há tanto tempo que não entendia mais que estava morrendo. Às vezes, atravessando-lhe o cérebro quase imperceptivelmente, vinha o pensamento simples, intenso e doentio de que alguém lhe roubara o pão guardado sob a

---

[38] Este conto é uma alusão ao poeta Óssip Mandelstam, que de fato morreu num campo de trabalhos forçados, em Vladivostok, vítima de tifo, em dezembro de 1938. O título refere-se a um de seus poemas mais famosos, que diz na primeira e na última estrofes: "Digo com a franqueza/ que prezo tanto:/ tudo é apenas delírio e xerez,/ meu anjo". Em russo, o título do conto é "Cherri-brendi", no qual ressoa a palavra *bredni*, "delírio". (N. da T.)

cabeça. E isso ardia de modo tão terrível que ele ficava pronto a discutir, brigar, bater, procurar e apresentar provas. Mas não havia forças para tudo isso e então o pensamento sobre o pão enfraquecia... E, no mesmo instante, ele pensava outra coisa: tinham de levar todos mar afora, não se sabia por que o vapor atrasava, era bom estar ali. Com igual facilidade e inconstância, punha-se a pensar na grande marca de nascença no rosto do faxina do pavilhão. A maior parte do tempo, pensava em acontecimentos que preenchiam sua vida ali. As visões que se erguiam diante de seus olhos não eram visões da infância, da juventude, do sucesso. A vida inteira tivera de se apressar. Era maravilhoso não precisar se apressar, poder pensar lentamente. Então ele pensava sem pressa na enorme uniformidade dos movimentos agônicos, naquilo que os médicos compreenderam e descreveram antes dos artistas e poetas. A face hipocrática, a máscara agônica do ser humano, familiar a todos os estudantes da faculdade de medicina. Essa uniformidade enigmática dos movimentos agônicos servira de motivo a Freud para as hipóteses mais ousadas. Uniformidade, repetição — eis o campo obrigatório da ciência. O que há de singular na morte não eram os médicos que buscavam, mas sim os poetas. Era agradável reconhecer que ainda podia pensar. Há muito se acostumara à náusea da fome. E tudo se equivalia: Hipócrates, o faxina com a marca de nascença e a própria unha suja.

A vida entrava e saía, e ele morria. Então a vida retornava, os olhos se abriam, surgiam pensamentos. Só não surgiam desejos. Há muito ele vivia num mundo onde com frequência era preciso trazer pessoas de volta à vida, com respiração artificial, glicose, cânfora, cafeína. O morto de novo se tornava vivo. E por que não? Ele acreditava na imortalidade, na verdadeira imortalidade do homem. Costumava pensar que não havia nenhum motivo biológico que impedisse o homem de viver eternamente... A velhice é apenas uma doença curável e, se não fosse esse equívoco trágico por enquanto indecifrável, ele poderia viver para sempre. Ou então até quando se cansasse. E ele absolutamente não se cansara de viver. Nem mesmo ali, naquele pavilhão provisório, na *tranzitka*, como diziam carinhosamente os moradores do campo. Era o limiar do terror, mas não o terror em si. Pelo contrário, ali vivia o espírito da liberdade, e todos sentiam isso. À frente, o campo de trabalhos forçados; atrás, a prisão. Aquele era um "mundo na estrada", e o poeta compreendia isso.

Havia ainda outro caminho para a imortalidade, o de Tiúttchev:

Bem-aventurado quem visitou este mundo
Em seus instantes fatídicos.[39]

Mas, se, pelo visto, não lhe caberia ser imortal na forma humana, como unidade física, então merecia ao menos a imortalidade artística. Chamavam-no de primeiro poeta russo do século XX e ele costumava pensar que realmente era assim. Acreditava na imortalidade dos próprios versos. Não tinha discípulos, mas por acaso os poetas os aturam? Escrevia também prosa, prosa ruim, escrevia artigos. Mas só nos versos encontrou algo novo e importante para a literatura, como sempre reconheceu. Toda a sua vida passada era literatura, livro, conto, sonho; apenas o dia presente era vida de verdade.

Todos esses pensamentos surgiam sem discussão, em segredo, bem lá no fundo de si mesmo. Reflexões sem paixão. A indiferença tomara conta dele. Uma grande besteira tudo

---

[39] Fiódor Ivánovitch Tiúttchev (1803-1873), poeta, diplomata, membro da Academia de Ciências de São Petersburgo. Os versos são de seu poema "Cícero", de 1830. (N. da T.)

aquilo, "vaivém de ratos",[40] em comparação com o grave peso da vida.[41] Surpreendia-se: como era capaz de pensar assim em versos quando tudo já estava decidido e ele sabia disso muito bem, melhor do que qualquer outro? Quem precisava dele ali e quem era seu igual? Por que era preciso compreender tudo isso? Ele esperava... e compreendia.

Naqueles minutos em que a vida voltava a seu corpo e os seus olhos opacos semiabertos de repente começavam a ver, as suas pálpebras a estremecer, os seus dedos a remexer, voltavam também pensamentos, que ele não achava serem os últimos.

A vida entrava sozinha, como uma déspota: ele não a chamava, mas ainda assim ela entrava em seu corpo, em seu cérebro, entrava como versos, como inspiração. E o significado dessa palavra revelou-se a ele pela primeira vez, em toda a sua plenitude. Os versos eram aquela força vitalizadora, pela qual ele vivia. Exatamente assim. Ele não vivia graças aos versos, ele vivia por versos.

Agora estava tão patente, tão perceptivelmente claro que a inspiração é que era a vida; diante da morte, era-lhe dado saber que a vida era inspiração, justamente inspiração.

E ele se alegrava por lhe ser dado saber essa última verdade.

Tudo, o mundo inteiro comparava-se a versos: trabalho, tropel de cavalos, casa, pássaro, penhasco, amor — toda a vida entrava suavemente nos versos e acomodava-se bem ali. E assim devia ser, pois os versos eram o verbo.

[40] Trecho do poema "Versos compostos à noite na hora da insônia", de Púchkin. (N. da T.)

[41] Alusão ao poema "Notre Dame", de Mandelstam, que diz: "[...] cada vez mais eu pensava: de um peso ruim/ eu também criarei um dia algo maravilhoso". (N. da T.)

As estrofes também agora se erguiam facilmente, uma após a outra e, embora há muito tempo ele não anotasse e não pudesse anotar seus versos, ainda assim as palavras facilmente se erguiam num dado ritmo, sempre incomum. A rima era um buscador, um instrumento de busca magnética de palavras e conceitos. Cada palavra era uma parte do mundo, ela reagia à rima e o mundo todo ecoava com a rapidez de uma máquina eletrônica. Tudo gritava: me leva. Não, a mim. Não era preciso procurar nada. Bastava simplesmente repelir. Aqui era como se houvesse duas pessoas — aquela que compõe, que liga o motor a toda, e aquela que escolhe e, de tempos em tempos, faz parar a máquina ativada. E, ao ver que ele próprio era essas duas pessoas, o poeta compreendeu que agora compunha versos de verdade. E daí se não estavam anotados? Anotar, publicar — tudo isso é a vaidade das vaidades. Tudo aquilo que nasce de modo interesseiro não é o que há de melhor. O melhor é aquilo que não se anota, que se compõe e desaparece, desmancha sem rastros, e apenas o prazer criador que ele sente e que não se confunde com mais nada demonstra que a poesia foi criada, que o maravilhoso foi criado. Não estaria enganado? Aquilo seria mesmo prazer criador?

Lembrou-se de que os últimos versos de Blok eram ruins, poeticamente fracos, e Blok, pelo visto não compreendia isso.[42]

O poeta obrigou-se a parar. Era mais fácil fazer isso ali do que em outro lugar, em Petersburgo ou Moscou.

Então ele se deu conta de que há muito tempo não pensava nada. A vida de novo o deixava.

Ficou longas horas deitado imóvel e, de repente, viu perto de si algo semelhante a um alvo de tiro ou um mapa geológico. Era um mapa mudo e ele tentava inutilmente en-

---

[42] Aleksandr Blok (1880-1921), poeta simbolista russo. (N. da T.)

tender o desenho. Passou muito tempo e então ele percebeu que aquilo eram seus próprios dedos. Na pontinha dos dedos ainda havia marcas amarronzadas dos cigarros de *makhorka* sugados e fumados até o fim — o desenho datiloscópico destacava-se claramente, como a imagem topográfica de uma montanha. O desenho era o mesmo em todos os dez dedos — pequenos círculos concêntricos parecidos com os anéis de crescimento das árvores. Lembrou-se de que, certa vez, na infância, fora parado no bulevar por um chinês da lavanderia que ficava no porão do prédio onde cresceu. O chinês segurou-lhe casualmente uma mão, depois a outra, virou as palmas para cima e, agitado, começou a gritar alguma coisa na sua própria língua. Acontece que ele previu um menino felizardo, dotado de um sinal inquestionável. O poeta lembrou--se desse sinal de sorte muitas vezes, principalmente quando publicou o primeiro livrinho. Agora ele se lembrava do chinês sem rancor e sem ironia — agora tanto fazia.

O mais importante é que ele ainda não morrera. Aliás, o que significa "morrer como poeta"? Deve haver algo de ingênuo, de infantil nessa morte. Ou então algo premeditado, teatral, como no caso de Iessiênin e Maiakóvski.[43] Morrer como um ator — isso ainda se compreende. Mas morrer como poeta?

Sim, ele tinha suspeitas a respeito daquilo que o esperava adiante. No cárcere provisório, ele conseguira entender e adivinhar. E alegrava-se, alegrava-se silenciosamente pela própria fraqueza e esperava morrer. Ele se lembrou de uma antiga discussão na prisão: o que era pior, mais assustador — o campo de trabalhos forçados ou a prisão? Ninguém sabia nada com certeza, os argumentos baseavam-se em suposições, mas um homem que fora levado do campo para

---

[43] Tanto Serguei Iessiênin (1895-1925) como Vladímir Maiakóvski (1893-1930) cometeram suicídio. (N. da T.)

Xerez

aquela prisão sorria cruelmente. Gravou o sorriso daquele homem para sempre, tanto que tinha medo de recordá-lo.

Pense bem: se morresse agora — faltando dez anos —, ia enganar habilmente todo mundo, todos aqueles que o levaram para lá. Alguns anos atrás, estivera no degredo e sabia que fora incluído nas listas especiais para sempre. Para sempre? Alteraram-se as escalas e as palavras mudaram de sentido. De novo ele sentiu a preamar das forças, exatamente uma preamar, como na praia. Uma preamar de várias horas. Depois — baixa-mar. Mas sabe-se que o mar não se afasta da gente para sempre. Ele acaba voltando.

De repente, sentiu fome, mas não tinha forças para se mexer. Lentamente, com dificuldade, lembrou-se de que havia dado a sopa do dia ao vizinho, que a tigela de água quente era o seu único alimento do último dia. Além do pão, é claro. Mas haviam dado o pão há muito, muito tempo. E o do dia anterior — roubaram. Alguns ainda tinham forças para roubar.

Então ele ficou deitado, solto e sem pensamentos, até chegar a manhã. A luz elétrica começou a amarelar um pouco e trouxeram o pão em grandes bandejas de compensado, como traziam todos os dias.

Mas ele já não se inquietava, não ficava procurando uma côdea de pão, não chorava se a côdea de pão não lhe cabia, não enfiava o naco na boca com dedos trêmulos, e este não se derretia na boca em um instante, as narinas infladas, e ele, com todo o seu ser, sentindo o gosto e o cheiro do pão de centeio fresco. A côdea de pão já não sumia na boca, embora ele não tivesse tido tempo de engolir ou de movimentar o maxilar. O pedaço de pão desmanchava, sumia, e isso era um milagre — uma das muitas maravilhas locais. Não, agora ele não se inquietava. Mas, quando lhe enfiaram nas mãos a ração diária, ele a pegou com os dedos exangues e apertou o pão contra a boca. Ele mordia o pão com os dentes de escorbuto, as gengivas sangravam, os dentes bambeavam, mas ele não sentia dor. Apertava o pão contra a boca com todas as forças, enfiava o pão na boca, chupava, rasgava e roía...

Os vizinhos fizeram-no parar.

— Não coma tudo, melhor comer depois, depois...

E o poeta entendeu. Abriu bem os olhos, sem soltar o pão ensanguentado dos dedos sujos e azulados.

— Depois, quando? — disse ele, claro e preciso. E fechou os olhos.

Ao anoitecer, ele morreu.

Mas só deram baixa dois dias mais tarde — durante dois dias, os engenhosos vizinhos conseguiram receber o pão do morto na hora da distribuição; o morto erguia a mão, como uma marionete. Quer dizer, ele morreu antes da data de sua morte — um detalhe bem importante para os seus futuros biógrafos.

(1958)

DESENHOS INFANTIS

Enxotavam-nos para o trabalho sem lista nenhuma; no portão, contavam de cinco em cinco. Sempre grupos de cinco porque a maioria dos guardas da escolta estava longe de saber usar corretamente a tabuada de multiplicação. Qualquer operação aritmética realizada no frio intenso e, além disso, com material humano, é assunto sério. O copo de paciência do detento pode transbordar de repente, a chefia levava isso em conta.

O dia de trabalho seria leve, trabalho da bandidagem: cortar lenha na serra fixa. A lâmina girava na bancada, batendo de leve. Enfiávamos uma tora enorme na máquina e a empurrávamos devagarinho na direção da lâmina.

A serra gania e rugia de raiva; assim como nós, não gostava de trabalhar no Norte, mas empurrávamos a tora cada vez mais, e então ela rachava ao meio, em pedaços surpreendentemente leves.

Nosso terceiro camarada rachava lenha com um machado pesado, azulado, de cabo comprido e amarelo. As achas grossas ele lascava pela beirada; as mais finas, ele partia logo no primeiro golpe. Os golpes eram fracos, nosso companheiro passava tanta fome quanto nós, mas rachava o lariço congelado com facilidade. A natureza no Norte não fica apática, indiferente: ela entra em conluio com aqueles que nos mandam para lá.

Terminamos o trabalho, empilhamos a madeira e ficamos à espera da escolta. Nosso guarda de escolta aquecia-se na repartição para a qual cortávamos lenha, mas na volta devia estar engalanado e com toda a equipe, que estava dispersa em grupos pequenos pela cidade.

Depois do trabalho, não fomos nos aquecer. Há muito tínhamos notado um grande monte de lixo perto da cerca: algo que não se podia desprezar. Meus dois camaradas estavam acostumados e examinaram o monte inteiro com habilidade, retirando camadas de gelo sobrepostas. Pedaços de pão endurecido, uma bolinha de almôndega enregelada e meias masculinas rasgadas, foi o que conseguiram. O mais valioso, é claro, eram as meias; lamentei não ter sido meu o achado. Meias, echarpes, luvas, camisas e calças de homens "livres", "civis", têm grande valor para quem há décadas veste apenas peças de uniforme. As meias podem ser consertadas, remendadas: assim conseguíamos tabaco, pão.

O êxito dos camaradas não me dava sossego. Com os pés e as mãos, eu também quebrava pedaços multicoloridos do monte de lixo. Afastando um trapo que parecia tripa de gente, pela primeira vez depois de muitos anos, vi um caderninho cinza de estudante.

Era um caderninho escolar comum, um caderno de desenho para crianças. Todas as páginas desenhadas em cores, com cuidado e zelo. Eu ia virando o papel, quebradiço por causa do frio, as folhas *naïf* geladas, brilhantes de geada. Certa época, muito tempo atrás, eu também costumava desenhar, ajeitando-me à mesa de jantar, junto à lamparina de querosene com pavio de sete linhas. O contato do pincelzinho mágico avivava um herói de conto de fadas morto, como se borrifasse nele a água da vida. As cores da aquarela, como botões de roupa feminina, ficavam numa latinha branca. Ivan Tsariévitch galopava num lobo cinza pelo bosque de abetos.

Desenhos infantis

Os abetos eram menores do que o lobo cinza. Ivan Tsariévitch montava o lobo como os tungues cavalgam cervos, quase encostando os calcanhares no musgo. Uma fumaça em forma de mola erguia-se até o céu, e passarinhos, como riscos em V, distinguiam-se no céu azul estrelado.

Quanto mais intensas eram minhas lembranças da infância, mais claramente eu compreendia que não haveria repetição, eu não ia encontrar nem sombra dela no caderno de outra criança.

Era um caderno assustador.

Uma cidade setentrional de madeira, as cercas e as paredes das casas pintadas de ocre claro; o pincelzinho do jovem artista repetira honestamente essa cor amarela por toda parte em que o menino queria falar de prédios urbanos, de produtos de mãos humanas.

No caderninho havia muitas, muitas cercas. Pessoas e casas, praticamente em todos os desenhos, rodeadas de cercas amarelas e regulares, enlaçadas por linhas negras de arame farpado. Linhas de arame do tipo oficial cobriam todas as cercas no caderninho infantil.

Pessoas perto da cerca. As pessoas do caderno não eram nem camponeses, nem trabalhadores, nem caçadores; eram soldados, guardas de escolta e sentinelas com fuzis. Os "cogumelos", abrigos de chuva no sopé das torres de guaritas enormes; perto deles, o jovem pintor espalhara guardas de escolta e sentinelas. Lá em cima, caminhavam soldados, brilhavam canos de fuzis.

O caderninho era pequeno, mas o menino tinha conseguido desenhar nele todas as estações do ano da sua terra natal.

A terra brilhante, num verde monocrômico, como nos quadros da primeira fase de Matisse, e o céu azul-azul, fresco, limpo e claro. O nascer e o pôr do sol caprichosamente rubros, e isso não por incapacidade da criança de encontrar meios-tons, mudanças de cores, de revelar os segredos do claro-escuro.

A combinação de cores no caderno escolar era uma reprodução fiel do céu do Extremo Norte, cujas cores são extraordinariamente puras e claras, sem meios-tons.

Lembrei-me de uma lenda setentrional antiga: Deus ainda era criança quando criou a taiga. Havia poucas tintas, cores puras, à moda infantil, desenhos simples e claros, temas descomplicados.

Depois, quando cresceu, virou adulto, Deus aprendeu a gravar desenhos extraordinários de folhagens, inventou uma diversidade de pássaros multicoloridos. Então enjoou do mundo infantil e lançou neve sobre a própria obra, sobre a taiga, e foi morar no Sul para sempre. Assim dizia a lenda.

Nos desenhos de inverno, a criança também não se afastara da verdade. O verde desaparecia. As árvores ficavam negras e nuas. Eram lariços da região da Daúria, e não os pinheiros e os abetos da minha infância.

Havia uma caçada no Norte; um pastor alemão de caninos afiados puxava a guia que Ivan Tsariévitch segurava na mão. Ivan Tsariévitch usava um gorro de pele, com aba para as orelhas, do tipo militar, uma peliça curta branca, de pele de ovelha, botas de feltro e grandes luvas inteiriças, as *krágui*, como são chamadas no Extremo Norte. Do ombro de Ivan Tsariévitch pendia uma metralhadora. Árvores triangulares nuas espetavam-se na neve.

A criança não tinha visto mais nada, não se lembrava de mais nada além das casas amarelas, do arame farpado, das torres das guaritas, dos mastins, dos guardas de escolta com metralhadoras e do céu azul-azul.

O meu camarada deu uma olhada no caderninho e apalpou as folhas.

— Melhor procurar um jornal pra enrolar tabaco.

Desenhos infantis

Então arrancou o caderninho de minhas mãos, amassou-o e lançou-o no monte de lixo. O caderno começou a se cobrir de geada.

(1959)

LEITE CONDENSADO

Por causa da fome, a nossa inveja era tola e impotente, como todos os nossos sentimentos. Não tínhamos força para sentimentos, nem para buscar um trabalho mais leve, andar, perguntar, pedir... Invejávamos só os conhecidos, aqueles que estavam conosco neste mundo, aqueles que tinham a sorte de trabalhar no escritório, no hospital, na cavalariça — lá não havia as longas horas de trabalho físico pesado celebrado no frontão de todos os portões como algo admirável e heroico. Em resumo, só invejávamos Chestakov.

Apenas algo externo podia nos arrancar da indiferença e afastar da morte que se aproximava lentamente. Uma força externa e não interna. No interior, tudo estava calcinado, esvaziado, éramos indiferentes a tudo e não fazíamos planos para além do dia de amanhã.

Como agora: uma vontade de voltar ao pavilhão, de deitar na tarimba, mas eu continuava plantado junto à porta da mercearia. Só os condenados por crimes comuns, assim como os ladrões reincidentes listados como "amigos do povo", podiam comprar nessa mercearia. Não tínhamos o que fazer ali, mas era impossível tirar os olhos das bisnagas de pão cor de chocolate; o cheiro doce e forte de pão fresco provocava comichão nas narinas, até a cabeça girava por causa do cheiro. E eu continuava plantado ali, não sabia quando encontraria forças para voltar ao pavilhão, continuava olhando a bisnaga. Aí Chestakov me chamou.

Leite condensado

Eu conhecia Chestakov da Terra Grande,[44] da cadeia Butírskaia: ficáramos numa mesma cela. Lá não fizemos amizade, éramos simplesmente conhecidos. Na lavra, Chestakov não trabalhava na galeria. Era engenheiro de minas e levaram-no para a seção de prospecção geológica, portanto, para o escritório. O felizardo mal cumprimentava os conhecidos de Moscou. Não nos ofendíamos — sabe-se lá o que teriam lhe ordenado a esse respeito. Cada um cuidava de si.

— Fume — disse Chestakov e estendeu-me um pedaço de jornal rasgado, derramou nele a *makhorka*, acendeu um fósforo, um fósforo de verdade...

Comecei a fumar.

— Preciso falar com você — disse Chestakov.

— Comigo?

— Sim.

Fomos para trás do pavilhão, sentamos na entrada da velha galeria. Os meus pés logo endureceram, enquanto Chestakov balançava alegremente os seus novos coturnos, dos quais exalava um leve cheiro de gordura de peixe. As calças arregaçaram-se e revelaram meias xadrez. Eu contemplava os pés de Chestakov com sincera admiração e até certo orgulho — de que pelo menos um homem da nossa cela não usasse *portianka*. A terra sob nossos pés tremia por causa de explosões surdas — preparavam o solo para o turno da noite. Pequenas pedrinhas caíam, cascalhando aos nossos pés, cinzentas e imperceptíveis, como pássaros.

— Vamos sair daqui — disse Chestakov.

— Não mata, não tenha medo. As meias sairão inteiras.

---

[44] Sinônimo de "continente", termo usado pelos habitantes de ilhas e por desterrados para se referir à parte russa ocidental, "civilizada e livre". (N. da T.)

— Não vim falar de meias — disse Chestakov e percorreu o horizonte com o indicador. — O que você acha de tudo isso?

— Vamos morrer, provavelmente — disse eu.

Pensar nisso era o que eu menos queria.

— Não, não aceito morrer.

— Hum?

— Eu tenho um mapa — disse Chestakov molemente. — Levo uns trabalhadores, levo você junto e vamos para a Tchórnie Kliutchi —, são quinze quilômetros daqui. Consigo documentos. Chegamos até o mar. Concorda?

Ele despejou tudo isso numa fala rápida e impassível.

— E no mar? Nadamos?

— Tanto faz. O importante é começar. Não posso viver assim. "Melhor morrer de pé do que viver de joelhos" — pronunciou Chestakov solenemente. — Quem foi que disse isso?

Frase famosa, com certeza. Mas não havia forças para lembrar quem havia dito essas palavras, nem quando. Tudo dos livros fora esquecido. Não se confiava mais neles. Eu puxei a barra das calças, mostrei as feridas vermelhas do escorbuto.

— Isso no bosque se cura — disse Chestakov —, com frutas, vitaminas. Eu serei o guia, conheço o caminho. Tenho um mapa...

Fechei os olhos e fiquei pensando. Daqui até o mar havia três caminhos — todos em torno de quinhentos quilômetros, não menos. Não só eu, mas tampouco Chestakov conseguiria. Será que não queria me levar como alimento? Não, claro que não. Mas então por que estava mentindo? Ele sabia disso tudo melhor do que eu e, de repente, tive medo de Chestakov, o único de nós que arranjou trabalho especializado. Quem lhe arranjou esse trabalho e a que preço? Pois é preciso pagar por tudo. Com sangue alheio, com a vida alheia...

Leite condensado

— Concordo — disse eu, abrindo os olhos. — Mas antes preciso comer alguma coisa.

— Certo, certo. Vai comer, sem falta. Eu trago pra você... enlatados. Você sabe, nós temos...

Há muitos enlatados no mundo — carne, peixe, frutas, legumes... Porém, o mais maravilhoso de todos é o leite, leite condensado. Claro que não se deve tomar com água quente. É preciso tomar de colher ou então passar no pão ou então tomar aos golinhos, direto da lata, bebendo lentamente, observando a massa grossa e clara amarelando, estrelinhas grudando na lata...

— Amanhã — disse eu, suspirando de felicidade —, leite condensado...

— Certo, certo. Leite condensado.

E Chestakov foi embora.

Eu voltei ao pavilhão, deitei e fechei os olhos. Pensar não era fácil. Era um processo físico, a materialidade de nossa psique pela primeira vez apresentava-se a mim em toda a sua concretude, em toda a sua sensibilidade. Pensar doía. Mas era preciso pensar. Ele nos leva na fuga e delata, estava bem claro. Pago pelo trabalho no escritório com o nosso sangue, com o meu sangue. Então, ou nos matam lá mesmo, na Tchórnie Kliutchi, ou nos levam vivos e condenam, acrescentam mais uns quinze anos. Pois não há como não saber, e ele também sabe: é impossível sair daqui. Mas o leite condensado, o leite...

Adormeci e, em meu sono entrecortado e faminto, sonhei com a lata de leite condensado de Chestakov, uma lata monstruosa, com seu rótulo azul celeste e branco-nuvem. Uma lata enorme, azul como o céu noturno, furada em mil lugares, e o leite escorrendo e pingando num jato largo como a Via Láctea. Alcancei facilmente o céu com as mãos e tomei o leite doce, estrelado.

Não me lembro o que fiz nesse dia nem como trabalhei.

Eu esperava, esperava o sol se esconder no poente, esperava o relinchar dos cavalos, que adivinham melhor do que as pessoas o fim do dia de trabalho.

A sirena tocou surdamente e eu me dirigi ao pavilhão onde ficava Chestakov. Ele me esperava na entrada. Os bolsos da *telogreika* estufados. Sentamos numa mesa grande e limpa do pavilhão e Chestakov tirou do bolso duas latas de leite condensado.

Abri um buraco num canto, com o machado. Um jato branco grosso pingou da tampa, na minha mão.

— Tem que fazer outro buraco. Para o ar — disse Chestakov.

— Não precisa — disse eu, lambendo os dedos sujos e doces.

— Uma colher — disse Chestakov, virando-se para os trabalhadores que nos cercavam.

Dez colheres brilhantes, lambidas, estenderam-se sobre a mesa. Todos ficaram ali parados, olhando enquanto eu comia. Nisso não havia nenhuma indelicadeza nem o desejo secreto de ser servido. Nenhum deles nem pensava que eu pudesse repartir o leite condensado com eles. Não se viam coisas desse tipo; o interesse deles pelo alimento alheio era completamente desinteressado. Também eu sabia que não era possível deixar de olhar para o alimento que some na boca de outro homem. Sentei-me mais confortavelmente e tomei o leite sem pão, bebendo água gelada de vez em quando. Tomei as duas latas. O público se afastou, o espetáculo havia terminado.

Chestakov olhava para mim com compaixão.

— Sabe de uma coisa — disse eu, lambendo bem a colher —, mudei de ideia. Vá sem mim.

Chestakov compreendeu tudo e saiu sem dizer nenhuma palavra.

Tinha sido, é claro, uma vingança mesquinha, fraca, co-

Leite condensado

mo todos os meus sentimentos. Mas, o que mais eu podia fazer? Avisar os outros? Eu não sabia quem eram. Mas teria sido bom avisar: Chestakov conseguiu convencer cinco. Fugiram dali a uma semana, dois foram mortos perto de Tchórnie Kliutchi, três foram julgados um mês depois. O processo do próprio Chestakov foi conduzido em separado, logo o mandaram para outro lugar, meio ano depois o encontrei numa outra lavra. Ele não recebeu nenhuma pena adicional pela fuga: a chefia jogou limpo com ele, mas nem sempre é assim.

Ele estava barbeado e bem-alimentado, trabalhava na prospecção de minas, as suas meias xadrez continuavam intactas. Foi à toa que não me saudou: no final das contas, duas latas de leite condensado não são lá grande coisa.

(1956)

PÃO

A porta enorme, de duas folhas, abriu-se inteira e o encarregado das refeições entrou no barracão temporário. Ele surgiu na ampla faixa de luz matinal refletida pela neve azulada. Dois mil olhos voltaram-se para ele de todos os lados: de baixo — de sob as tarimbas —, da frente, do lado e de cima — do alto das tarimbas de quatro andares, onde se metia quem ainda tinha forças para subir a escadinha. Era dia de arenque e, atrás do encarregado, vinha uma enorme bandeja folheada, curvada pelo montão de metades de arenque. Atrás da bandeja, vinha o carcereiro de plantão, em sua peliça curta, de pele de ovelha, com o pelo para fora, reluzente como o sol. Entregavam o arenque de manhã; dia sim, dia não, uma metade. Ninguém sabia que cálculos havia ali de proteínas e calorias e ninguém se interessava por essa escolástica. O murmúrio de centenas de pessoas repetia uma única palavra: rabos. Um chefe sábio, levando em conta a psicologia do detento, ordenou dar de cada vez ou só cabeças ou só rabos de arenque. As vantagens de umas e de outros eram discutidas repetidas vezes: nos rabos, parecia haver mais carne; a cabeça, por sua vez, dava mais satisfação. O processo de ingestão da comida prolongava-se enquanto chupávamos as guelras, triturávamos a queixada. Preparavam o arenque sem limpá-lo e todo mundo aprovava isso, pois comíamos todos os ossos e a pele. O pesar pelas cabecinhas de peixe apareceu e logo sumiu: o rabinho era um fato. Além disso, a bandeja aproximava-se, chegava o minuto mais in-

Pão

quietante: qual seria o tamanho do meu pedaço? Não permitiam trocar, nem protestar, tudo estava nas mãos da sorte, uma carta nesse jogo com a fome. Aquele que, desatento, cortava as porções de arenque, nem sempre entendia (ou simplesmente esquecia) que dez gramas a mais ou a menos — ou aquilo que ao olho parece dez gramas — podem provocar um drama, às vezes sangrento. Sobre lágrimas, então, nem há o que dizer. Lágrimas são frequentes, brotam em todos, e não se ri de quem chora.

Enquanto o encarregado da distribuição se aproximava, cada um ia calculando o tamanho do pedaço estendido por aquela mão indiferente. Cada um era capaz de se amargurar, se alegrar, se preparar para o milagre, beirar o desespero caso cometesse um erro em cálculos apressados. Outros, incapazes de conter a inquietação, semicerravam os olhos para abri-los só quando o encarregado lhes dava um cutucão e estendia a ração de arenque. Então pegavam o arenque com dedos sujos, alisavam-no, apalpavam-no rápida e delicadamente para determinar se a porção era seca ou gorda (a propósito, o arenque do Mar de Okhotsk nunca é gordo, e esse movimento dos dedos também era a expectativa de um milagre); o detento não conseguia se conter, seu olhar circulava rápido pelas mãos de quem estava a seu redor e também alisava e amassava pedacinhos de arenque, com medo de engolir às pressas aquele rabinho minúsculo. Ele não come o arenque. Ele lambe, lambe, e o rabo pouco a pouco vai desaparecendo de seus dedos. Sobram os ossos, então ele mastiga os ossos com cuidado, mastiga com desvelo, e os ossos se derretem e desaparecem. Depois ele passa ao pão, cinquenta gramas por dia, distribuídos pela manhã; ele belisca um pedacinho minúsculo de cada vez e leva-o à boca. O pão todos comem na mesma hora, assim ninguém furta, ninguém pega, pois nenhum deles tem forças para protegê-lo. Só não é preciso se apressar, não é preciso tomar água junto, não é preciso mastigar. Basta chupá-lo, como açúcar, como bala. Depois tomar uma caneca de chá: uma água morna enegrecida por uma casca queimada.

Arenque comido, pão comido, chá bebido. Logo esquenta, e não dá vontade de ir a lugar nenhum, dá vontade de deitar, mas logo é preciso vestir o casaco, enfiar no corpo a *telogreika* esfarrapada, usada como cobertor, prender com cordas as solas às *burki* furadas, de algodoim acolchoado, *burki* usadas como travesseiro; é preciso se apressar, pois as portas já se escancaram novamente e, do outro lado da cerca de arame farpado do pequeno pátio, os guardas da escolta e os cães esperam...

Estamos em quarentena, quarentena de tifo, mas não nos deixam vadear. Tocam-nos para o trabalho, sem listas, simplesmente contando de cinco em cinco no portão. Existe o recurso bastante promissor de ir parar todo dia em algum trabalho relativamente vantajoso. É preciso apenas paciência e contenção. O trabalho vantajoso é sempre aquele para o qual pegam poucas pessoas: duas, três, quatro. O trabalho para o qual pegam vinte, trinta, cem é pesado, obras de aterro na maior parte das vezes. E, embora nunca informem ao detento o local de trabalho com antecedência, ele descobrirá já no caminho; nessa loteria terrível, ganha quem tem paciência. É preciso apertar-se atrás, em outras fileiras, afastar-se para o lado e lançar-se à frente quando estão formando um grupo pequeno. Já para as equipes grandes, o mais vantajoso é a seleção de legumes no depósito, a panificadora... ou seja, todos os lugares onde o trabalho está relacionado com comida, presente ou futura; lá sempre há restos, migalhas, pedaços de alguma coisa que se pode comer.

Colocaram-nos em fila e levaram-nos pela estrada lamacenta de abril. Os coturnos dos guardas da escolta chapinha-

Pão

129

vam com animação pelas poças. No perímetro urbano, não nos permitiam sair da formação, ninguém contornava poças. Os pés umedeciam, mas não prestávamos atenção nisso, não temíamos resfriados. Já nos resfriáramos mil vezes; além disso, o que podia acontecer de mais terrível — digamos, uma pneumonia — levaria ao desejado hospital. Nas fileiras, murmuravam a intervalos:

— Para a panificadora, está ouvindo? Ei, a panificadora.

Há pessoas que sempre sabem tudo e adivinham tudo. Há também aqueles que querem ver o melhor em tudo; nas mais difíceis situações, seu temperamento sanguíneo sempre busca uma fórmula de entendimento com a vida. Para outros, ao contrário, os acontecimentos desenvolvem-se na direção do pior e qualquer melhoria é recebida com incredulidade, como uma distração do destino. Essa diferença de julgamento pouco depende da experiência pessoal: parece que ela é dada na infância, para toda a vida...

As esperanças mais ousadas concretizaram-se: estávamos diante do portão da panificadora. Vinte homens, com as mãos enfiadas nas mangas, marcando passo, dando as costas ao vento penetrante. Os guardas da escolta apartaram-se e começaram a fumar. De uma portinhola recortada no portão, saiu um homem sem chapéu, de avental azul. Ele conversou com os guardas da escolta e aproximou-se de nós. Passou o olhar por todos, lentamente. Kolimá transforma todos em psicólogos, e ele precisava perceber muita coisa num minuto. Entre os vintes maltrapilhos, era preciso escolher dois para o trabalho dentro da panificadora, na seção de fornos. Precisavam ser mais fortes do que os outros para poder arrastar as cargas de tijolos quebrados que restaram da reforma dos fornos. Não podiam ser ladrões, nem criminosos, senão o dia seria gasto em todo tipo de encontro, na troca de papéis falsificados, bilhetinhos, e não no trabalho. Não podiam ter chegado àquele limite a partir do qual qualquer um pode se tornar ladrão por causa da fome, pois na seção dos fornos não havia ninguém para vigiá-los. Não podiam ter inclinação a fugas. Não...

E tudo isso tinha de ser lido no rosto de vinte detentos, num minuto: era escolher e decidir logo.

— Venha — disse-me o homem sem chapéu. — Você também.

E ele cutucou o meu vizinho sardento e onisciente.

— Fico com estes — disse ao guarda da escolta.

— Certo — respondeu aquele, indiferente.

Olhares invejosos nos acompanharam.

Nas pessoas, os cinco sentidos humanos nunca funcionam simultaneamente com tensão total. Eu não escuto rádio quando estou lendo com atenção. As linhas saltam diante dos meus olhos quando me concentro no programa de rádio, embora o automatismo da leitura seja conservado; vou passando os olhos pelas linhas, de repente, percebo que não me lembro de nada do que acabei de ler. Durante a leitura, também acontece de mergulharmos em outros pensamentos — aqui já funcionam alguns interruptores internos. Todos conhecem o dito popular: quando como, sou surdo e mudo. Poderíamos acrescentar: "e cego", pois, com apetite e diante de comida, a função da visão concentra-se em ajudar na percepção do sabor. Quando tateio algo no fundo do armário e a minha percepção localiza-se na pontinha dos dedos, não vejo nem escuto nada, a tensão da sensação tátil supera tudo. Pois também agora, ultrapassado o limiar da panificadora, fiquei ali, sem enxergar os rostos compassivos e bondosos dos trabalhadores (trabalhavam ali encarcerados e ex-encarcerados), sem ouvir as palavras do mestre, daquele homem sem chapéu, que explicava que devíamos arrastar até a rua os tijolos quebrados, que não devíamos andar pelas outras seções, não devíamos furtar, que ele nos daria pão etc. — eu já não ouvia nada. E também não sentia o calor da cozinha bem aquecida, o calor de que o corpo sentia tanta falta durante o longo inverno.

Aspirei o cheiro de pão, o aroma denso das bisnagas, em que o cheiro de manteiga quente misturava-se com o cheiro de farinha cozida. Uma porção bem insignificante desse aroma supremo eu capturava avidamente de manhã, apertando o nariz contra a ração de pão que ia comer. Mas aqui ele surgia em toda a densidade e vigor, parecia rasgar minhas pobres narinas.

O mestre interrompeu o encantamento.

— Ficou vidrado — disse ele. — Vamos para as caldeiras.

Descemos ao porão. Na casa das caldeiras, bem varrida e limpa, à mesinha do foguista, já estava sentado o meu companheiro de trabalho. O foguista, também de avental azul, como o mestre, fumava junto ao forno, e pela abertura na portinha de ferro da fornalha via-se como, lá dentro, a chama se agitava e cintilava, ora vermelha, ora amarela, e as paredes da caldeira estremeciam e zumbiam em resposta à convulsão do fogo.

O mestre colocou sobre a mesa uma chaleira, uma caneca com compota e um pão branco retangular.

— Sirva — disse o mestre ao foguista. — Volto daqui a uns vinte minutos. Mas não enrolem, comam depressa. No final da tarde, daremos mais; partam em pedacinhos, senão os outros pegam tudo lá no campo.

O mestre saiu.

— Eh, cadela — disse o foguista, revirando a bisnaga nas mãos. — Ficou com pena de pegar dos bons, o canalha. Esperem aqui.

Ele saiu atrás do mestre e um minuto depois voltou, atirando a nova bisnaga de pão para o alto.

— Quentinho — disse ele, jogando o pão ao rapaz sardento. — Dos bons. Agora, veja só, queria se livrar de um com farinha preta! Passe pra cá.

O foguista pegou o pão que o mestre nos deixara, escancarou a portinha da caldeira e arremessou-o no fogo que zumbia e retumbava. Depois bateu a portinha e pôs-se a rir.

— Viu? — comentou ele alegremente, dirigindo-se a nós.

— Pra que isso? — disse eu. — Melhor era a gente levar.

— Pra levar daremos outro — disse o foguista.

Nem eu, nem o rapaz sardento conseguimos repartir o pão.

— Não tem faca? — perguntei ao foguista.

— Não. Mas pra quê?

Ele pegou a bisnaga com as duas mãos e partiu-a. Um vapor quente e aromático saiu do pão redondo partido. O foguista enfiou o dedo no miolo.

— Fiédka assa bem, bom rapaz — elogiou ele.

Não tínhamos tempo de descobrir quem era aquele Fiédia. Fomos logo à comida, esquentando-nos com o pão e a água quente, em que misturamos a compota. O suor quente pingava em torrentes. Tínhamos pressa, o mestre viria atrás de nós.

Ele já trouxera e arrastara as padiolas até o monte de tijolos quebrados, trouxera as pás e ele próprio enchera a primeira caixa. Começamos a trabalhar. E, de repente, ficou evidente que as padiolas estavam pesadas demais para nós dois, acima de nossas forças; os tendões esticavam-se, a mão de repente afrouxava, perdia as forças. A cabeça girava, cambaleávamos. A padiola seguinte eu mesmo enchi com uma carga duas vezes menor do que a primeira.

— Chega, chega — disse o rapaz sardento.

Ele era ainda mais pálido do que eu, ou eram as sardas que acentuavam sua palidez.

— Descansem, rapazes — disse o padeiro, alegre e zombeteiro, ao passar por nós, e então sentamos, obedientes, para descansar.

O mestre passou por perto, mas não disse nada.

Depois de descansar, voltamos ao trabalho, mas, após cada duas padiolas, sentávamos de novo; o monte de lixo não diminuía.

— Hora de fumar, rapazes — disse então o padeiro, aparecendo outra vez.

— Não temos tabaco.

— Bom, darei um cigarrinho a cada um. Mas precisam sair. Aqui é proibido fumar.

Dividimos a *makhorka*, cada um fumou o próprio cigarro, um luxo há muito esquecido. Dei algumas tragadas lentas, depois apaguei o cigarro cuidadosamente com o dedo, embrulhei-o num papelzinho e escondi-o no peito.

— Fez bem — disse o rapaz sardento. — Não tinha pensado nisso.

Na hora do intervalo do almoço, já estávamos tão à vontade, que passamos os olhos nos cômodos vizinhos, que tinham os mesmos fornos de padaria. Por toda parte, arrastavam ruidosamente formas e folhas de ferro dos fornos; nas prateleiras, por toda parte, havia pão e mais pão. De tempos em tempos, chegava um vagãozinho de rodinhas, o pão cozido era carregado e levado para algum lugar, mas não para onde teríamos de voltar no final da tarde — aquele era o pão branco.

Pela janela larga sem grade, via-se que o sol se encaminhava para o poente. Pelas portas, chegava um friozinho. O mestre entrou.

— Bem, basta. Deixem as padiolas no lixo. Fizeram pouco. Vocês, nem em uma semana carregariam este monte.

Deram uma bisnaga para cada um, nós as partimos em pedaços, enchemos os bolsos... Mas quanto podia caber em nossos bolsos?

— Esconda logo nas calças — comandou o rapaz sardento.

Saímos para o pátio vespertino gelado; o destacamento estava reunido, conduziram-nos de volta. No quartel da guarda, não nos revistaram, ninguém levava pão nas mãos. Voltei para o meu lugar, dividi o pão com os vizinhos, deitei e adormeci assim que meus pés congelados e úmidos esquentaram.

Durante toda a noite, à minha frente, surgiam bisnagas de pão e o rosto travesso do foguista, que os arremessava na boca da fornalha em chamas.

(1956)

O ENCANTADOR DE SERPENTES

Estávamos sentados num lariço enorme, abatido pela tempestade. Na região do *permafrost*, as árvores mal se mantêm de pé na terra inóspita e a tempestade facilmente as arranca com raízes, jogando-as ao chão. Platónov contava-me a história da sua vida local — a nossa segunda vida neste mundo. Fiquei sombrio quando ele mencionou a lavra Djankhará.[45] Eu próprio estivera em locais terríveis e difíceis, mas a fama assustadora de Djankhará ressoava por toda parte.

— E ficou muito tempo em Djankhará?

— Um ano — disse Platónov em voz baixa.

Os olhos estreitaram-se, as rugas aprofundaram-se. Diante de mim estava outro Platónov, uns dez anos mais velho do que o primeiro.

— Aliás, foi difícil apenas no começo, uns dois, três meses. Lá só tem ladrões. Eu era o único... alfabetizado por ali. Contava histórias para eles, "prensava romances", como dizem no jargão da bandidagem; à noite recontava Dumas, Conan Doyle, Wallace. Em troca, davam-me comida, roupa e eu trabalhava pouco. Você também, na sua época, deve ter aproveitado essa vantagem única de ser letrado por aqui.

— Não, não — respondi. — Isso sempre me pareceu a

---

[45] Ironicamente, o nome da lavra remete a *Djankhar*, relato épico do folclore calmuco sobre o país da felicidade e da abundância. (N. da T.)

136   Contos de Kolimá

maior humilhação, o fim. Nunca recontei romances em troca de sopa. Mas sei como é. Ouvi "romancistas".

— Então me condena? — perguntou Platónov.

— Nem um pouco — respondi. — A um homem esfomeado podemos perdoar muitas, muitas coisas.

— Se sair vivo — pronunciou Platónov, usando a frase sagrada com que começávamos todas as reflexões sobre o que estava além do dia de amanhã —, escreverei um conto sobre isso. Até já tenho o título: "O encantador de serpentes". É bom?

— É bom. Só é preciso viver até lá. Isso é o mais importante.

Andrei Fiódorovitch Platónov, roteirista de cinema na sua primeira vida, morreu três semanas depois dessa conversa; morreu como morreram muitos — brandiu a picareta, oscilou e caiu de rosto na pedra. Glicose na veia e tônicos cardíacos de ação imediata teriam feito com que voltasse à vida; ele rouquejou uma hora, uma hora e meia, mas já havia silenciado quando trouxeram a maca do hospital; os auxiliares de enfermagem levaram o pequeno cadáver, uma carga leve de pele e ossos, para o necrotério.

Eu amava Platónov porque ele não perdera o interesse por aquela vida além dos mares azuis, além das altas montanhas, da qual nos separavam tantos anos e verstas e em cuja existência quase já não acreditávamos, ou melhor, acreditávamos do mesmo modo como escolares acreditam na existência de uma certa América. Platónov também tinha livrinhos, Deus sabe de onde, e quando não fazia muito frio, por exemplo, em julho, fugia de conversas sobre temas que ocupavam toda a população — qual será ou foi a sopa do almoço? Teremos pão três vezes ao dia ou tudo logo cedo? Amanhã fará chuva ou bom tempo?

Eu amava Platónov e tentarei agora escrever o seu conto "O encantador de serpentes".

O encantador de serpentes

O fim do trabalho não é, de jeito nenhum, o fim do trabalho. Depois da sirena, ainda é preciso juntar as ferramentas, levá-las ao depósito, registrá-las, formar fila, passar por duas das dez contagens diárias, sob os xingamentos da escolta, sob os gritos impiedosos e ofensas dos próprios camaradas, daqueles por enquanto mais fortes do que você, mas que também estão cansados, querem voltar logo e irritam-se com qualquer demora. É preciso passar por mais uma contagem, formar fila e andar uns cinco quilômetros até o bosque, em busca de lenha — o bosque mais próximo fora completamente abatido e queimado. A brigada dos lenhadores prepara a lenha e os trabalhadores dos poços de sondagem carregam, cada um, uma tora pequena. Como será que levam toras pesadas, acima das forças até de duas pessoas juntas? Ninguém sabe. Nunca mandam os carros para carregar a lenha, e os cavalos ficam todos na estrebaria, doentes. Pois o cavalo, como se sabe, enfraquece muito mais rapidamente do que o homem, embora a diferença entre a vida antiga e a atual seja para eles, é claro, muito menor do que para as pessoas. Às vezes parece, e o mais provável é que seja realmente assim, que o homem destacou-se no reino animal, tornou-se humano, ou seja, um ser capaz de inventar coisas como estas nossas "ilhas", com toda a inverossimilhança da vida nelas, justo porque é fisicamente mais resistente do que qualquer outro animal. O que humanizou o macaco não foi a mão, nem o embrião de cérebro, nem a alma; cães e ursos comportam-se com mais inteligência e caráter do que o homem. Não foi o domínio da força do fogo; tudo isso aconteceu depois que se concretizou a principal condição da transformação. As outras condições permaneceram as mesmas, mas, em determinado momento, o homem mostrou-se muito mais forte e resistente fisicamente, apenas fisicamente. A expressão "é tão longevo quanto um gato" está errada. Sobre o gato seria mais correto dizer: é tão longevo quanto o homem. O cavalo não suporta nem um mês de vida nesse inverno, em habitações geladas, com muitas horas de trabalho pesado sob o frio intenso. Se não for um cavalo iacuto. Só que não usam cavalos iacutos no trabalho. E também, é verdade, não lhes dão comida. No inverno, como as renas, eles reviram a neve com os cascos e arrancam a erva seca do ano anterior. Mas o homem vive. Talvez viva de esperanças? Só que nele não há esperanças. Se não for estúpido, não pode viver de esperanças. Por isso tantos suicídios. Mas o instinto de conservação, o apego à vida, exatamente o apego físico ao qual está subordinada inclusive a consciência, é que o salva. Ele vive do mesmo modo como vivem a pedra, a árvore, o pássaro, o cachorro. Porém, apega-se mais à vida do que eles. E é mais resistente do que qualquer outro animal.

Era sobre isso que pensava Platónov junto ao portão, com uma tora sobre o ombro, esperando mais uma contagem. Lenha entregue e empilhada. Então entraram às pressas, xingando e apertando-se, no pavilhão de troncos de madeira.

Quando os olhos se acostumaram à escuridão, Platónov viu que nem todos tinham ido trabalhar. À direita, lá no canto, nas tarimbas de cima, tendo arrastado consigo a única lâmpada — um candeeiro de benzina sem vidro —, estavam seis a sete homens em volta de outros dois, de pernas cruzadas à moda tártara e com um travesseiro ensebado no meio: jogavam cartas. O candeeiro fumegante tremulava, o fogo alongava-se e tremulava as sombras.

Platónov sentou-se na beirada da tarimba. Uma quebradeira nos ombros, nos joelhos, tremedeira nos músculos. Chegara a Djankhará de manhã, era o primeiro dia de trabalho. Não havia lugar desocupado nas tarimbas.

"Daqui a pouco se dispersam", pensou Platónov, "aí eu deito." Ficou cochilando.

O jogo lá em cima terminou. Um homem de cabelos

O encantador de serpentes 139

pretos, bigodinhos e unha comprida no mindinho esquerdo arrastou o corpo para a beirada das tarimbas.

— Olhe aí, chame aquele Ivan Ivánovitch — disse ele.

Um empurrão nas costas despertou Platónov.

— Ei, você... estão chamando.

— E então, onde está ele, o Ivan Ivánovitch? — gritaram das tarimbas de cima.

— Eu não sou Ivan Ivánovitch — disse Platónov, apertando os olhos.

— Ele não vem, Fiédetchka.

— Como não vem?

Empurraram Plátonov na direção da luz.

— Está pensando em continuar vivo? — perguntou-lhe Fiédia, em voz baixa, girando o mindinho de unha crescida e suja diante dos olhos de Platónov.

— Estou — respondeu ele.

Um soco forte no rosto o derrubou no chão. Platónov ergueu-se, limpou o sangue na manga.

— Não pode responder assim — explicou carinhosamente Fiédia. — Será que no instituto ensinaram o senhor a responder assim, Ivan Ivánovitch?

Platónov ficou em silêncio.

— Vá embora, besta — disse Fiédia. — Vá dormir na latrina. Lá vai ser o seu lugar. E se reclamar, eu esgano.

Não era uma ameaça vã. Já duas vezes, diante dos olhos de Platónov, tinham asfixiado pessoas com toalhas por causa de acertos de contas entre eles, bandidos. Platónov deitou-se sobre as tábuas úmidas e fedorentas.

— Que tédio, rapaziada. — disse Fiédia, bocejando —, ainda se alguém me coçasse os calcanhares.

— Machka, ei, Machka, vá lá, coce os calcanhares de Fiédetchka.

Na faixa de luz assomou Machka, um rapazinho pálido, bonitinho, um ladrãozinho de mais ou menos dezoito anos.

Ele tirou os sapatos amarelados e rotos dos pés de Fiédetchka, com cuidado tirou-lhe as meias sujas e rasgadas e, sorrindo, pôs-se a coçar-lhe os calcanhares. Fiédia dava risadinhas, tremendo de cócegas.

— Suma — disse ele, de repente. — Não sabe coçar. Não consegue.

— Mas, Fiédetchka, eu...

— Suma, já disse. Só arranha, raspa. Nenhuma delicadeza.

Os circundantes balançaram a cabeça, solidários.

— Na Kossoi, tinha um *jid*:[46] esse coçava. Esse, rapazes, sabia coçar. Um engenheiro.

E Fiédia mergulhou nas lembranças do *jid* que coçava calcanhares.

— Fiédia, ei, Fiédia, e esse novato... Não quer experimentar?

— Hum, que nada — disse Fiédia. — Um tipo desses não sabe coçar. Aliás, acorde o cara.

Levaram Platónov para a luz.

— Ei, você, Ivan Ivánovitch, vá encher o candeeiro — ordenou Fiédia. — De noite vai colocar lenha no fogão. E, de manhã, esvaziar a latrina. O carcereiro vai mostrar onde despejar...

Platónov ficou calado, obediente.

— Em troca — explicou Fiédia —, ganha uma tigelinha de sopa. Eu não tomo *iuchka* mesmo. Agora vá dormir.

Platónov deitou-se no lugar de antes. Quase todos os trabalhadores estavam dormindo, enrodilhados, dois, três juntos: assim ficava mais quente.

— Que tédio, que noite longa — disse Fiédia. — Ainda se alguém prensasse um romance. Porque eu, na Kossoi...

---

[46] Denominação depreciativa de judeu. (N. da T.)

— Fiédia, ei, Fiédia, e esse aí, o novato... Não quer experimentar?

— É isso aí — animou-se Fiédia. — Acorde o novato.

Trouxeram Platónov.

— Ouça — disse Fiédia, sorrindo, quase zombeteiro —, eu estava meio esquentado.

— Não foi nada — disse Platónov entre dentes.

— Ouça, e romances, sabe prensar?

Uma faísca brilhou nos olhos baços de Platónov. Mas como podia! Toda a cela da prisão temporária tinha ouvido o *Conde Drácula* recontado por ele. Mas lá havia pessoas. E aqui? Virar bobo da corte do duque de Milão, um bobo a quem alimentam pelas boas histórias e batem pelas ruins? Há também o outro lado da moeda. Ele apresentaria a verdadeira literatura. Seria um iluminista. Despertaria neles o interesse pela arte das letras, aqui também, bem no fundo do poço da vida, cumpriria o seu papel, a sua obrigação. Por um hábito antigo, Platónov não queria dizer a si mesmo simplesmente que seria alimentado, que receberia uma sopinha a mais, não por esvaziar a latrina, mas por outro trabalho, mais nobre. Seria mesmo nobre? Na verdade, estava mais próximo de coçar os calcanhares sujos de um ladrão do que do iluminismo. Mas a fome, o frio, as surras...

Fiédia sorria tenso, esperando a resposta.

— S-sei — articulou ele e sorriu pela primeira vez nesse dia difícil. — Sei prensar.

— Ah, meu querido! — Fiédia alegrou-se de todo. — Venha, suba aqui. Um pãozinho pra você. Amanhã já vai comer melhor. Sente-se aqui, no cobertor. Pode fumar.

Platónov, que não fumava há uma semana, sugou a guimba de *makhorka* com prazer doentio.

— Qual é o seu nome?

— Andrei — disse Platónov.

— Então, Andrei, quer dizer, um mais longo, de luta. Tipo O *conde de Monte Cristo*. Sobre tratores, não precisa.

— Os *miseráveis*, pode ser? — propôs Platónov.

— Sobre Jean Valjean? Esse prensaram na Kossoi.

— Que tal O *clube dos valetes de copas* ou O *vampiro*?[47]

— Isso, isso. Esse dos valetes. Quietos, bestas.

Platónov tossiu.

— Na cidade de São Petersburgo, em 1893, cometeram um crime muito misterioso...

Já começava a clarear quando Platónov perdeu as forças de vez.

— Aqui termina a primeira parte.

— Muito bom — disse Fiédia. — Como conta! Deite aqui, com a gente. Não dá pra dormir muito, está amanhecendo. Pode dormir no trabalho. Guarde as forças para a noite...

Platónov já estava dormindo.

Foram levados para o trabalho. Um jovem alto, do interior, que dormira durante os *Valetes*, na véspera, empurrou Platónov maldosamente na porta.

— Ei, verme, olhe por onde anda.

No mesmo instante, cochicharam-lhe algo ao ouvido.

Faziam a formação quando o jovem alto aproximou-se de Platónov.

— Não diga a Fiédia que bati em você. Eu não sabia que você era romancista, meu irmão.

— Não vou dizer — respondeu Platónov.

(1954)

[47] Trata-se do romance de folhetim do escritor francês Ponson de Terrail (1829-1871) e, provavelmente, do conto de John Polidori (1795-1821), médico e escritor inglês. (N. da T.)

O MULÁ TÁRTARO E O AR LIVRE

O calor na cela de detenção era tanto que não se via nem uma mosca. As janelas enormes, com grades de ferro, estavam escancaradas, mas isso não trazia alívio; o asfalto incandescente do pátio exalava ondas de ar quente, na cela era até mais fresco do que lá fora. Toda a roupa fora arrancada e uma centena de corpos nus, afogueados pelo calor úmido e pesado, revirava-se no chão, escorrendo suor; nas tarimbas fazia calor demais. Para a contagem do toque de recolher, os detentos ficavam só de ceroulas; plantavam-se uma hora nos banheiros, ajeitando-se, molhando-se com a água fria da pia. Mas o alívio durava pouco. Os "subtarimbas" — aqueles que dormiam no chão — tinham se transformado, de repente, em proprietários dos melhores lugares. Era preciso se preparar para os "acampamentos distantes" e, num gracejo sombrio, típico da prisão, diziam que depois da tortura da sauna viria a tortura do congelamento.

Um mulá tártaro detido para inquérito no famoso processo da "Grande Tartária",[48] do qual tivemos notícia muito antes de qualquer menção nos jornais, um homem forte, de temperamento sanguíneo, sessenta anos de idade, peito robusto coberto de pelos grisalhos, e com olhos redondos, es-

---

[48] Processo de repressão contra ativistas religiosos tártaros, inclusive integrantes da Organização Central dos Muçulmanos em Moscou, instaurado em 1936. (N. da T.)

curos e vivos, o tempo todo limpava o crânio reluzente com um trapinho molhado enquanto dizia:

— Apenas isto: que não fuzilem. Se derem dez anos, besteira. Esse prazo apavora só quem espera viver até os quarenta. Eu espero chegar aos oitenta.

O mulá voltava da hora de passeio e subia correndo ao quinto andar sem perder o fôlego.

— Se derem mais de dez — continuou ele, indiferente —, então viverei ainda uns vinte anos na prisão. Se for no campo de trabalhos forçados — o mulá calou-se por um instante, — ao ar livre, então dez.

Hoje me lembrei daquele mulá ágil e inteligente enquanto lia *Recordações da casa dos mortos*.[49] O mulá sabia bem o que era o "ar livre".

Morózov e Figner[50] passaram vinte anos na fortaleza de Chlisselburg, em regime de segurança máxima, e saíram inteiramente aptos ao trabalho. Figner encontrou forças para participar ativamente da revolução, depois escreveu dez volumes de memórias sobre os horrores suportados, enquanto Morózov escreveu uma série de trabalhos científicos famosos e casou-se por amor com uma colegial.

No campo de prisioneiros, para que um jovem saudável, que tivesse começado sua carreira na lavra de ouro, trabalhando ao ar livre no inverno, seja transformado em *dokhodiaga*, são necessários, pelo menos, vinte a trinta dias de dezesseis horas de trabalho diário, sem folga, passando fome regularmente, com roupas rasgadas e pernoite em barracas

---

[49] Romance de Fiódor Dostoiévski, escrito após a sua experiência de quatro anos de prisão e trabalhos forçados, e publicado no início da década de 1860. (N. da T.)

[50] Vera Figner (1852-1942) e Nikolai Morózov (1854-1946), ativistas revolucionários, integrantes do grupo *Naródnaia Vólia* (Vontade do Povo). (N. da T.)

O mulá tártaro e o ar puro

de lona esburacada, sob temperaturas de menos 60 graus e surras dos capatazes, do chefe da bandidagem, da escolta. Esse prazo confirmou-se várias vezes. As brigadas que abrem a temporada de extração de ouro e levam o nome de seus chefes chegam ao final sem nenhum dos homens que trabalharam no início, a não ser o próprio chefe, o faxina e mais algum amigo pessoal do chefe. O restante do conjunto da brigada muda várias vezes durante o verão. A galeria de mina despeja sem cessar o refugo da produção em hospitais, nos assim chamados grupos de recuperação, em vilas de inválidos e em valas comuns.

A estação do ouro começa em 15 de maio e termina em 15 de setembro — dura quatro meses. Sobre o trabalho no inverno nem é preciso falar. Quando chega o verão, as principais brigadas das galerias são formadas por novatos que ainda não invernaram aqui.

Recebida a sentença, os detentos aspiravam ir da prisão para o campo de prisioneiros. Lá haveria trabalho, o ar saudável do campo, a antecipação da soltura, correspondências, encomendas de parentes, serviços remunerados. O homem sempre acredita no melhor. Junto à fresta das portas do vagão de carga em que nos transportavam ao Extremo Leste, dia e noite acotovelavam-se passageiros do comboio, inspirando com enlevo o suave e fresco ar vespertino, impregnado do cheiro das flores do campo e lançado pelo correr do trem. Não se parecia com o ar pestilento da cela da prisão, que cheirava a fenol e suor humano, cujo ranço odioso durava muitos meses. Nas celas, largavam as lembranças da honra xingada e pisoteada, lembranças que se queria esquecer.

Por ingenuidade, as pessoas viam a casa de detenção como o mais terrível dos sofrimentos, que mudara tão radicalmente suas vidas. A detenção provocava nelas o mais forte abalo moral. Agora, arrancadas da prisão, queriam subconscientemente acreditar na liberdade, ainda que relativa,

146   Contos de Kolimá

mas ainda assim liberdade, uma vida sem as malditas grades, sem os humilhantes e ofensivos interrogatórios. Ali começaria uma vida nova, sem aquela tensão da vontade sempre exigida nos interrogatórios da fase de inquérito. Sentiam profundo alívio em saber que tudo estava decidido de modo irrevogável, a sentença fora proferida, não precisavam mais pensar nas respostas que dariam ao investigador, não precisavam mais temer pelos parentes, não precisavam mais fazer planos de vida, não precisavam lutar por um pedaço de pão — já estavam à mercê da vontade alheia, não podiam mudar mais nada, daquela estrada de ferro reluzente já não podiam voltar; seguiam lentamente, mas sem parar, direto para o Norte.

O trem corria ao encontro do inverno. Cada noite era mais fria do que a anterior, as folhas verdes e viçosas dos álamos já tinham sido tocadas por um amarelo-claro. O sol já não estava mais tão quente e brilhante, como se as folhas dos plátanos, álamos, bétulas e choupos-tremedores tivessem absorvido a sua força dourada. As próprias folhas cintilavam agora como a luz solar, enquanto o sol pálido e anêmico não aquecia nem o vagão e, durante a maior parte do dia, escondia-se atrás de nuvens tépidas cinza-azuladas, ainda sem cheiro de neve. Também não estava longe de nevar.

Prisioneiros em trânsito — faltava ainda a última parte da viagem até o Norte. A enseada marítima recebeu-nos com uma branda nevasca. A neve ainda não assentara, o vento a varria dos barrancos amarelos e gelados para fendas com água suja e turva. A teia da nevasca era transparente. A neve caía fina e parecia uma rede de pescar feita de linhas brancas lançada sobre a cidade. Acima do mar não se podia ver nenhuma neve, ondas de cristas verde-escuras invadiam lentamente a pedra escorregadia e esverdeada. O vapor atracara no ancoradouro, e, de cima, parecia de brinquedo; mesmo quando os levaram de balsa até o convés e todos, um após o

O mulá tártaro e o ar puro

outro, subiram a bordo para logo se dispersarem e desaparecerem nos porões de gargantas estreitas, o vapor parecia inesperadamente pequeno, um mundo de água o cercava.

Cinco dias depois, foram descarregados na margem sombria e austera da taiga e carros distribuíram-nos pelos locais onde deviam viver — e sobreviver.

O ar saudável do campo ficara para trás, além-mar. Aqui os cercava o ar rarefeito da taiga, impregnado de emanações dos pântanos. As *sopkas* estavam cobertas por uma camada pantanosa e apenas a calva das *sopkas* sem vegetação brilhavam o seu calcário nu, polido por tempestades e ventos. A perna afundava no musgo lamacento, e raramente os pés ficavam secos durante o dia de verão. No inverno, tudo congelava. As montanhas, os rios e o pântano, no inverno, pareciam um único ser, malvado e hostil.

No verão, o ar era pesado demais para os cardíacos; no inverno, insuportável. No frio extremo, as pessoas respiravam ofegantes. Aqui ninguém corria, a não ser os mais jovens, e ainda assim não era uma corrida, e sim uma espécie de pulinho.

Nuvens de pernilongos cobriam todo o rosto, sem telas não se podia dar um passo. No trabalho, porém, a rede sufocava, não deixava respirar. Mas não se podia tirá-la, por causa dos pernilongos.

Na época, trabalhávamos umas dezesseis horas, e as cotas eram calculadas também para dezesseis horas. Se considerarmos que levantar, tomar café da manhã e esperar a distribuição do pessoal, mais a caminhada até o local, tomava, no mínimo, uma hora e meia; o almoço, uma hora; o jantar com a preparação para deitar, uma hora e meia, então, para o sono, após o trabalho braçal pesado ao ar livre, sobravam ao todo quatro horas. A pessoa cochilava assim que parava de se mexer, desenvolvia a arte de dormir andando ou parada. O sono interrompido subtraía mais forças do que a fome.

O não cumprimento das cotas era castigado com restrições de ração: de trinta gramas de pão ao dia sem *balanda*.[51]

A primeira ilusão acabava logo. Era a ilusão do trabalho, daquele trabalho citado no regulamento dos campos de prisioneiros e nas inscrições gravadas em todos os portões de todas as instalações prisionais: "O trabalho é questão de honra, glória, bravura e heroísmo". A única coisa que o campo de trabalhos forçados podia incutir era o ódio e a repulsa ao trabalho.

Uma vez ao mês, o carteiro do campo trazia o correio acumulado na censura. As cartas do continente e para o continente levavam seis meses, isso quando chegavam. Entregavam as encomendas apenas a quem cumpria as cotas; o restante era confiscado. Nada disso acontecia arbitrariamente, de jeito nenhum. A esse respeito, emitiam-se ordens; nos casos mais importantes, exigiam a assinatura de todos, sem exceção. Não era mera fantasia bárbara de algum chefe degenerado, era ordem da alta chefia.

Mas, inclusive quando se recebia a encomenda através de alguém — podia-se prometer metade a algum educador[52] e pelo menos receber a outra metade —, não havia para onde levar essa metade. No pavilhão, os criminosos ficavam à espreita, para arrancar à vista de todos e dividir com os seus Vánietchka e Siénietchka. O jeito era comer toda a encomenda ali mesmo ou então vendê-la. Compradores havia à vontade — capatazes, chefes, médicos.

Existia também uma terceira opção, mais comum. Muitos entregavam as encomendas a algum conhecido que vivia

---

[51] Em ucraniano, batata cozida e amassada diluída em *kvas* ou salmoura de pepino. Sinônimo de comida ruim e aguada. (N. da T.)

[52] No original, *vospitátel*, membro das "brigadas culturais", que durante o tempo livre dos presos lia para eles artigos de jornais e incentivava-os a empenhar-se no trabalho. (N. da T.)

no campo de trabalhos forçados ou na prisão e trabalhava em funções e serviços com lugares para trancar e esconder coisas. Ou então entregavam-na a algum dos assalariados. Neste e naquele caso, havia sempre algum risco — ninguém acreditava na honestidade dos guardadores, mas essa era a única maneira de salvar a encomenda recebida.

Dinheiro, não davam nenhum. Nem um copeque. Pagavam apenas à melhor brigada e, mesmo assim, uma ninharia que não servia pra nada. Em muitas brigadas, os chefes faziam assim: a renda era registrada em nome de uns dois ou três, o que lhes dava uma porcentagem grande e resultava num prêmio em dinheiro. Mas os outros vinte ou trinta integrantes da brigada recebiam uma ração reduzida. A solução era engenhosa. Se a renda fosse distribuída igualmente para todos, ninguém receberia um só copeque. Assim, uns dois ou três recebiam alguma coisa, numa escolha inteiramente ocasional, inclusive com frequência sem a participação do chefe na redação do relatório.

Todos sabiam que era impossível cumprir as cotas, que não havia nem haveria pagamento, mas, apesar disso, todos andavam atrás do capataz, interessavam-se pelos dados da produtividade, corriam ao encontro do caixa, iam ao escritório atrás de atestados.

O que seria isso? O desejo de passar uma imagem de trabalhador exemplar, de elevar a própria reputação aos olhos do chefe ou simplesmente alguma perturbação psíquica em função do déficit alimentar? Esta última é mais provável.

A casa de detenção, limpa, quente, iluminada, que tinham abandonado há tão pouco tempo e, ao mesmo tempo, há séculos, parecia a todos, sem exceção e rigorosamente, o melhor lugar da terra. Todas as humilhações sofridas na prisão eram esquecidas e todos se lembravam, com entusiasmo, da época em que assistiam aulas de professores de verdade e ouviam histórias de especialistas, liam livros, dormiam e comiam bem, frequentavam uma sauna maravilhosa, recebiam alimento ou roupas dos parentes, sentiam que as famílias estavam por perto, além dos portões de ferro, conversavam livremente sobre o que queriam (no campo de prisioneiros, isso daria motivo para aumento da pena), sem medo nem de espiões, nem de carcereiros. A cadeia de detenção parecia-lhes mais livre e querida do que a casa natal, e mais de um deles dizia, mergulhado em sonhos no leito do hospital, embora lhes restasse pouco tempo de vida: "Eu queria ver a família, é claro, sair daqui. Mas queria ainda mais ir parar na cela da detenção, lá seria ainda melhor e mais interessante do que em casa. E então eu contaria a todos os novatos o que é o 'ar livre'".

Se acrescentarmos a tudo isso o escorbuto praticamente generalizado, transformado, como na época de Bering,[53] numa epidemia terrível e perigosa, responsável pelo fim de milhares de vidas; a disenteria, pois comiam tudo o que encontravam, na tentativa de encher o estômago doído de fome, catando restos da cozinha e dos montes de lixo cobertos de moscas; a pelagra, essa doença de miseráveis, com a inanição que leva a pele da palma das mãos e da planta dos pés a se descolar como uma luva e a pele do corpo inteiro a se descascar em grandes pétalas redondas, parecidas com impressões datiloscópicas; e, finalmente, a famosa distrofia alimentar — doença de famintos, que apenas após o cerco a Leningrado passou a ser chamada pelo verdadeiro nome. Antes ela levava denominações diversas: RFI — letras misteriosas nos diagnósticos das fichas médicas, traduzidas como "esgotamento físico agudo", ou, com mais frequência, poliavitami-

---

[53] Vitus Jonassen Bering (1680-1741), explorador dinamarquês que, a serviço do império russo, transformou-se no "Colombo dos tsares". Teria morrido de escorbuto na ilha de Bering, junto com 28 membros da tripulação do seu navio. (N. da T.)

O mulá tártaro e o ar puro

nose, estranha denominação latina indicativa da insuficiência de vitaminas no organismo humano, capaz de acalmar os médicos que encontram nela uma fórmula latina oficial para indicar algo bem simples: fome.

Se lembrarmos os pavilhões úmidos e sem aquecimento, onde em todas as frestas congelava-se uma camada grossa de gelo, como se uma enorme vela de estearina tivesse se derretido ali no canto... As roupas inadequadas e a ração de fome, as lesões por congelamento, e essas lesões são um sofrimento eterno mesmo quando não se recorre à amputação. Se imaginarmos, além disso, quantas vezes era inevitável a ocorrência de gripe, pneumonia, todo tipo de resfriado e tuberculose naquelas montanhas pantanosas, nefastas para cardíacos. Se lembrarmos as epidemias de automutilação. Se voltarmos a atenção para a enorme opressão moral e a desesperança — então será fácil ver quanto o ar livre era mais perigoso para a saúde do que a prisão.

Por isso, não há necessidade de polemizar com Dostoiévski quanto ao mérito do "ar livre" e à supremacia do "trabalho" forçado em comparação com a ociosidade da prisão. A época de Dostoiésvki era outra e os trabalhos forçados daquele tempo ainda não tinham alcançado o extremo de que se fala aqui. É difícil imaginar tudo isso de antemão numa representação verídica, pois tudo o que aconteceu lá é tão incomum, tão inconcebível, que o pobre cérebro humano simplesmente não tem forças para compor um quadro de imagens concretas daquela vida, sobre a qual o nosso colega de prisão, o mulá tártaro, tinha uma compreensão vaga e turva.

(1955)

A PRIMEIRA MORTE

Vi muitas mortes humanas no Norte — pode-se dizer, até demais para uma pessoa só, mas a primeira eu recordo mais vivamente do que as outras.

Naquele inverno, aconteceu de trabalharmos no turno da noite. Víamos no céu negro a lua pequena, cinza-clara, cercada por um nimbo multicolorido, que cintilava nos frios intensos. O sol, não víamos nunca — chegávamos e saíamos dos pavilhões (não em casa, ninguém os chamava de casa) no escuro. Aliás, o sol aparecia por tão pouco tempo, que não conseguia nem dar uma espiada na terra através da gaze branca e cerrada do gélido nevoeiro. Determinávamos onde se encontrava o sol por adivinhação — dele não chegava luz nem calor.

Ir a pé até a galeria de mina era longe — dois, três quilômetros; a estrada estendia-se entre dois paredões de neve enormes, de três *sájens*;[54] nesse inverno houve grande acúmulo de neve e, depois de cada nevasca, desenterrávamos a lavra. Milhares de homens com pás limpavam a estrada para dar passagem aos carros. Cercavam com escoltas e cães em regime de revezamento todos os que trabalhavam na limpeza e mantinham-nos dias e noites inteiros no trabalho, sem permissão para que se aquecessem ou comessem em locais aquecidos. Carregavam em cavalos a ração de pão completamen-

---

[54] Medida russa antiga equivalente a 2,13 m. (N. da T.)

te congelada e, às vezes, conservas, uma lata para cada dois homens, quando o trabalho se prolongava demais. Nos mesmos cavalos, retiravam do campo os doentes e esgotados. Liberavam as pessoas somente quando o trabalho estava pronto, para que elas pudessem dormir e depois voltar de novo para o frio glacial, para o trabalho "de verdade". Notei então uma coisa surpreendente — nesse trabalho de muitas horas, apenas as primeiras seis, sete horas são pesadas e extremamente martirizantes. Depois disso, perde-se a noção do tempo e, inconscientemente, cuida-se apenas de não congelar: trocam-se as pernas, movimentam-se as pás, não se pensa em absolutamente nada, não se deseja absolutamente nada.

O término desse trabalho é sempre uma surpresa, uma felicidade súbita, com a qual parece que não se tinha coragem de contar. Todos ficam felizes, barulhentos e, por algum tempo, é como se não houvesse a fome nem o cansaço mortal. Às pressas, colocam-se em formação, todos correm felizes "para casa". E, nas laterais, erguem-se enormes paredões de neve que nos separam do mundo inteiro.

Nevascas não caíam há tempos e a neve fofa assentara, endurecera, parecia ainda mais poderosa e firme. Era possível caminhar pela crista do paredão sem afundar. Em alguns pontos, os dois paredões estavam cortados por caminhos transversais.

Lá pelas duas da madrugada fomos almoçar, enchendo o pavilhão com o barulho de pessoas congeladas, batidas de pé, conversas em voz alta dos homens que vinham da rua, cuja conversa apenas aos poucos se aquietava e emudecia, voltando ao diálogo humano normal. De madrugada, o almoço era sempre no pavilhão e não no refeitório gelado, com vidros quebrados, refeitório que odiávamos. Depois do almoço todos os que tinham *makhorka* acendiam um cigarro; os que não tinham davam um trago no cigarro dos camaradas e, em geral, no fim todos conseguiam "se asfixiar".

O chefe da nossa brigada, Kólia Andrêiev, ex-diretor da MTS[55] e agora encarcerado, condenado a dez anos pelo usual artigo 58, andava sempre à frente da brigada e sempre rapidamente. A nossa brigada estava sem escolta. Naquela época, faltava escolta — assim se explicava a confiança da chefia. Entretanto, a consciência dessa particularidade, da ausência de escolta, para muitos era coisa importante, por mais ingênuo que possa parecer. Caminhar até o trabalho sem escolta agradava muito a todos, consistia em motivo de orgulho e fanfarronice. A brigada realmente trabalhou melhor nessa época do que depois, quando já havia escolta suficiente e a brigada de Andrêiev equiparou-se em direitos a todas as restantes.

Naquela noite, Andrêiev levou-nos por um caminho novo — não pela estrada de baixo, mas diretamente pela crista do paredão de neve. Víamos o cintilar das luzes douradas da lavra, o bosque enorme e escuro à esquerda e o topo distante das *sopkas* unindo-se ao céu. Nas primeiras madrugadas, víamos a nossa morada ao longe.

Quando chegou à encruzilhada, de repente, Andrêiev virou à direita e desceu correndo, diretamente pela neve. Atrás dele, repetindo os seus movimentos incompreensíveis com obediência, os homens despejaram-se paredão abaixo, em grupo, retinindo pés-de-cabra, pás e picaretas; nunca largávamos a ferramenta no trabalho, lá a roubariam, e pela perda da ferramenta havia a ameaça de punição.

A alguns passos da encruzilhada via-se um homem em uniforme militar. Sem gorro, tinha os cabelos curtos e negros eriçados, salpicados de neve, o capote desabotoado. Um pou-

---

[55] Estação de Máquinas e Tratores. Na URSS, organização estatal responsável pelo fornecimento de tratores, máquinas agrícolas e outros equipamentos de grande porte às fazendas coletivas. (N. da T.)

co além, enfiado na neve profunda, via-se um cavalo atrelado a um trenó leve.

Junto aos pés do homem, uma mulher jazia de costas. A sua peliça estava escancarada; o vestido estampado, amarfanhado. Perto da cabeça arrastava-se um xale negro amarrotado. O xale enterrara-se na neve, assim como os cabelos claros da mulher, que pareciam quase brancos sob a luz da lua. O pescoço fininho aparecia descoberto, manchas escuras e ovaladas delineavam-se à direita e à esquerda. O rosto estava branco, lívido; olhei mais atentamente e reconheci Anna Pávlovna, secretária do chefe da nossa lavra.

Todos nós conhecíamos bem o seu rosto — na lavra havia pouquíssimas mulheres. Uns seis meses antes, no verão, ela passara pela nossa brigada no fim da tarde, e os olhares admirados dos detentos acompanharam a sua figurinha magra. Ela nos sorriu e, com a mão, apontou o sol pesado que baixava no poente.

— Está próximo, rapazes, já está próximo! — gritou ela.

Nós, como os cavalos do campo de prisioneiros, ao longo de todo o dia de trabalho pensávamos apenas no minuto de seu término. E tocou-nos o fato de nossos pensamentos nada complexos serem tão bem compreendidos e, ainda mais, por aquela mulher, bonita no nosso modo de ver da época. Nossa brigada amava Anna Pávlovna.

Agora ela jazia diante de nós, morta, asfixiada pelas mãos do homem de uniforme militar, que lançava ao redor um olhar perdido e selvagem. Ele, eu conhecia bem melhor. Era Chtemenko, agente de polícia da nossa lavra, aquele que "dera processos" a muitos de nossos encarcerados. Ele interrogava incansavelmente; por *makhorka* ou uma tigela de sopa, contratava falsas testemunhas caluniadoras, aliciadas entre os presos esfomeados. Alguns ele convencia da necessidade estatal da mentira; outros, ameaçava; outros ainda, subornava. Antes da detenção de uma nova testemunha, não se dava ao trabalho de apresentar-se, de chamá-la à sua sala, embora nós todos vivêssemos numa mesma lavra. As surras e os protocolos recém-preparados esperavam o detido na sala de inquérito.

Chtemenko era aquele mesmo chefe que entrara em nosso pavilhão uns três meses antes e derrubara todos os caldeirões dos detentos, feitos de latas de conserva — neles cozinhávamos tudo que se podia cozinhar e comer. Neles carregávamos o almoço do refeitório para comê-lo sentados e comê-lo quente, depois de aquecê-lo no fogão de nosso pavilhão. Partidário da limpeza e da disciplina, Chtemenko pediu uma picareta e com as próprias mãos abriu o fundo das latas de conserva.

Agora, ao ver Andrêiev a poucos passos, levou a mão ao coldre da pistola, mas, olhando a multidão de homens armados com pés-de-cabra e picaretas, resolveu não sacar a arma. E já lhe prendiam as mãos. Isso foi feito com paixão — apertaram tanto o nó que depois foi preciso cortar a corda com faca.

Colocaram o corpo de Anna Pávlovna no trenó e dirigiram-se à aldeia, à casa do chefe da lavra. Nem todos foram para lá com Andrêiev, muitos lançaram-se às pressas ao pavilhão, à sopa.

O chefe custou a abrir a porta, ficou olhando pelo vidro a multidão de detentos, reunidos à porta de sua casa. Finalmente, Andrêiev conseguiu explicar qual era a situação e entrou na casa, junto com Chtemenko amarrado e mais dois encarcerados.

Nessa madrugada, comemos muito lentamente. Levaram Andrêiev não se sabe para onde, como testemunha. Mas depois ele voltou, deu o comando e nós saímos para o trabalho.

Logo condenaram Chtemenko a dez anos pelo assassinato por ciúme. O castigo foi mínimo. Julgaram-no ali mes-

A primeira morte   157

mo, na nossa lavra, e depois da sentença levaram-no embora. Nesses casos, os ex-chefes de campos de prisioneiros são mantidos num lugar especial — ninguém nunca os encontra nos nossos campos comuns.

(1956)

TIA PÓLIA

Tia Pólia morreu no hospital, de câncer no estômago, aos 52 anos de idade. A autópsia confirmou o diagnóstico do médico responsável. Aliás, em nosso hospital, o diagnóstico anatomopatológico raramente divergia do clínico; é assim nos melhores e nos piores hospitais.

Só na administração sabiam o sobrenome de tia Pólia. Nem a esposa do chefe, para quem tia Pólia trabalhara sete anos como "faxina", ou seja, empregada, lembrava seu verdadeiro sobrenome.

Todos sabem quem é o faxina ou a faxina, mas nem todos sabem quem eles podem ser. Gente de confiança do inalcançável senhor de milhares de destinos humanos; testemunha de suas fraquezas, de seu lado obscuro. Gente que conhece o lado sombrio da casa. Escravo, mas também partícipe obrigatório da guerra doméstica submarina, subterrânea; participante ou, pelo menos, observador dos combates familiares. Árbitro oculto nas discussões entre marido e mulher. Administrador da economia familiar do patrão, multiplicador de sua riqueza, e não apenas com parcimônia e honestidade. Um desses faxinas comercializava cigarros de *makhorka* em prol do chefe, vendendo-os aos encarcerados por dez rublos cada. A câmara de pesos e medidas do campo de prisioneiros determinou que, numa caixa de fósforos, cabe *makhorka* para oito cigarros; um oitavo de libra de *makhorka* consiste em oito dessas caixinhas. Essas medidas de capa-

Tia Pólia   159

cidade vigoram em 1/8 do território da União Soviética: em toda a Sibéria Oriental.

Nosso faxina tirava seiscentos e quarenta rublos por maço de *makhorka*. Mas essa cifra também não era, como se diz, um limite. Ele podia encher pouco as caixinhas: a olho quase não se notava a diferença e também ninguém ia querer brigar com o faxina do chefe. Podia enrolar cigarros mais finos. Enrolar era uma arte das mãos e da consciência do faxina. O nosso comprava a *makhorka* do chefe por quinhentos rublos o pacote. A diferença de cento e quarenta rublos ia para seu bolso.

O patrão da tia Pólia não comercializava *makhorka*, e, em geral, tia Pólia não tinha de se ocupar de nenhum negócio obscuro em nome dele. Ela era excelente cozinheira, faxinas versados em culinária tinham valor especial. Tia Pólia podia se meter — e realmente se metia — a arranjar trabalho leve para qualquer um de seus conterrâneos ucranianos ou então a incluí-los em alguma lista de soltura. A ajuda de tia Pólia a seus conterrâneos era coisa muito séria. Aos outros ela não ajudava, a não ser com conselhos.

Tia Pólia trabalhava na casa do chefe havia sete anos e pensava que viveria até dez *rokiv*[56] com abastança.

Tia Pólia era econômica, desinteressada e supunha, com razão, que sua indiferença a presentes e dinheiro não podia deixar de tocar a alma do chefe. Seus cálculos estavam certos. Era pessoa de confiança da família e já tinha determinado o plano da própria soltura: devia se registrar como carregadora nos caminhões da lavra, onde trabalhava o irmão do chefe, então a lavra solicitaria sua soltura.

Mas tia Pólia adoeceu, foi piorando cada vez mais e levaram-na para o hospital. O médico responsável ordenou

---

[56] Forma declinada de *rik*, ano em ucraniano. (N. da T.)

que lhe dessem um quarto separado. Arrastaram dez semi-mortos para o corredor frio, a fim de liberar lugar para a faxina do chefe.

O hospital avivou-se. Diariamente, na segunda metade do dia, vinham as "virgens", os caminhões; das cabines saltavam damas em casacos de lã, saltavam militares: todos se apressavam a visitar tia Pólia. E tia Pólia prometia a cada um deles: se melhorasse, trocaria uma palavrinha com o chefe.

Todo domingo a limusine ZIS-110 entrava pelos portões do hospital — levavam um embrulhinho e um bilhetinho da esposa do chefe para tia Pólia.

Tia Pólia distribuía tudo aos enfermeiros, provava uma colherinha e distribuía o resto. Ela sabia qual era a própria doença.

Mas tia Pólia não ia sarar. E eis que certa vez, no hospital, apareceu um visitante incomum, com um bilhete do chefe, padre Piotr, como ele se identificou ao supervisor. Acontece que tia Pólia queria se confessar.

O visitante incomum era Pietka Abramov. Todos o conheciam. Até ficara internado no hospital uns meses antes. E agora era o padre Piotr.

A visita do simulacro alvoroçou todo o hospital. Quer dizer que há sacerdotes em nossas terras! E eles dão confissão a quem quiser! Na maior enfermaria do hospital, na nº 2, onde, entre o almoço e o jantar, diariamente se ouvia uma história gastronômica, contada por algum dos doentes, em todo caso, não para aguçar o apetite, mas por necessidade de gente faminta no alvoroço das emoções alimentares, naquela enfermaria falavam só da confissão de tia Pólia.

O padre Piotr estava de quepe, de *buchlat*. As calças de algodoim enfiadas em botas de cano de lona bem rotas. Cabelos cortados rente; para uma personalidade do mundo religioso, muito mais curtos do que os cabelos estilo anos 50. O padre Piotr desabotoou o *buchlat* e a *telogreika*; viu-se uma bata azul-clara e uma cruz grande no peito. Não era uma cruz qualquer, mas sim um crucifixo, artesanal, esculpido com mão habilidosa, só que sem os instrumentos necessários.

O padre Piotr confessou tia Pólia e saiu. Ficou muito tempo parado na estrada e erguia as mãos quando algum caminhão se aproximava. Dois carros passaram e não pararam. Então o padre Piotr arrancou da bolsa de tabaco um cigarro enrolado, ergueu-o acima da cabeça e já o primeiro carro freou, o chofer abriu hospitaleiramente a portinha da boleia.

Tia Pólia morreu, enterraram-na no cemitério do hospital. Era um cemitério grande, no sopé da colina (em vez de "morrer", os doentes diziam "ir para o sopé da colina") com valas comuns — A, B, C e D — e duas fileiras de túmulos individuais. Nem o chefe, nem a sua esposa, nem o padre Piotr apareceram no velório de tia Pólia. A cerimônia de sepultamento foi simples: o supervisor grudou no calcanhar esquerdo de tia Pólia uma placa de madeira com um número. Era o número do processo individual. Mas o número da instrução tinha de ser escrito com lápis preto comum, de jeito nenhum com lápis-tinta, assim como nos marcos topográficos no bosque.

Os auxiliares de enfermagem, que eram os coveiros habituais, jogaram pedras sobre o corpo esquelético de tia Pólia. O supervisor fixou um pauzinho com pedras: de novo, com aquele mesmo número do processo individual.

Passaram-se alguns dias, no hospital apareceu o padre Piotr. Ele visitara o cemitério e agora berrava na administração:

— Tem que colocar uma cruz. Uma cruz.

— Mais essa — respondeu o supervisor.

Brigaram longamente. No final, padre Piotr informou:

— Dou uma semana de prazo. Se em uma semana não colocarem a cruz, darei queixa de vocês à chefia administrativa. Se não fizerem nada, escreverei ao chefe do Dalstroi.[57] Se ele não agir, reclamarei no Conselho do Comissariado do Povo. Se o Conselho não agir, então escreverei ao Sínodo — berrou padre Piotr.

O supervisor era um velho detento e conhecia bem o "país das maravilhas": sabia que nele podiam acontecer as coisas mais inesperadas. Depois de pensar um pouco, resolveu relatar a história toda ao médico-chefe.

O médico-chefe, que em outra época fora ministro ou vice-ministro, aconselhou-o a não discutir e a colocar a cruz no túmulo de tia Pólia.

— Se o pope disse isso com tanta segurança, significa que tem coisa aí. Ele sabe de algo. Pode acontecer de tudo, pode acontecer de tudo — resmungou o antigo ministro.

Colocaram a cruz, a primeira cruz daquele cemitério. Via-se de longe. E, embora fosse só uma, todo aquele lugar adquiriu um aspecto de cemitério de verdade. Todos os doentes que conseguiam andar iam ver a cruz. Esculpiram uma inscrição numa tabuleta com moldura preta. Encomendaram a inscrição a um velho artista, há dois anos internado no hospital. É verdade que ele não estava acamado, só ocupava um leito, e gastava todo o tempo na fabricação massiva de três tipos de cópias: *Outono dourado*, *Os três bogatires* e *A morte de Ivan, o Terrível*. O artista jurava que podia pintar essas cópias de olhos fechados. Seus clientes consistiam apenas na chefia do povoado e do hospital.

Mas a tabuleta na cruz de tia Pólia o artista concordou em fazer. Perguntou o que devia escrever. O supervisor foi fuçar as listas.

---

[57] Acrônimo de *Glávnoie Upravliénie Stroítelstva Dálnego Siévera*, Administração Central de Obras do Extremo Norte, empresa estatal submetida ao NKVD e responsável pela construção de estradas e pela exploração mineral na região de Kolimá. (N. da T.)

— Não estou encontrando nada, só as iniciais — disse ele. — Timochenko, P. I. Escreva: Polina Ivánovna. Morreu em tal data.

O artista, que nunca discutia com clientes, escreveu isso. Mas, exatamente uma semana depois, apareceu Pietka Abramov, ou seja, o padre Piotr. Ele disse que tia Pólia não se chamava Polina, mas Praskovia, e não era Ivánovna, mas Ilínitchna. Informou a data de nascimento e exigiu que a incluíssem na inscrição mortuária. Corrigiram a inscrição na presença do padre Piotr.

(1958)

A GRAVATA

Como contar sobre aquela maldita gravata?

É uma verdade de tipo específico, uma verdade da vida real. Só que isso aqui não é ensaio, é conto. Como farei dele uma prosa do futuro — algo como os contos de Saint-Exupéry, que nos deu o ar?

No passado e no presente, para ter sucesso, é preciso que o escritor seja uma espécie de estrangeiro no país a respeito do qual escreve. Que possa escrever a partir do ponto de vista — dos interesses, da perspectiva — das pessoas entre as quais ele foi criado e adquiriu hábitos, gostos, modos de ver o mundo. O escritor escreve na língua daqueles em nome dos quais ele fala. Nada além disso. Já quando o escritor conhece o material bem demais, então aqueles para quem escreve não o compreendem. O escritor mudou, passou para o lado do próprio material.

Não se deve conhecer demais o material. São desse tipo os escritores do passado e do presente, mas a prosa do futuro exige outra coisa. Falarão não escritores, mas profissionais que possuam o dom de escrever. E eles contarão apenas o que sabem, o que viram. Fidedignidade — eis a força da literatura do futuro.

Mas aqui, talvez, não seja lugar para reflexões; o mais importante é fazer força para lembrar, lembrar bem Marússia Kriúkova, moça coxa que se envenenou com Veronal, juntou e engoliu vários comprimidos brilhantes, miudinhos, amarelinhos e ovalados. Ela trocava pão, mingau e porções de peixe pelo Veronal das colegas de pavilhão que recebiam prescrição desse comprimido. Os enfermeiros sabiam do comércio de Veronal e obrigavam as doentes a engolir os comprimidinhos na sua frente, mas a cápsula era dura; em geral, as doentes conseguiam colocar o Veronal no canto da boca ou debaixo da língua; assim que o enfermeiro saía, cuspiam-no na palma da mão.

Marússia Kriúkova não calculou bem a dose. Não morreu, simplesmente vomitou e, após o atendimento — lavagem do estômago —, foi mandada para o campo provisório. Mas tudo isso aconteceu muito depois da história da gravata.

Marússia Kriúkova viera do Japão no final dos anos 30. Filha de um emigrado, residente no subúrbio de Quioto, ela entrou para a associação Retorno à Rússia junto com o irmão; procurou a embaixada soviética e, em 1939, recebeu o visto russo. Foi detida em Vladivostok, junto com o irmão e seus camaradas, e levada para Moscou; nunca mais encontrou nenhum dos amigos.

Durante o inquérito, quebraram a perna de Marússia; quando o osso se reconstituiu, levaram-na a Kolimá, para cumprir 25 anos de prisão. Marússia era excelente artesã, mestra-bordadeira; com os seus bordados sustentava a família em Quioto.

Em Kolimá, os chefes logo descobriram essa habilidade de Marússia. Nunca lhe pagavam pelos bordados: davam um pedaço de pão, dois torrões de açúcar, cigarros; a propósito, Marússia não aprendeu a fumar. O admirável bordado, cujo valor chegava a algumas centenas de rublos, acabava nas mãos da chefia.

Tendo ouvido falar das habilidades da encarcerada Kriúkova, a chefe do setor médico levou-a para o hospital e desde então Marússia passou a bordar para a doutora.

Quando receberam, no sovkhoz em que trabalhava Marússia, uma mensagem telefônica com a ordem para que todas as mestras-artesãs fossem embarcadas no carro colocado à disposição de ..., o chefe do campo escondeu Marússia — a esposa dele tinha um grande pedido para a mestra. Mas alguém logo apresentou uma denúncia ao superior e eles foram obrigados a despachá-la. Para onde?

A estrada principal de Kolimá — uma via entre *sopkas*, despenhadeiros, marcos de quilometragem, pontes... — estende-se e serpenteia por dois mil quilômetros. Não há trilhos na estrada de Kolimá. Mas todos aqui repetiam e repetem "Estrada de ferro", de Nekrássov[58] — para que compor um poema se já existe outro bem adequado? A estrada toda foi construída na picareta e na pá, no carrinho de mão e na broca...

A cada quatrocentos, quinhentos quilômetros de trajeto, há uma "casa da diretoria", um hotel superluxuoso, de primeira, colocado à disposição pessoal do diretor do Dalstroi, ou seja, do governador-geral de Kolimá. Só ele, em viagens pela região que lhe fora confiada, podia passar a noite ali. Tapetes, peças de bronze e espelhos caros. Quadros originais — não eram poucos os nomes de pintores de primeiro time, como Chukháiev.[59] Chukháiev passou dez anos em Kolimá. Em 1957, na Kuznietski Most,[60] fizeram uma exposição de seus trabalhos, o seu livro da vida. Começava com paisagens iluminadas da Bélgica e da França e um autorretrato num camisolão dourado de arlequim. Depois o período de Maga-

---

[58] "Jeliéznaia doroga" [Estrada de ferro] (1864), poema de Nikolai Nekrássov (1821-1877). (N. da T.)

[59] Vassili Chukháiev (1887-1973), pintor russo do Século de Prata, mestre do retrato. (N. da T.)

[60] Uma das ruas mais antigas de Moscou. (N. da T.)

dan:[61] dois retratos pequenos a óleo, um da esposa e o outro, um autorretrato numa sombria escala de marrom-escuro; dois trabalhos em dez anos. Nos retratos, pessoas que viram o horror. Além deles, esboços de cenários teatrais.

Depois da guerra, libertam Chukháiev. Ele vai para Tbilíssi[62] — para o sul, para o sul, carregando o ódio ao Norte. Rendeu-se. Pinta um quadro elogioso, *Juramento de Stálin em Góri*.[63] Rendeu-se. Retratos de *udárniks*,[64] operários da vanguarda industrial. *Dama de vestido dourado*. Não há contenção do brilho nesse retrato — parece que o artista se obriga a esquecer a parcimônia da paleta do Norte. E pronto. Pode morrer.

Para a "casa da diretoria", também fizeram cópias: *Ivan, o Terrível mata o próprio filho* e *Manhã no bosque*, de Chíchkin.[65] Ambos clássicos da insignificância.

O mais impressionante ali eram os bordados. Cortinas de seda, passamanarias e reposteiros adornados com bordados feitos a mão. Tapetinhos, forros, toalhas — qualquer trapinho transformava-se numa preciosidade ao passar pelas mãos das artesãs do cárcere.

O diretor do Dalstroi pernoitava em suas "casas" — havia várias pela magistral — duas a três vezes ao ano. No resto do tempo, o segurança, o almoxarife, o cozinheiro e o administrador da "casa", quatro homens livres, contratados, que recebiam um adicional por trabalharem no Extremo Nor-

---

[61] Cidade fundada em 1929, na região de Kolimá. (N. da T.)

[62] Capital da Geórgia. (N. da T.)

[63] Cidade no sul da Geórgia. (N. da T.)

[64] Na URSS, operário exemplar, que alcançava os melhores resultados no trabalho. (N. da T.)

[65] Ivan Chíchkin (1832-1898), pintor paisagista, representante da escola de Düsseldorf. (N. da T.)

te, ficavam à espera do diretor: esperavam, preparavam-se, mantinham o fogão aceso no inverno, ventilavam a "casa".

Trouxeram Macha Kriúkova para bordar cortinas, forros e tudo mais que pudessem imaginar. Havia mais duas mestras artesãs do mesmo nível de Macha em habilidade e criatividade. A Rússia é o país da inspeção, o país do controle. O sonho de todo bom russo — encarcerado ou livre — é que lhe seja dada a função de inspecionar algo ou alguém. Em primeiro lugar, fico no comando. Em segundo, sou de confiança. Em terceiro, nessa função, minha responsabilidade é menor do que no trabalho propriamente dito. Em quarto lugar, lembrem-se do ataque *Nas trincheiras de Stalingrado* de Nekrássov.[66]

Para controlar Macha e as suas novas colegas, designaram uma mulher, membro do Partido, que entregava materiais de costura e linhas diariamente às artesãs. No final do dia de trabalho, ela recolhia tudo e inspecionava a produção. Essa mulher não trabalhava, mas estava registrada como enfermeira operacional sênior na lista de funcionários do hospital. Ela vigiava atentamente, pois tinha a certeza de que era só virar as costas e, no mesmo instante, desapareceria um pedaço de seda azul encorpada.

As artesãs há muito tempo tinham se acostumado à vigilância dela. E, embora não fosse preciso um grande esforço para enganar essa mulher, as outras não roubavam. Todas as três tinham sido condenadas pelo artigo 58.

Acomodaram as artesãs no campo de prisioneiros, em uma área cujos portões, assim como em toda parte nos campos da União Soviética, traziam a inesquecível inscrição: "O trabalho é questão de honra, glória, bravura e heroísmo". E

---

[66] Referência à novela *V okopakh Stalingrada* (1946), vencedora do Prêmio Stálin. Conta o episódio da defesa da cidade contra as tropas nazistas em 1942-43. (N. da T.)

A gravata

o sobrenome do autor da citação... A citação soava irônica, surpreendentemente apropriada ao sentido, ao conceito da palavra "trabalho" no campo de prisioneiros. O trabalho era qualquer outra coisa, menos sinônimo de glória. Em 1906, uma editora que contava com a participação dos SR[67] publicou o livrinho *Obra completa dos discursos de Nicolau II*. Era uma reimpressão do *Boletim Governamental*[68] na época da coroação do tsar e consistia em brindes à saúde: "Bebo à saúde do regimento de Kexholm", "Bebo à saúde dos jovens de Tchernigov".

Um prefácio em tom de exaltação patriótica precedia os brindes à saúde: "Nestas palavras, como numa gota d'água, reflete-se toda a sabedoria de nosso grandioso monarca", e assim por diante.

Os organizadores da coletânea foram mandados para a Sibéria.

O que será que aconteceu com quem pôs a citação sobre o trabalho no alto dos portões da área dos campos de prisioneiros de toda a União Soviética?

Pelo bom comportamento e pleno cumprimento do plano de trabalho, permitiram às mestras artesãs assistir a um filme da sessão dos prisioneiros.

As sessões dos trabalhadores livres, por sua disposição, distinguiam-se do cinema para os encarcerados.

Havia um único aparelho — entre as partes, faziam intervalos.

Certa vez passaram o filme *Em todo sábio há bastante simplicidade*.[69] Terminada a primeira parte, como sempre,

---

[67] Socialista revolucionário. (N. da T.)

[68] Referência ao jornal diário da imprensa imperial *Pravítelstvenni Viéstnik*. (N. da T.)

[69] Filme baseado na peça *U kájdovo mudrietsá dovolno prostati*

acenderam a luz e, como sempre, apagaram a luz e ouviu-se o estalido do projetor: um raio amarelo atingiu a tela.

Todos começaram a bater os pés, a gritar. Estava claro, o técnico tinha errado — passavam de novo a primeira parte. Trinta pessoas: havia ali combatentes com condecorações, médicos eméritos participantes de uma conferência — todos, tendo comprado ingresso para a sessão dos trabalhadores livres, gritavam, batiam os pés.

O técnico, sem pressa, "rodou" toda a primeira parte e depois iluminou a sala. Então todos entenderam o que aconteceram. Na sala, aparecera Dolmátov, subchefe do hospital para questões administrativas: atrasara-se para a primeira parte, então passaram o filme desde o começo.

Começou a segunda parte e tudo correu como devia. Todos conheciam os costumes de Kolimá: os combatentes menos, os médicos mais.

Quando vendiam poucos ingressos, abria-se a sessão a todos: os melhores lugares, as últimas fileiras, para os trabalhadores livres; as primeiras fileiras para os encarcerados; mulheres à esquerda, homens à direita do corredor. O corredor dividia a plateia em formato de cruz, em quatro partes, e isso era muito útil, segundo o princípio das normas do campo de prisioneiros.

A moça coxa, notada também nas sessões de cinema, foi parar no hospital, na seção feminina. As enfermarias pequenas ainda não tinham sido construídas; a seção inteira ficava em um único dormitório militar, com uns cinquenta leitos, não menos. Marússia Kriúkova foi parar na preparação cirúrgica.

— O que é que ela tem?

(1868), comédia em cinco atos de autoria de Aleksandr Ostróvski (1823-1886). (N. da T.)

A gravata

— Osteomielite — disse o cirurgião Valentin Nikoláievitch.

— Vai perder a perna?

— Perder por quê?

Eu fui fazer o curativo de Kriúkova e já contei sobre a vida dela. Uma semana depois, a temperatura baixou; mais uma semana e Marússia recebeu alta.

— Darei ao senhor uma gravata de presente, ao senhor e a Valentin Nikoláievitch. Gravatas bem boas.

— Certo, certo, Marússia.

Uma tira de seda no meio de dezenas, centenas de metros de tecido, bordada, adornada em alguns turnos na "casa da diretoria".

— E o controle?

— Eu peço a Anna Andrêievna.

Parece que chamavam assim a supervisora.

— Anna Andrêievna permitiu. Fui tecendo, tecendo, tecendo... Não sei como explicar aos senhores. Dolmátov entrou e levou tudo.

— Como assim, levou?

— Então, eu estava tecendo. A de Valentin Nikoláievitch já estava pronta. A do senhor, faltava um pouquinho. Cinza. Abriram a porta. "Está tecendo uma gravata?" Procurou no baú. Pôs a gravata no bolso e saiu.

— Agora vão mandá-la embora.

— Não mandam. Ainda há muito trabalho. Mas eu queria tanto dar a gravata de presente ao senhor...

— Bobagem, Marússia, eu não ia poder usar mesmo. Já pensou em vender?

Dolmátov chegou atrasado ao concerto amador no campo de prisioneiros, como ao cinema. Pesadão, com uma pança de velho, entrou e dirigiu-se ao primeiro banquinho vazio.

Kriúkova levantou-se do lugar e agitou os braços. Eu entendi, os sinais eram para mim.

— A gravata, a gravata!

Consegui ver bem a gravata do chefe. A gravata de Dolmátov era cinza, bonita, de boa qualidade.

— A gravata do senhor! — gritou Marússia. — Do senhor ou de Valentin Nikoláievitch!

Dolmátov sentou-se no banco, as cortinas abriram-se à moda antiga e o concerto amador começou.

(1960)

TAIGA DOURADA

A "zona pequena" é o campo de prisioneiros em trânsito. A "zona grande" é o campo de trabalhos forçados da administração das minas — infindáveis pavilhões baixos, ruas prisionais, cerca tripla de arame farpado, guaritas de segurança herméticas, à moda do inverno, lembrando casas para estorninhos. Na "zona pequena", mais arame farpado ainda, mais guaritas, fortalezas e ferrolhos, pois lá fica quem está de passagem, o prisioneiro em trânsito e dele pode-se esperar todo tipo de tragédia.

A arquitetura da "zona pequena" é ideal. Um enorme pavilhão quadrado, com quatro andares de tarimbas, onde os lugares "regulamentares" passam de quinhentos. Ou seja, se for preciso, podem enfiar ali até mil. Mas agora é inverno, época de poucos comboios, e a zona parece quase vazia por dentro. O interior do barracão ainda não teve tempo de secar: há um vapor branco e gelo nas paredes. Junto à entrada uma lâmpada elétrica enorme, de mil velas. A lâmpada ora empalidece, ora arde numa luz branca ofuscante — o fornecimento de energia é irregular.

Durante o dia a zona dorme. De noite, abrem as portas, sob a lâmpada surgem pessoas com listas nas mãos e, com vozes roucas, resfriadas, gritam sobrenomes. Aqueles que são chamados fecham todos os botões do *buchlat*, até o último, marcham pelo limiar e desaparecem para sempre. Além do limiar, a escolta espera; por ali resfolegam motores de caminhões; levam os presos para as lavras, para os sovkhozes, para trechos de estrada...

174   Contos de Kolimá

Eu também estou deitado aqui dentro, perto da porta, nas tarimbas inferiores. Aqui embaixo é frio, mas em cima, nos lugares mais quentes, lá não tenho coragem de subir, me jogariam no chão; lá é o lugar dos mais fortes e, sobretudo, dos ladrões. E também eu não conseguiria subir as escadinhas fixadas no poste com pregos. Embaixo é melhor para mim. Se sair briga por lugar nessas tarimbas, é só me esgueirar para debaixo de uma delas.

Não consigo nem morder, nem lutar, embora tenha assimilado bem os procedimentos da briga na prisão. A limitação de espaço — a cela da prisão, o vagão dos presos, o aperto no barracão — ditava os procedimentos: atracar, morder, quebrar. Mas agora não há forças nem para isso. Só consigo rosnar e xingar. Pelejo por cada dia, por cada hora de descanso. Cada pedacinho do corpo dita o meu comportamento.

Chamam o meu sobrenome já na primeira noite, mas não cinjo o casaco, embora tenha um barbantinho, nem fecho todos os botões.

A porta se fecha às minhas costas, e eu fico de pé na plataforma.

A brigada, vinte homens, quantidade regular para um veículo, está postada junto à outra porta, de onde se desprende um denso vapor gelado.

O supervisor e o chefe da escolta contam e examinam os presos. À direita, um homem de jaquetão acolchoado, calças de algodão e *uchanka*[70] agita as luvas *krágui* de lã. É dele que preciso. Eu tinha sido levado tantas vezes que já conhecia plenamente a lei.

O homem de *krágui* é o delegado, o funcionário encarregado daqueles que não são aceitos.

O supervisor grita o meu sobrenome a plena voz, assim

---

[70] Gorro de pele com abas para cobrir as orelhas. (N. da T.)

Taiga dourada

175

como havia gritado no grande pavilhão. Eu olho só para o homem de *krágui*.

— Não me leve, cidadão chefe. Estou doente, na lavra não vou poder trabalhar. Preciso ir para o hospital.

O funcionário hesita — em casa, na lavra, disseram-lhe que pegasse só gente trabalhadora, dos outros a lavra não precisa. Por isso viera ele, em pessoa.

O delegado me examina. *Buchlat* puído, *guimnastiórka* ensebada sem botões, deixando à mostra o corpo sujo, arranhado das coceiras de percevejos, tiras de trapos enroladas nos dedos das mãos, calçado de corda nos pés, calçado de corda num frio de 60 graus, olhos injetados de fome, só pele e osso — ele sabe bem o que tudo isso significa.

O delegado pega o lápis vermelho e com mão firme risca o meu sobrenome.

— Vá, canalha — me diz o supervisor da zona.

A porta escancara-se e eu me encontro de novo dentro da "zona pequena". O meu lugar já está ocupado, mas eu empurro para o lado aquele que se deitou no meu lugar. Ele rosna, contrariado, mas logo se acalma.

Adormeço um sono parecido com o desfalecimento e desperto ao primeiro ruído. Aprendi a despertar como uma fera, como um selvagem, sem sonolência alguma.

Abro os olhos. Das tarimbas de cima, pende um pé calçado num sapato roto ao extremo, mas ainda assim um sapato, e não um coturno. Surge à minha frente um ladrãozinho sujo, conversando, numa voz lânguida de pederasta, com alguém lá de cima.

— Diga a Valiucha[71] — dirige-se a alguém que não se vê, nas tarimbas de cima, — que trouxeram artistas...

Pausa. Depois uma voz rouca lá de cima:

— Valiucha está perguntando: quem?

---

[71] Diminutivo de Valentin. (N. da T.)

— Artistas das brigadas culturais. Um mágico e dois cantores. Um cantor de Harbin.[72]

O sapato balança e some... A voz de cima diz:

— Traga pra cá.

Eu avancei até a ponta da tarimba. Três homens postaram-se sob a lâmpada: dois de *buchlat*, um de casaco "moscovita", de trabalhador livre. No rosto de todos estampava-se reverência.

— Quem é de Harbin? — perguntou a voz.

— Sou eu — respondeu respeitosamente o homem de *bekecha*.[73]

— Valiucha está mandando cantar.

— Em russo? Francês? Italiano? Inglês? — perguntou o cantor, esticando o pescoço.

— Valiucha disse: em russo.

— E o guarda da escolta? Canto baixinho?

— Que nada... que nada... Solte a voz, como em Harbin.

O cantor afastou-se e cantou estrofes de "O toreador". A cada expiração saía um vapor frio. Um resmungo pesado, e uma voz lá de cima:

— Valiucha disse: uma canção.

O cantor empalideceu e cantou:

> *Farfalhe, farfalhe, taiga dourada*
> *Minha querida taiga dourada*
> *Serpenteiam caminhos, um atrás do outro,*
> *Por nossas vastas regiões...*

---

[72] Cidade do norte da China. Localizada na rota da estrada de ferro Transiberiana, recebeu gerações de famílias russas entre o final da década de 1890 e os anos 1960. (N. da T.)

[73] Sobretudo longo de algodão ou lã, com cintura bem marcada, pregas e abertura atrás, na parte de baixo. (N. da T.)

A voz de cima:

— Valiucha disse: muito bem.

O cantor suspirou aliviado. A testa molhada de aflição exalava vapor e parecia haver um nimbo em torno da sua cabeça. O cantor enxugou o suor com a mão e o nimbo sumiu.

— Bem — disse a voz —, agora tire o seu "moscovita". Pegue aqui uma muda.

De cima jogaram uma *telogreika* puída.

Em silêncio, o cantor tirou a "moscovita" e vestiu a *telogreika*.

— Agora vá — disse a voz de cima. — Valiucha quer dormir.

O cantor de Harbin e seus companheiros dissolveram-se na neblina do alojamento.

Eu fui mais para o fundo, enrodilhei-me, enfiei as mãos nas mangas da *telogreika* e caí no sono.

E, no mesmo instante, parece, despertei com um sussurro grosso e expressivo:

— Em 37 eu andava pelas ruas de Ulan Bator com um companheiro. Era hora do almoço. Numa esquina, tinha um restaurante chinês. Entramos. Olho o menu: *pelmeni*[74] chinês. Eu sou siberiano, conheço o *pelmeni* da Sibéria, dos Urais. E ali, de repente, da China. Resolvemos pedir cem para cada. O dono chinês riu: "Muito", e a boca abriu-se até as orelhas. "Então, dez pra cada?" Gargalhou: "Muito". "Dois, então!" Deu de ombros, foi para a cozinha, trouxe um em cada mão, tudo coberto de gordura quente. Pois nós comemos meio *pelmeni* e fomos embora.

— Certa vez, eu...

---

[74] Espécie de ravióli, feito de massa de farinha e ovos, com leite ou água, e recheios variados. O *pelmeni* russo tem cerca de 2 cm de diâmetro. (N. da T.)

Contos de Kolimá

Faço um grande esforço, obrigo-me a não ouvir e pego no sono de novo. Acordo com o cheiro de fumaça. Estão fumando em algum lugar lá em cima, no reino dos criminosos. Alguém desce com o cigarro de *makhorka* e o cheiro doce e picante da fumaça acorda todos nas tarimbas de baixo.

E, de novo, o cochicho:

— No comitê do bairro, no Norte, essas guimbas, meu Deus, meu Deus! Tia Pólia, a faxineira, xingava o tempo todo, aquilo nunca ficava limpo. Mas eu, naquela época, não sabia o que era toco de cigarro, bagana, guimba.

Durmo de novo.

Alguém puxa a minha perna. É o supervisor. Olhos injetados de raiva. Sou obrigado a ficar de pé na faixa de luz amarela, junto à porta.

— Então não quer ir para a lavra — diz ele.

Fico calado.

— E para o sovkhoz? Para o sovkhoz, que é quente, até eu iria, que o diabo o carregue.

— Não.

— E para a estrada? Amarrar vassouras. Amarrar vassouras, pense bem.

— Sei — digo eu, — hoje fazer vassouras, amanhã pegar um carrinho de mão.

— O que quer então?

— Ir para o hospital! Estou doente.

O supervisor escreve algo no caderno e sai. Três dias depois chega um enfermeiro, vem à "zona pequena" e me chama, coloca o termômetro, examina as chagas de furúnculos nas costas, passa unguento.

(1961)

VASKA DENISSOV, O RAPTOR DE PORCOS

Para a jornada vespertina, foi preciso pegar emprestado o *buchlat* de um camarada. O *buchlat* de Vaska estava sujo e puído demais, com ele não seria possível dar nem dois passos no povoado — logo algum trabalhador livre cairia em cima dele.

Tipos como Vaska passam pelo povoado somente com escolta, em formação. Nem os militares nem os cidadãos livres gostam de ver Vaskas andando sozinhos pelas ruas do povoado. Eles só não despertam desconfiança quando carregam lenha: algum tronquinho ou, como dizem aqui, um "pau de lenha" sobre o ombro.

Um pau assim fora enterrado sob a neve perto da garagem — no sexto marco telegráfico a partir da encruzilhada, na valeta. Isso fora feito ainda na véspera, depois do trabalho.

Então, o conhecido motorista reduziu a velocidade do carro; Denissov inclinou-se para fora e arrastou-se pela terra. Encontrou logo o lugar onde enterrara o tronco — ali a neve acinzentada estava um pouco mais escura, tinha sido pisoteada, isso se via mesmo naquele início de crepúsculo. Vaska saltou para a valeta e espalhou a neve com os pés. O tronco surgiu, cinzento, de pontas desbastadas, como um grande peixe congelado. Vaska arrastou o tronco até a estrada, colocou-o de pé, deu-lhe umas batidas para fazer cair a neve, inclinou-se, ajeitando o ombro, e ergueu o tronco com as mãos. O tronco oscilou e encaixou-se em seu ombro. Vaska pôs-se a caminhar pelo povoado, alternando de tempo em tempo o ombro de apoio. Ele estava fraco e esgotado, por isso logo se esquentou, mas o calor durava pouco: por mais que sentisse o peso do tronco, Vaska não se aquecia. O crepúsculo adensava-se numa névoa branca; no povoado, acendiam-se todas as lâmpadas elétricas amarelas. Vaska sorriu, satisfeito com o próprio cálculo: no nevoeiro branco, ele alcançaria facilmente o seu objetivo sem ser percebido. Eis o enorme lariço derrubado, o cepo prateado de geada, ou seja: era a próxima casa.

Vaska deixou o tronco na entrada, bateu as luvas inteiriças nas botas de feltro, tirando a neve, e chamou. A porta entreabriu-se e deu passagem a Vaska. Uma mulher idosa, despenteada e de sobretudo desabotoado encarou-o, interrogativa e assustada.

— Trouxe uma lenhazinha para a senhora — disse Vaska, mexendo com dificuldade a pele congelada do rosto numa prega de sorriso. — Gostaria de falar com Ivan Petróvitch.

Mas o próprio Ivan Petróvitch já aparecia, erguendo a cortina com a mão.

— Isso é bom — disse ele. — Onde está?

— No pátio — disse Vaska.

— Então espere, vamos cortar a lenha, já vou me vestir.

Ivan Petróvitch demorou a encontrar as luvas. Eles foram até o pátio e, sem suporte, segurando o tronco entre as pernas, soergueram-no e serraram a lenha. A serra estava cega, mal afiada.

— Volte depois — disse Ivan Petróvitch. — Afie isso. Por agora, eis o machado... Ajeite tudo, mas não no corredor, lá dentro.

A cabeça de Vaska girava de fome, mas ele cortou e levou toda a lenha para dentro.

— Bom, isso é tudo — disse a mulher, esgueirando-se de trás da cortina. — Isso é tudo.

Mas Vaska não foi embora, pisava ora num pé, ora noutro, junto à porta. Ivan Petróvitch apareceu de novo.

Vaska Denissov, o raptor de porcos

— Escute — disse ele —, agora eu não tenho pão, a sopa também joguei toda aos porcos, não tenho nada para lhe dar agora. Volte semana que vem...

Vaska ficou calado, não foi embora.

Ivan Petróvitch remexeu na carteira.

— Aqui, três rublos. Só para você, pela lenha; quanto ao tabaquinho, você entende... Está caro demais.

Vaska escondeu a nota amassada junto ao corpo e saiu. Com três rublos ele não comprava nem um punhadinho de *makhorka*.

Continuou parado na entrada. De fome, sentia ânsia de vômito. Os porquinhos tinham comido o pão e a sopa de Vaska. Ele retirou a nota verde, picou-a em pedacinhos. Os floquinhos de papel rolaram longamente pela neve endurecida, polida e brilhante, levados pelo vento. E, quando os últimos sumiram no nevoeiro branco, Vaska afastou-se da entrada. Quase cambaleando de fraqueza, pôs-se a andar, mas não para casa, ao contrário, para o centro do povoado; foi andando, andando, pelas mansões de madeira, térreas, de dois andares, de três...

Aproximou-se da primeira casa e puxou a maçaneta da porta. A porta rangeu e abriu-se pesadamente. Vaska entrou pelo corredor escuro, mal iluminado por uma luzinha elétrica baça. Foi passando pelas portas dos cômodos. No final do corredor, havia uma despensa grande; empurrando a porta com o corpo, Vaska abriu-a e atravessou o limiar. Na despensa havia sacos de cebola, talvez de sal. Vaska rasgou um dos sacos: cereais. Acalorando-se de novo com a irritação, meteu o ombro num saco e empurrou-o para o lado; sob os sacos havia peças inteiras de porco congelado. Vaska gritou de raiva — não tinha forças suficientes para arrancar nem um pedaço. Adiante, sob os sacos, havia leitõezinhos congelados e Vaska já não via mais nada. Arrancou um leitão congelado e, segurando-o nos braços, como uma boneca, como uma criança, dirigiu-se à saída. Mas as pessoas já deixavam os cômodos; um vapor branco enchia o corredor. Alguém gritou: "Pare" e lançou-se às pernas de Vaska. Vaska saltou e, segurando o leitão com força nos braços, saiu correndo rua afora. Atrás dele desembestavam os moradores da casa. Um atirou, outro urrou feito fera, mas Vaska continuou correndo, sem enxergar nada. Daí a pouco ele notou que suas pernas o levavam ao único prédio público que ele conhecia no povoado — a administração das fábricas de vitamina, em uma das quais ele havia trabalhado como catador de *stlánik*.

A perseguição aproximava-se. Vaska entrou correndo, derrubou o vigia e desembestou pelo corredor. A multidão de perseguidores retumbava atrás dele. Vaska lançou-se ao gabinete do chefe da seção cultural e saltou para a outra porta, entrando no *krásni ugolok*.[75] Não havia mais para onde correr. Vaska só agora via que perdera o gorro. O leitão congelado continuava nos seus braços. Vaska depositou o leitão no chão, arredou os bancos pesados e colocou-os atrás da porta. A tribuna ele também arrastou para lá. Alguém sacudiu a porta e baixou um silêncio.

Então Vaska sentou-se no chão, com as duas mãos segurou o leitão, o leitão úmido e gelado, e pôs-se a roer, roer...

Chamaram os atiradores; quando a porta foi aberta e a barricada desfeita, Vaska já tinha conseguido comer metade do leitão...

(1958)

---

[75] Literalmente, "cantinho vermelho". Também chamado de "lar da cultura", consistia em um prédio ou sala, nas repartições públicas, destinado a atividades de conscientização política. Surgiram na década de 1920 e, inicialmente, eram locais de "liquidação do analfabetismo", onde se realizavam leituras coletivas de jornais. (N. da T.)

SERAFIM

A carta sobre a mesa preta de fuligem parecia um bloquinho de gelo. A portinhola da salamandra de ferro estava aberta, o carvão de pedra corava como calda de frutas vermelhas e o bloquinho de gelo devia derreter inteiro, afinar, sumir. Mas não derretia, e Serafim se sobressaltou ao perceber que o gelo era uma carta, uma carta para ele, Serafim. Tinha medo de cartas, principalmente daquelas não tarifadas, com selo do governo. Crescera no interior, onde até então telegramas "postados", recebidos ou enviados, comunicavam acontecimentos trágicos: velórios, mortes, doenças graves...

A carta, com a face escrita virada para baixo, estava sobre a mesa de Serafim; desenrolando o cachecol e desabotoando o casaco de pele de ovelha endurecido pelo frio, Serafim fitava o envelope sem despregar os olhos.

Eis que ele partira 12 mil verstas afora, além dos altos montes, além dos mares azulados, disposto a esquecer tudo, a perdoar tudo, mas o passado não queria deixá-lo em paz. De trás dos montes chegara uma carta, uma carta daquele mundo ainda não esquecido. A carta viajara de trem, de avião, de navio, de carro, de trenó puxado por cervos até o povoado onde Serafim se escondia.

E aqui está a carta, no pequeno laboratório de química onde Serafim trabalha como laboratorista.

As paredes de toras de madeira, o teto e os armários do laboratório estavam enegrecidos não por causa do tempo, mas da queima contínua dos fornos, e o interior da casinha assemelhava-se ao de uma isbá antiga. As janelas quadradas do laboratório pareciam janelinhas de mica da época de Pedro, o Grande. Na mina de carvão, economizava-se vidro, e os caixilhos das janelas eram feitos com grades minúsculas para aproveitar ali qualquer pedacinho de vidro, e, em caso de necessidade, até garrafa quebrada. A lâmpada elétrica amarela sob a redoma pendia da viga de madeira como um suicida. Sua luz ora amortecia, ora se inflamava; na estação elétrica usavam tratores em vez de geradores.

Serafim tirou o casaco e sentou-se perto do forno, ainda sem tocar o envelope. Estava sozinho no laboratório.

Um ano atrás, quando acontecera aquilo que chamam de "desavença familiar", ele não quis ceder. Partiu para o Extremo Norte não por ser romântico ou cumpridor do dever. Dinheiro fácil também não lhe interessava. Mas Serafim achava, em concordância com a avaliação de um milhar de filósofos e uma dezena de conhecidos, que a separação faz o amor sumir, que as verstas e os anos curam qualquer dor.

Um ano se passou, mas no coração de Serafim tudo continuava como antes, e ele, em seu íntimo, surpreendia-se com a solidez do próprio sentimento. Não é que não conversasse mais com mulheres. Simplesmente não havia mulheres. Havia as mulheres da alta chefia, de uma classe social extraordinariamente distante daquela do Serafim-laboratorista. Cada dama bem nutrida considerava-se uma belezura; essas damas ficavam nos povoados em que havia mais distrações, e os admiradores de seus encantos eram mais ricos. Além disso, nos povoados havia muitos militares: a dama não corria risco de ser violentada por caminhoneiros nem por criminosos encarcerados; esse tipo de coisa acontecia na estrada ou em pequenas propriedades.

Por isso, os geólogos da prospecção e os chefes do campo de prisioneiros mantinham suas esposas nos povoados maiores, nos lugares onde manicures faziam fortuna.

Serafim

Mas havia também outro lado da questão: a "saudade física" não era nem de longe tão terrível quanto imaginara Serafim na juventude. Era só pensar menos nisso.

Na mina trabalhavam encarcerados, e, no verão, muitas vezes Serafim ficava olhando, do patamar da escada de entrada, as filas cinzentas de detentos, esgueirando-se para dentro do túnel principal e para fora, após o turno.

No laboratório trabalhavam dois engenheiros do grupo dos encarcerados; eram trazidos e levados pelo guarda da escolta; Serafim tinha medo de conversar com eles. Eles perguntavam apenas sobre trabalho, o resultado da análise ou do teste, e ele respondia, desviando os olhos para o lado. Puseram medo em Serafim a esse respeito ainda em Moscou, na contratação para o Extremo Norte: disseram que ali havia criminosos políticos perigosos, e Serafim tinha medo até de entregar um torrão de açúcar ou um pedaço de pão branco a seus colegas de trabalho. Aliás, era vigiado por Presniakov, diretor do laboratório, um *komsomóliets*, que, logo depois de terminar a faculdade, se perdera por conta da remuneração particularmente incomum e da elevada posição. Presniakov achava que a sua principal obrigação era manter o controle político de seus colaboradores (talvez exigissem dele apenas isso), tanto encarcerados quanto contratados.

Serafim era mais velho que seu diretor, mas, submisso, fazia tudo que este ordenava no tocante à famigerada vigilância e prudência.

Em um ano, não trocara nem dez palavras sobre outros assuntos com os engenheiros encarcerados.

Com o faxina e o vigia noturno, Serafim não conversava absolutamente nada.

A cada seis meses, o carregamento do Norte aumentava dez por cento. Depois que receberam a segunda complementação, Serafim pediu licença para viajar ao povoado vizinho, distante cem quilômetros, para fazer compras, ir ao cinema, almoçar num restaurante de verdade, "dar uma olhada nas mulheres", aparar a barba no barbeiro.

Serafim ajeitou-se na cabina do caminhão, ergueu o colarinho, cobriu-se bem e o carro arrancou.

Uma hora e meia depois, o carro parou junto a uma casinha. Serafim saltou e apertou os olhos por causa da luz cortante da primavera.

Dois homens com fuzis postaram-se diante dele.

— Documentos!

Serafim enfiou a mão no bolso da jaqueta e gelou: esquecera a identidade em casa. E, que horror, não tinha nenhum documento para comprovar sua identidade. Nada além da análise do ar da mina. Ordenaram que Serafim fosse até a isbá.

O carro partiu.

Barbudo, de cabelo cortado rente, Serafim não inspirou confiança no chefe.

— Fugiu de onde?

— De lugar nenhum...

Um súbito tremor abalou as pernas de Serafim.

— Responda direito!

— Então vou fazer uma queixa! — berrou Serafim.

— Ah, vai fazer uma queixa? Ei, Semion!

Semion mirou bem e, num hábil e trivial movimento de ginástica, acertou o pé nas partes baixas de Serafim.

Serafim gritou e perdeu a consciência.

Lembrava vagamente de ter sido levado por uma estrada, em linha reta, de ter perdido o gorro. Uma fechadura tilintou, uma porta rangeu e soldados lançaram Serafim num depósito fedido, mas quente.

Algumas horas depois, Serafim suspirou e entendeu que se encontrava na solitária, onde se reuniam todos os fugitivos e contraventores — encarcerados do povoado.

— Tem tabaco? — perguntou alguém na escuridão.

— Não, não fumo — disse Serafim, com voz de culpado.

Serafim

— Que idiota. Tem alguma coisa?

— Nada, é claro. Depois desses biguás por acaso sobra alguma coisa?

Serafim reconheceu, com enorme esforço, que a conversa girava em torno dele, e "biguá", pelo visto, era como chamavam os guardas da escolta, por sua ganância.

— Eu tinha dinheiro — disse Serafim.

— Pois então, "tinha".

Serafim achou graça e calou-se. Ele tinha levado dois mil rublos para a viagem e, graças a Deus, esse dinheiro fora confiscado e guardado pelo guarda da escolta. Logo tudo se esclareceria, Serafim seria libertado, devolveriam o dinheiro. Serafim animou-se.

"Era bom dar uns cem para a escolta", pensou ele, "por guardarem o dinheiro." Aliás, dar por quê? Por terem batido nele?

Na isbá apertada, sem nenhuma janela, onde as únicas passagens de ar eram a porta de entrada e as frestas do gelo quebrado nas paredes, uns vinte homens estavam deitados sobre o chão nu.

Serafim queria comer e perguntou ao vizinho quando seria o jantar.

— Você, hein, está achando que é homem livre? Amanhã é que vai comer. Pois nós estamos sob o regime do Estado: uma caneca de água e ração de trezentos gramas por dia. E sete quilos de lenha.

Serafim não foi chamado a lugar nenhum, passou ali cinco dias inteiros. No primeiro dia, gritou, bateu na porta, mas depois que o guarda de plantão o tirou de lá e grudou a arma em sua testa, parou de reclamar. Em vez do gorro perdido, deram a Serafim um bolo de trapos que ele conseguiu enrolar na cabeça com dificuldade.

No sexto dia, chamaram-no ao escritório, onde, à mesa, estava sentado aquele mesmo chefe que o recebera, enquanto junto à parede postava-se o chefe do laboratório, muito insatisfeito tanto com o passeio de Serafim quanto com o tempo perdido na viagem para confirmar a identidade do laboratorista.

Presniakov suspirou de leve, ao ver Serafim: sob o olho direito, um hematoma azulado, na cabeça, um gorro de feltro sujo e puído, sem amarração. Serafim usava uma *telogreika* apertada, rasgada, sem botões, estava com a barba crescida, sujo, o casaco ficara no cárcere, tinha olhos vermelhos e inflamados. Causava uma forte impressão.

— É — disse Presniakov —, é este mesmo. Podemos ir?

E o dirigente do laboratório empurrou Serafim para a saída.

— E o-o dinheiro? — mugiu Serafim, fincando pé e empurrando Presniakov.

— Que dinheiro? — a voz do chefe retiniu como metal.

— Dois mil rublos. Eu trouxe comigo.

— Está vendo? — gargalhou o chefe e deu um tapinha no flanco de Presniakov. — Eu disse ao senhor. Com cara de bêbado, sem gorro...

Serafim transpôs o limiar e ficou calado até chegar em casa.

Depois desse caso, Serafim começou a pensar em suicídio. Até perguntou a um engenheiro encarcerado por que ele, um detento, não cometia suicídio.

O engenheiro ficou surpreso, um ano inteiro Serafim não trocara com ele nem duas palavras. Calou-se, tentando entender Serafim.

— Mas como? Como é que conseguem viver? — sussurrou Serafim, inflamado.

— Assim, a vida de detento é um desfiar inteiro de humilhações desde o minuto em que abrimos os olhos e os ouvidos até o início do sono benfazejo. Sim, sempre assim, mas a gente se acostuma com tudo. E aqui também há dias melhores e dias piores; depois dos dias sem esperança, vêm dias de esperança. O sujeito vive não porque ele acredita em alguma coisa, mas porque tem alguma esperança. O instinto de sobrevivência o protege, como protege qualquer outro animal. Qualquer árvore, qualquer pedra poderia fazer o mesmo. Cuide-se para o tempo em que será preciso lutar realmente pela vida, em que os nervos estarão retesados, inflamados, cuide de proteger seu coração, sua mente, de algum imprevisto. Ao concentrar o resto das forças contra algo, tome cuidado com o golpe que vem de trás. Pode não sobrar força para uma luta nova, incomum. Todo suicídio é o resultado obrigatório de uma ação dupla, de duas causas pelo menos. Você me entende?

Serafim entendia.

Agora ele estava sentado no laboratório preto de fuligem e se lembrava de sua viagem, sem saber por quê, com um sentimento de vergonha e de pesada responsabilidade, que pesaria sobre ele para sempre. Ele não queria viver.

A carta ainda estava sobre a mesa preta do laboratório; pensar em pegar nela dava medo.

Serafim podia imaginar suas linhas, a letra da esposa, a grafia inclinada para a esquerda: por essa letra se adivinhava a idade dela; nos anos 20, nas escolas, não ensinavam a escrever com inclinação para a direita, cada um escrevia como queria.

Serafim imaginou as linhas da carta, como se estivesse lendo realmente, sem abrir o envelope. A carta podia começar assim: "Meu querido" ou "Querido Sima" ou "Serafim". Ele tinha medo do último.

E se ele pegasse e, sem ler, rasgasse o envelope em minúsculos pedacinhos e jogasse os pedacinhos no fogão, no fogo cor de rubi? Toda a alucinação teria fim, e ele poderia respirar livremente outra vez, mesmo que só até a próxima carta. Mas ele não era tão medroso assim, no final das contas!

Ele não era nem um pouco medroso, aquele engenheiro é que era um medroso, e ele ia provar isso. Ia provar a todos.

Então Serafim pegou a carta e virou o endereço para cima. Sua suposição estava certa, a carta era de Moscou, da esposa. Ele rasgou o envelope, com fúria, e, aproximando-se do abajur, começou a ler a carta. A esposa escrevia sobre separação.

Serafim jogou a carta no forno e ela se inflamou numa chama branca, com beiradas azuis, depois desapareceu.

Serafim começou a agir com segurança e sem pressa. Tirou as chaves do bolso e destrancou o armário do cômodo de Presniakov. Do pote de vidro, despejou no tubo de ensaio uma pitada de um pó cinza, apanhou água do balde com uma caneca, encheu o tubo de ensaio, misturou e tomou.

Uma queimação na garganta, uma leve ardência no esôfago: só isso.

Ficou um tempo sentado, olhando os ponteiros do relógio, sem pensar em nada, longos trinta minutos. Nenhuma reação além da dor na garganta. Então Serafim apressou-se. Abriu a gaveta da mesa e tirou de lá a faca de bolso. Em seguida, rasgou a veia do braço esquerdo: o sangue escuro pingou no chão. Serafim percebeu uma alegre sensação de fraqueza. Mas o sangue pingava cada vez menos, cada vez mais devagar.

Serafim percebeu que não ia sair mais sangue, que continuaria vivo, que o instinto de autopreservação do próprio corpo era mais forte do que a vontade de morrer. No mesmo instante, deu-se conta daquilo que precisava fazer. De qualquer jeito, num braço só, vestiu o casaco curto (na rua faria frio demais sem ele), e, sem gorro, depois de erguer o colarinho, correu até o riacho que ficava a cem passos do laboratório. Era um riacho de montanha, com leitos estreitos e profundos, esfumaçados, como água fervente no ar gelado e escuro.

Serafim

Serafim lembrou que, um ano antes, no final do outono, caíra a primeira neve que, numa fina camada de gelo, cobrira o rio. Um pato, que ficara para trás durante o voo migratório, sem forças na luta contra a neve, caiu no gelo fresco. Serafim lembrou como um homem saiu correndo sobre o gelo, um encarcerado, esticando os braços comicamente, tentando apanhar o pato. O pato fugia pela superfície gelada até os meandros do rio e mergulhava sob o gelo, saindo na abertura seguinte. O homem corria, amaldiçoando a ave; estava tão esgotado quanto o pato, mas continuava a correr atrás dele, de meandro em meandro. Duas vezes, escorregou no gelo e, soltando palavrões, arrastou-se longamente sobre o bloco congelado.

Em volta, juntara-se muita gente, mas ninguém ajudava o pato nem o caçador. Era uma descoberta dele, um tesouro, e, se alguém o ajudasse, ele teria de pagar, dividir... O homem esgotado arrastava-se pelo gelo, amaldiçoando o mundo inteiro. O negócio terminou quando o pato mergulhou e não emergiu, provavelmente se afogara de cansaço.

Serafim lembrou que, então, tentara imaginar a morte do pato, como ele se debatia na água, batendo a cabeça contra o gelo, e como através do gelo via o céu azul. Agora Serafim estava correndo para esse mesmo ponto do rio.

Ele pulou direto na água enfumaçada e gelada, rompendo a camada de neve do monte de gelo azul. A água batia-lhe na cintura, mas a corrente era forte, e Serafim caiu de joelhos. Ele tirou o casaco e juntou as mãos, forçando-se a mergulhar sob o gelo.

Mas ao redor as pessoas já gritavam e corriam, arrastaram umas tábuas e jogaram a ponta no meandro. Uma delas conseguiu pegar Serafim pelos cabelos.

Levaram-no direto para o hospital. Despiram-no, aqueceram-no, tentaram enfiar-lhe um chá quente e doce garganta abaixo. Serafim, calado, balançava a cabeça.

O médico do hospital aproximou-se dele, segurando uma seringa com solução de glicose, mas viu a veia rompida e ergueu os olhos para Serafim.

Serafim sorriu. Introduziram a glicose na veia do braço direito. Ao ver o aspecto do velho, o médico enfiou a palheta entre os dentes de Serafim, examinou-lhe a garganta e chamou o cirurgião.

Operaram imediatamente, mas era tarde demais. As paredes do estômago e o aparelho digestivo tinham sido corroídos pelo ácido, o cálculo inicial de Serafim estava completamente correto.

(1959)

DIA DE FOLGA

Dois esquilos da cor do céu, de focinho preto e cauda preta, contemplavam entretidos algo que acontecia além dos lariços prateados. Aproximei-me da árvore em cujos ramos eles estavam, quase me encostei nela, e só então os esquilos me notaram. As garras triscaram a casca da árvore, os corpos azuis dos bichinhos lançaram-se para cima e aquietaram-se lá nas alturas. Pedacinhos de casca não caíam mais sobre a neve. Então enxerguei o que os esquilos estavam vendo.

Na clareira do bosque, um homem rezava. Junto a seus pés, um gorro de lona com abas para as orelhas formava um montículo alvo; a geada já embranquecera por completo sua cabeça raspada. Em seu rosto, havia uma expressão surpreendente: aquela que aparece no rosto de quem está se lembrando da infância ou de algo igualmente caro. Ele fazia o sinal da cruz em gestos largos e rápidos: os três dedos da mão direita[76] pareciam puxar a cabeça para baixo. Eu não o reconheci logo — tanta novidade havia nos traços do seu rosto. Era o prisioneiro Zamiátin, sacerdote de um dos pavilhões onde eu vivera.

---

[76] No sinal da cruz com três dedos, unem-se as pontas do polegar, do indicador e do médio e dobram-se os outros dois até a palma. Foi introduzido na Rússia pela reforma do patriarca Nikon, em 1650, em substituição ao sinal com dois dedos (indicador e médio estendidos; polegar, mindinho e anular dobrados, com as pontas unidas). (N. da T.)

Ainda sem me ver, ele pronunciava baixinho, solenemente, com lábios entorpecidos de frio, palavras conhecidas, de que eu me lembrava da infância. Eram as fórmulas eslavas da cerimônia litúrgica — Zamiátin celebrava a liturgia no bosque prateado.

Ele fez o sinal da cruz lentamente, aprumou-se e me viu. O ar solene e comovido desapareceu do seu rosto, os vincos habituais no intercílio estreitaram as sobrancelhas. Zamiátin não gostava de zombarias. Pegou o gorro, sacudiu-o e colocou-o na cabeça.

— O senhor estava celebrando a liturgia — comecei eu.

— Não, não — disse Zamiátin, rindo da minha ignorância. — Como é que podia celebrar uma liturgia? Não tenho nem a oferenda, nem a estola. Isto é uma toalha do Estado.

E ele ajeitou o trapo de piquê sujo que levava ao pescoço e que realmente lembrava uma estola. O frio cobrira a toalha com cristais de neve, os cristais cintilavam como arco-íris sob o sol, feito um tecido bordado para a liturgia.

— Além disso, tenho vergonha, não sei onde fica o leste. O sol agora nasce às duas e se põe atrás do mesmo morro de onde saiu. Onde é, então, que fica o leste?

— E isso é tão importante, o leste?

— Não, claro que não. Não vá embora. Já lhe disse que não estou celebrando a liturgia, e nem poderia. Eu só repito, recordo a cerimônia dominical. E nem sei bem, hoje é domingo?

— Quinta — respondi. — O carcereiro disse hoje de manhã.

— Está vendo? Quinta. Não, não estou celebrando uma liturgia. Apenas é mais fácil assim. E sinto menos fome — sorriu Zamiátin.

Eu sabia que cada homem aqui tinha a sua *última coisa*, a mais importante — aquilo que o ajuda a viver, a agarrar-se à vida que tentavam nos subtrair com tanta insistência e obstinação. Se para Zamiátin essa última coisa era a liturgia de João Crisóstomo, para mim, a última salvação eram os versos — versos alheios amados, que, surpreendentemente, vinham-me à memória ali, onde todo o resto há muito tinha sido esquecido, suprimido e extirpado. A única coisa que ainda não havia sido esmagada pelo cansaço, pelo frio, pela fome e pelas intermináveis humilhações.

O sol se pôs. A súbita escuridão do início do inverno logo preencheu o espaço entre as árvores. Caminhei a custo até o pavilhão onde vivíamos — uma isbazinha baixa e alongada, de janelas pequenas, parecendo uma estrebaria minúscula. Assim que agarrei com as duas mãos a porta pesada coberta de gelo, ouvi rumores na isbazinha contígua. Lá ficava a "ferramentaria", um depósito onde guardavam ferramentas: serras, pás, machados, alavancas e picaretas dos trabalhadores das minas.

Nos dias de folga, a ferramentaria ficava trancada a cadeado, mas agora não se via o cadeado. Atravessei o limiar e a porta pesada quase bateu em mim. Havia tantas fendas na ferramentaria que os olhos logo se acostumaram à semiescuridão.

Dois *blatares* faziam cócegas num filhote grande de pastor alemão, de uns quatro meses. Deitado de costas, o filhote gania e balançava todas as quatro patas. O bandido mais velho segurava o filhote pela coleira. A minha chegada não desconcertou a bandidagem — éramos da mesma brigada.

— Ei, você, tem alguém na rua?

— Não, ninguém — respondi.

— Então, vamos com isso — disse o bandido mais velho.

— Espere aí, me deixe brincar mais um pouco — respondeu o jovem. — Ai, como luta.

O bandido apalpou o flanco morno do filhote, perto do coração, e fez-lhe cócegas.

O filhote soltou um ganido confiante e lambeu a mão humana.

— Ah, então gosta de lamber... Pois não vai mais lamber. Senia...

Semion segurou o filhote pela coleira com a mão esquerda, com a direita puxou o machado das costas e, num movimento rápido e curto, desceu-o na cabeça do cachorro. O filhote urrou, o sangue espirrou no chão congelado da ferramentaria.

— Segure com força! — gritou Semion, erguendo de novo o machado.

— Segurar pra quê? Não é galo — disse o jovem.

— Então tire a pele enquanto está quente — ensinou Semion. — E enterre a pele na neve.

À noite, o cheiro de sopa de carne não deixava ninguém dormir no pavilhão; só dormiram depois que os *blatares* comeram tudo. Mas em nosso pavilhão a bandidagem era muito pequena para comer um cachorrinho inteiro. Sobrava carne no caldeirão.

Semion me chamou com o dedo.

— Pegue.

— Não quero — respondi.

— Então... — Semion percorreu o pavilhão com os olhos. — Então daremos ao pope. Eh, paizinho, pegue aqui, presente nosso, carne de carneiro. Mas tem que lavar o caldeirão...

Zamiátin saiu da escuridão e surgiu sob a luz amarela do candeeiro a gasolina, pegou o caldeirão e sumiu. Cinco minutos depois, voltou com o caldeirão lavado.

— Já? — perguntou Semion, com interesse. — Engole rápido... Igual gaivota. Irmão, isso aí não era carne de carneirinho, mas de cachorro. Aquele cachorrinho que aparecia aqui, chamado Nord.

Zamiátin fitou Semion em silêncio. Depois lhe deu as costas e saiu. Saí atrás dele. Zamiátin estava parado junto à

Dia de folga   197 porta, na neve. Vomitando. O rosto, sob a luz da lua, parecia cinzento. Uma saliva espessa e viscosa pingava dos lábios azulados. Zamiátin limpou-se com a manga do casaco e olhou para mim, com raiva.

— São uns canalhas — disse eu.

— São mesmo — disse Zamiátin. — Mas a carne estava gostosa. Não é pior do que carneiro.

(1959)

DOMINÓ

Os auxiliares de enfermagem tiraram-me do prato da balança decimal. Suas mãos frias e vigorosas não me deixaram encostar no chão.

— Quanto? — gritou o médico, molhando a pena com uma batida no tinteiro à prova de vazamento.

— Quarenta e oito.

Colocaram-me na maca. Minha altura era de um metro e oitenta centímetros; meu peso normal, oitenta quilos. Os ossos pesam 42% do total: 32 quilos. Naquela tarde gelada, restavam-me dezesseis quilos, ao todo exatamente um *pud*:[77] pele, carne, entranhas e cérebro. Eu não conseguia calcular tudo isso naquela hora, mas percebia vagamente que o médico fazia isso, olhando-me de soslaio.

O médico destrancou a fechadura da mesa, puxou a gaveta, pegou o termômetro com cautela, depois se inclinou sobre mim e colocou o medidor cuidadosamente em minha cavidade axilar esquerda. No mesmo instante, um dos auxiliares apertou o meu braço esquerdo contra o meu peito, enquanto o outro segurava com as duas mãos o pulso do meu braço direito. Esses movimentos estudados, calculados, só compreendi depois: para todo o hospital, para uma centena de leitos, havia um único termômetro. O vidrinho ganhava

---

[77] Antiga medida russa equivalente a 16,38 quilos. (N. da T.)

novo valor e dimensão, cuidavam dele como de uma preciosidade. Apenas para doentes graves e recém-chegados era permitido medir a temperatura com esse instrumento.

A temperatura dos que se restabeleciam era registrada pelo pulso; destrancava-se a gaveta apenas em caso de dúvida.

O relógio de pêndulo bateu dez minutos e o médico retirou o termômetro cuidadosamente; as mãos dos enfermeiros afrouxaram.

— Trinta e quatro e três — disse o médico. — Você consegue responder?

Sinalizei com os olhos — "consigo". Tinha guardado forças. As palavras articulavam-se lenta e dificilmente; era uma espécie de tradução de uma língua estrangeira. Eu tinha esquecido tudo. Perdera o costume de lembrar. A anotação da ficha médica terminou, e os enfermeiros ergueram facilmente a maca, onde eu estava deitado de costas.

— No seis — disse o médico. — Mais perto da salamandra.

Colocaram-me num leito perto da salamandra. Os colchões tinham sido enchidos com galhos de *stlánik*, as folhas aciculares caíam, secavam, galhos nus ameaçadores acorcundavam-se sob o tecido listrado e sujo. Do travesseiro sujo e entufado brotava caruncho de feno. Um cobertor de lã ralo, puído, com a palavra "pés" bordada em letras cinzentas, escondia-me do resto do mundo. Os músculos dos braços e das pernas, finos como barbantes, doíam surdamente, os dedos congelados comichavam. Mas o cansaço era mais forte que a dor. Enrodilhei-me, abracei as pernas, apoiei o queixo nos joelhos sujos, cobertos por uma pele granulosa como cereais, pele de crocodilo, e adormeci.

Despertei muitas horas depois. Os meus cafés da manhã, almoços e jantares estavam ali perto do leito, no chão. Estendi a mão, peguei a tigela de lata mais próxima e comecei a comer tudo consecutivamente, mordendo, de tempos em tempos, pedacinhos minúsculos da ração de pão que também ficara ali perto. Os doentes das tarimbas vizinhas olhavam-me engolir a comida. Não me perguntavam quem eu era nem de onde: minha pele de crocodilo falava por si só. Não queriam olhar para mim, mas, isso eu sabia por experiência própria, era impossível desviar os olhos do espetáculo de uma pessoa comendo.

Engoli a comida servida. Um calor, um peso adorável no estômago e de novo o sono — breve, pois o auxiliar veio me chamar. Joguei sobre os ombros o único roupão "de sair" que havia na enfermaria — sujo, salpicado de marcas de guimbas, endurecido com o suor escorrido de muitas centenas de homens —, enfiei os pés em chinelos enormes e, movendo lentamente as pernas, para não perder o sapato, a custo segui o auxiliar até a sala de tratamento.

Aquele mesmo médico jovem estava junto da janela e olhava a rua através do vidro coberto de geada, aveludado pelo acúmulo de gelo. Do canto da janela pendia um trapinho, dele pingava água, gota a gota, numa tigela de lata do almoço. A salamandra de ferro apitava. Eu parei, apoiando as duas mãos no auxiliar.

— Vamos continuar — disse o médico.

— Está frio — respondi em voz baixa.

A comida que eu acabara de comer já não me esquentava mais.

— Sente-se perto da salamandra. Onde o senhor trabalhava quando era livre?

Afastei os lábios, movi os maxilares — devia sair um sorriso.

O médico entendeu e sorriu de volta.

— Meu nome é Andrei Mikháilovitch — disse ele. — Não há o que tratar.

Senti uma sucção no abdômen.

— Eh — repetiu o médico em voz alta. — Não há o que

tratar. Só precisa comer e tomar banho. Precisa ficar deitado, ficar deitado e comer. Eh, não temos colchões de penas. Mas isso não é nada; vire-se de vez em quando e não vai ter escaras. Fique de cama uns dois meses. E aí chega a primavera.

O médico deu um sorriso. Eu fiquei alegre, é claro: como não? Dois meses inteiros! Mas não tinha forças para expressar alegria. Apoiei-me no tamborete com as mãos, calado. O médico escreveu alguma coisa na ficha médica.

— Vá.

Voltei para a barraca, dormia e comia. Uma semana depois já conseguia andar com passos trôpegos pela enfermaria, pelo corredor, pelas outras enfermarias. Eu procurava pessoas que mastigavam, engoliam, ficava olhando para suas bocas, pois, quanto mais eu descansava, mais e mais aguda era a vontade de comer.

No hospital, assim como no campo de prisioneiros, nunca davam colheres. Aprendíamos a passar sem garfos nem facas já na detenção temporária. Há muito tínhamos sido ensinados a despejar a comida "pela borda", sem colher, e a sopa e o mingau nunca eram tão grossos a ponto de precisarmos de colher. O dedo, a fatia de pão e a língua limpavam o fundo de cadeirões ou tigelas de qualquer profundidade.

Eu andava e procurava pessoas que mastigavam. Era uma necessidade premente, imperiosa, e Andrei Mikháilovitch conhecia essa sensação.

À noite, o auxiliar me acordou. A enfermaria agitava-se com o barulho noturno habitual em hospitais: rangidos, gemidos, conversas errantes, tosses — tudo se misturava numa sinfonia sonora característica, se é que desses sons se pode formar uma sinfonia. Leve-me para um lugar desses de olhos vendados; eu o reconhecerei imediatamente — um hospital do campo.

No beiral da janela, uma lâmpada — um pratinho de alumínio com óleo, mas não de peixe! — e um pavio enfumaçado, algodão enrolado. Com certeza ainda não era muito tarde, a nossa noite começava com o toque de recolher, a partir das nove, e adormecíamos praticamente no mesmo instante, assim que nossos pés se aqueciam.

— Andrei Mikháilovitch está chamando — disse o auxiliar. — Kozlik vai acompanhá-lo até lá.

O doente chamado Kozlik estava de pé à minha frente.

Aproximei-me da pia de lata, lavei-me e voltei para a enfermaria; enxuguei o rosto e as mãos na fronha. A toalha enorme, recortada de um velho colchão listrado, a única da enfermaria para trinta homens, aparecia só de manhã. Andrei Mikháilovitch morava no próprio hospital, numa das enfermarias pequenas, afastadas — ali colocavam os doentes no pós-operatório. Bati na porta e entrei.

Na mesa, bem na beirada, havia livros, há muitos anos eu não segurava livros nas mãos. Os livros eram estranhos, hostis, desnecessários. Perto deles havia um bule, duas canecas de lata e uma tigela cheia de mingau...

— O senhor não gostaria de jogar dominó? — perguntou Andrei Mikháilovitch, olhando para mim amigavelmente. — Se tiver tempo.

Odeio dominó. É o jogo mais estúpido, mais sem sentido, mais aborrecido. Até loto é mais interessante, isso sem falar nas cartas — qualquer jogo de cartas. Melhor de tudo seria o xadrez, pelo menos damas; lancei um olhar ao armário — não haveria ali algum tabuleiro de xadrez? Não, nenhum. Só que eu não podia ofender Andrei Mikháilovitch com uma recusa. Eu devia distraí-lo, devia pagar o bem com o bem. Nunca tinha jogado dominó na vida, mas estava convencido de que não era preciso nenhuma sabedoria especial para dominar essa arte.

Além disso, sobre a mesa havia duas canecas de chá, uma tigela cheia de algum tipo de mingau. E estava quente ali dentro.

Dominó

— Vamos tomar chá — disse Andrei Mikháilovitch — Aqui, o açúcar. Não se acanhe. Tome esse mingau e conte-me alguma coisa, o que quiser. Aliás, não é possível fazer as duas coisas ao mesmo tempo.

Tomei o mingau, comi o pão, bebi três canecas de chá com açúcar. Açúcar eu não via há alguns anos. Eu me aquecia e Andrei Mikhailóvitch baralhava as pecinhas do dominó.

Eu sabia que começa o jogo quem tem o seis duplo — ele estava com Andrei Mikháilovitch. Em seguida, cada jogador vai colocando peças de número igual. Outra ciência aqui não havia e eu entrei audaciosamente no jogo, suando sem parar e soluçando de barriga cheia.

Jogávamos sobre a cama de Andrei Mikháilovitch e eu olhava com satisfação o branco ofuscante do travesseiro de penas. Era uma satisfação física olhar o travesseiro limpo, ver como outra pessoa amassava-o com a mão.

— No nosso jogo — disse eu — está faltando o seu principal encanto: os jogadores de dominó devem bater na mesa com força ao colocar as peças. — Eu não estava brincando. Era justamente esse aspecto do negócio que eu achava mais importante no dominó.

— Vamos para a mesa — disse Andrei Mikháilovitch gentilmente.

— Não, não, só estava lembrando os variados aspectos desse jogo.

A partida seguia lentamente: contávamos nossas vidas um ao outro. Andrei Mikháilovitch, médico, não trabalhara nas galerias de minas, nos trabalhos das brigadas, e via só o reflexo da lavra — aqueles restos, sobras, refugo de gente que a lavra mandava para o hospital e para o cemitério. Eu também era escória humana da lavra.

— Veja só, o senhor ganhou — disse Andrei Mikháilovitch. — Parabéns, e como prêmio, aqui está. — Ele tirou de um bauzinho uma cigarreira de plástico. — Há muito o senhor não fuma?

Rasguei um pedacinho de jornal e enrolei um cigarro de *makhorka*. Ninguém inventou nada melhor do que papel de jornal para a *makhorka*. Os vestígios de tinta tipográfica não só não estragam o buquê da *makhorka*, como o acentuam da melhor maneira. Acendi a tira de papel nos carvões em brasa da salamandra e me pus a fumar, aspirando avidamente a fumaça adocicada e densa.

Vivíamos na penúria em termos de tabaco e há muito eu devia ter parado de fumar — as condições eram as mais adequadas, mas nunca parei. Dava medo pensar em deixar de lado, por vontade própria, essa única e grandiosa satisfação do detento.

— Boa noite — disse Andrei Mikháilovitch, sorrindo. — Eu já ia dormir. Mas queria tanto jogar uma partida. Obrigado ao senhor.

Saí do quarto diretamente para o corredor escuro — no meio do caminho, havia alguém encostado à parede. Reconheci a silhueta de Kozlik.

— Que foi? Está aqui por quê?

— Fumar. Queria fumar. Não tem?

Fiquei com vergonha da minha própria sovinice, com vergonha de não ter pensado em Kozlik, ou em qualquer outro da enfermaria. Podia ter levado uma guimba, uma casca de pão, um punhado de mingau.

Kozlik ficara esperando horas no corredor.

Passaram-se alguns anos, a guerra terminou, fomos substituídos pelos *vlássovtsi*[78] na lavra do ouro e eu fui pa-

---

[78] Integrantes do exército russo que se uniram às forças antissoviéticas, lutando ao lado dos alemães, na Segunda Guerra Mundial. Recebe-

rar na "zona pequena", nos barracões de prisão temporária da administração da seção ocidental. Os pavilhões enormes, com vários andares de tarimbas, abrigavam quinhentos, seiscentos homens. Dali era feita a distribuição para as lavras do Oeste.

À noite, a zona não dormia — passavam comboios e, no *krásni ugolok*, cujo chão era forrado pelos lençóis de algodão sujos dos *blatares*, aconteciam concertos. E que concertos! Os cantores e contadores de história mais famosos — não apenas das brigadas de conscientização política dos campos de prisioneiros, mas até superiores. Um barítono de Harbin, que imitava Liéschenko e Vertinski; Vadim Kozni,[79] que imitava a si próprio, e muitos, muitos outros cantavam ali o seu melhor repertório, interminavelmente, para a bandidagem. Ao meu lado, dormia o tenente das tropas de tanques Sviêtchnikov, um jovem meigo, de faces rosadas, condenado pelo tribunal militar por crimes disciplinares. Aqui ele também estava sob investigação — quando trabalhava na lavra, fora apanhado comendo carne humana de cadáveres do cemitério; cortava pedaços de gente "sem gordura, é claro", como explicou, com toda calma.

Na prisão temporária não escolhemos os vizinhos e, provavelmente, há até coisa pior do que almoçar um cadáver humano.

Raramente, muito raramente, aparecia um enfermeiro na "zona pequena" e atendia quem tinha febre. Os furún-

---

ram essa denominação a partir do sobrenome do tenente-general Andrei Andrêievitch Vlássov (1901-1946). (N. da T.)

[79] Respectivamente, o cantor de música popular conhecido como o "rei do tango russo", Piotr Liéschenko (1898-1954), e os cantores populares e poetas Aleksandr Vertinski (1889-1957) e Vadim Kozni (1903-1994). Este último foi condenado em 1944 a oito anos de prisão e cumpriu sua pena em Kolimá. (N. da T.)

culos, que me cobriam inteiro, ele não quis nem olhar. O meu vizinho Sviêtchnikov, que conhecera o enfermeiro no cemitério do hospital, conversava com ele como um velho amigo. Inesperadamente, o enfermeiro pronunciou o sobrenome de Andrei Mikháilovitch.

Implorei a ele que levasse um bilhete a Andrei Mikháilovitch; o hospital onde ele trabalhava ficava a um quilômetro da "zona pequena". Os meus planos mudaram. Agora teria de permanecer na zona até a resposta de Andrei Mikháilovitch.

O supervisor já tinha reparado em mim e incluía-me em todos os comboios que deixavam o campo provisório. Mas os delegados que recebiam os comboios riscavam-me da lista com o mesmo rigor. Suspeitavam de algo ruim e o meu aspecto, realmente, falava por si só.

— Por que você não quer ir?

— Estou doente. Preciso ir para o hospital.

— Você não tem o que fazer no hospital. Amanhã vamos mandar gente para o trabalho nas estradas. Montar vassouras, você vai?

— Não quero ir para as estradas. Não quero montar vassouras.

Um dia seguia-se ao outro; um comboio, outro comboio. Nenhum sinal nem do enfermeiro, nem de Andrei Mikháilovitch.

No final da semana, dei sorte de ir parar no exame médico no ambulatório, a uns cem metros da "zona pequena". Levei um novo bilhete para Andrei Mikháilovitch na mão fechada. O estatístico do setor médico pegou-o e prometeu entregá-lo a Andrei Mikháilovitch na manhã seguinte.

Na hora do exame, perguntei ao chefe do setor médico sobre Andrei Mikháilovitch.

— Sim, há esse médico entre os encarcerados. O senhor não tem motivo para vê-lo.

Dominó

— Eu o conheço pessoalmente.

— Que tenho eu com isso?

O enfermeiro que pegara o meu bilhete na "zona pequena" estava ali, ao lado. Eu perguntei baixinho:

— Onde está o bilhete?

— Não vi bilhete nenhum...

Se em dois dias eu não tivesse nenhuma notícia de Andrei Mikháilovitch, iria... para o trabalho nas estradas, para o trabalho agrícola, para a mina, para o diabo...

No final da tarde do dia seguinte, já depois da revista, levaram-me ao dentista. Fui pensando que havia algum erro, mas no corredor vi a conhecida peliça preta curta de Andrei Mikháilovitch. Nós nos abraçamos.

Um dia depois mandaram me chamar — quatro doentes seriam transferidos do campo para o hospital. Dois deitaram-se abraçados no trenó baixo e largo, dois foram andando atrás do trenó. Andrei Mikháilovitch não teve tempo de me avisar sobre o diagnóstico, e eu não sabia qual era a minha doença. As minhas doenças — distrofia, pelagra, escorbuto — ainda não estavam tão graves a ponto de exigir hospitalização no campo. Sabia que ele estava na seção cirúrgica. Andrei Mikháilovitch trabalhava lá, mas qual doença cirúrgica eu podia apresentar? Hérnia eu não tinha. Osteomielite pós-congelamento em quatro dedos do pé — é um martírio, mas não é suficiente para uma hospitalização. Eu tinha certeza de que Andrei Mikháilovitch ia conseguir me avisar, me encontrar em algum lugar.

Os cavalos aproximaram-se do hospital, os auxiliares de enfermagem arrastaram os que estavam deitados, mas nós — eu e o meu novo companheiro —, eles nos despiram e começaram a nos lavar. Para cada um, uma bacia com água quente.

No banheiro, entrou um médico idoso, de jaleco branco e, olhando por cima dos óculos, examinou-nos os dois.

— Tem o quê? — perguntou ele, cutucando o ombro do meu companheiro.

Este virou-se e, expressivamente, mostrou uma hérnia enorme na virilha.

Fiquei esperando a mesma pergunta, decidido a me queixar de dor no estômago.

Mas o médico idoso olhou para mim com indiferença e saiu.

— Quem é esse? — perguntei.

— Nikolai Ivánovitch, cirurgião-chefe daqui. Diretor da seção.

O auxiliar deu-nos a roupa de baixo.

— Pra onde?

Dirigia-se a mim.

— O diabo é que sabe!

O meu coração estava aliviado e eu já não tinha medo.

— Está doente de quê, então? Diga.

— O meu estômago está doendo.

— Apendicite, deve ser — disse o experiente auxiliar.

Eu só vi Andrei Mikháilovitch no dia seguinte. O cirurgião-chefe tinha sido alertado por ele sobre a minha hospitalização com apendicite aguda. Na noite daquele mesmo dia, Andrei Mikháilovitch contou-me a sua triste história.

Adoecera de tuberculose. As chapas de raio X e as análises laboratoriais eram assustadoras. O hospital local preencheu o requerimento de liberação de Andrei Mikháilovitch para ir ao continente se tratar. Andrei Mikháilovitch já estava no vapor, quando alguém fez uma delação a Tchierpakov, chefe do setor médico, dizendo que a doença de Andrei Mikháilovitch era inventada, falsa — *tufta*, na linguagem do campo.

Mas pode ser que nem tenha havido delação, o próprio major Tchierpakov era um verdadeiro filho do século das suspeitas, da desconfiança e da vigilância.

Dominó

O major inflamou-se, ordenou que retirassem Andrei Mikháilovitch do vapor e o mandassem para o fim do mundo, para bem longe daquele local onde o encontrei.

E Andrei Mikháilovitch já tinha feito uma viagem de mil quilômetros no frio intenso. Mas, no campo remoto, revelou-se que não havia nenhum médico capaz de fazer um pneumotórax artificial. Tinham feito insuflação em Andrei Mikháilovitch algumas vezes, mas o major maldoso informou que o pneumotórax era uma fraude, uma trapaça.

Andrei Mikháilovitch piorava cada vez mais e estava semimorto quando conseguiu de Tchierpakov permissão para ser enviado à seção ocidental — a seção mais próxima onde os médicos teriam condições de realizar um pneumotórax.

Agora Andrei Mikháilovitch estava melhor, algumas insuflações tinham sido feitas com sucesso e ele passara a trabalhar como interno na seção cirúrgica.

Depois de me fortalecer um pouco, comecei a trabalhar como auxiliar de Andrei Mikháilovitch. Por recomendação e insistência dele, fui fazer um curso de enfermagem, terminei o curso, trabalhei como enfermeiro e voltei para o continente. Andrei Mikháilovitch é a pessoa a quem devo a vida. Ele morreu há muito tempo; a tuberculose acertou as contas também com o major Tchierpakov.

No hospital, onde trabalhamos juntos, vivíamos como amigos. A nossa pena terminava no mesmo ano, e isso parecia aproximar e entrelaçar nossos destinos.

Certa vez, depois de concluída a faxina noturna, os auxiliares de enfermagem sentaram-se num canto para jogar dominó e começaram a bater as peças.

— Jogo besta — disse Andrei Mikháilovitch, indicando os auxiliares com os olhos e franzindo o rosto por causa da batida das peças.

— Só joguei dominó uma vez na vida — disse eu. — Com o senhor, a convite seu. Até ganhei.

— Para ganhar não é preciso muito — disse Andrei Mikháilovitch. — Aquela também foi a primeira vez que toquei num dominó. Queria agradar o senhor.

(1959)

HÉRCULES

O último convidado a chegar, bastante atrasado, para as bodas de prata de Sudarin, diretor do hospital, foi o médico Andrei Ivánovitch Dudar. Ele trazia nas mãos uma cesta de vime trançado, embrulhada em gaze e enfeitada com flores de papel. Ao som de copos e do rumor desconcertado das vozes bêbadas dos celebrantes, Andrei Ivánovitch entregou a cesta ao homenageado. Sudarin pegou a cesta, avaliando o peso.

— O que é isto?

— Vai ver.

Tiraram a gaze. No fundo da cesta havia um galo grande, de penas vermelhas. Impassível, ele virou a cabeça e fitou o rosto avermelhado dos convidados bêbados e barulhentos.

— Ah, Andrei Ivánovitch, muito a propósito — chilreou a homenageada grisalha, alisando o galo.

— Que presente maravilhoso — balbuciaram as doutoras. — E tão bonito. Era o seu favorito, não era, Andrei Ivánovitch?

O homenageado apertou a mão de Dudar com emoção.

— Deixe ver, deixe ver — soou de repente uma voz rouca e fina.

No lugar de honra, na ponta da mesa, do lado direito do anfitrião, estava um convidado muito ilustre, forasteiro. Era Tchierpakov, chefe do setor médico, velho colega de Sudarin; chegara de manhã cedo para as bodas de prata do amigo, num Pobieda[80] particular, vindo da cidade provincial, a seiscentas verstas de distância.

A cesta com o galo surgiu diante dos olhos opacos do convidado forasteiro.

— Sim. Um galinho glorioso. É seu, então?

O dedo do convidado ilustre apontou para Andrei Ivánovitch.

— Agora é meu — informou o homenageado, sorrindo.

O convidado ilustre era nitidamente mais jovem do que os neuropatologistas, cirurgiões, terapeutas e tisiologistas grisalhos e carecas que o cercavam. Tinha quarenta anos de idade. Rosto doentio, amarelo, inchado, olhinhos pequenos e cinzentos, túnica militar elegante com dragonas prateadas de comandante do serviço médico. A túnica estava visivelmente muito apertada no comandante, e notava-se que tinha sido confeccionada na época em que a pança ainda não se destacava tanto e o pescoço ainda não pendia sobre o colarinho engomado. O rosto do convidado ilustre conservava uma expressão entediada, mas a cada copinho de vodca (como russo e, além disso, do Norte, o convidado ilustre não aceitava outro tipo de esquenta-corpo) ia ficando mais animado, e o convidado olhava cada vez mais para as damas da medicina ao seu redor e intrometia-se cada vez mais em sua conversa, que invariavelmente cessava sempre que se ouvia sua voz trêmula de tenor.

Quando a medida da alma atingiu o devido grau, o convidado ilustre ergueu-se com dificuldade da mesa, abriu caminho, empurrando uma doutora que não conseguira se esquivar a tempo, arregaçou as mangas e começou a erguer cadeiras de lariço, pegando-as por uma das pernas da frente com uma única mão, ora a direita, ora a esquerda, alterna-

---

[80] Carro de passeio soviético fabricado de 1946 a 1958. (N. da T.)

damente, demonstrando a harmonia do próprio desenvolvimento físico.

Os convidados estavam impressionados: ninguém conseguia erguer tantas vezes as cadeiras como o ilustre convidado. Das cadeiras, ele passou às poltronas e teve o mesmo sucesso de antes. Enquanto outros levantavam cadeiras, o convidado ilustre, com a sua poderosa manopla, puxava para junto de si as doutoras jovenzinhas, rosadas de felicidade, e obrigava-as a apalpar os seus bíceps tensionados, o que as médicas faziam com evidente admiração.

Depois desses exercícios, o convidado ilustre, de inesgotável criatividade, passou a um número nacional russo: com o cotovelo apoiado, forçava em direção à mesa, com a própria mão, a mão do adversário, igualmente posicionada. Os neuropatologistas e terapeutas idosos e carecas não podiam opor nenhuma resistência séria e apenas o cirurgião-chefe aguentou um pouco mais do que os outros.

O convidado ilustre buscava novos desafios para a sua potência russa. Depois de pedir desculpas às damas, tirou a túnica, imediatamente apanhada e pendurada no encosto da cadeira pelo dono da casa. Na súbita vivacidade do seu rosto, via-se que o convidado ilustre inventara algo novo.

— Eu, sabem, consigo torcer a cabeça de um cabrito, de um cabrito. *Crac*, e pronto.

O convidado ilustre puxou Andrei Ivánovitch pelo botão.

— E desse seu... presente, arranco a cabeça dele vivo — afirmou, observando a impressão produzida. — Onde está o galo?

Tiraram o galo do galinheiro doméstico, para onde ele tinha sido levado pela desvelada anfitriã. No Norte, todos os chefes mantêm algumas dezenas de galinhas em casa (no inverno, é claro); sejam os chefes solteiros ou casados, em qualquer caso, as galinhas são artigos muito, muito rendosos.

O convidado ilustre foi para o centro do cômodo, levando o galo nas mãos. O preferido de Andrei Ivánovitch continuava tranquilo, de patas esticadas e cabeça inclinada para o lado — durante dois anos Andrei Ivánovitch carregara-o assim, em seu apartamento de solteiro.

Os dedos poderosos tomaram o galo pelo pescoço. O rosto do convidado ilustre, de pele gorda e suja, cobriu-se de um tom rosado. Com o movimento de quem enverga uma ferradura, o convidado ilustre torceu a cabeça do galo, arrancando-a. O sangue do galo esguichou na calça bem passada e na camisa de seda.

As damas pegaram os seus lencinhos perfumados e lançaram-se, atropeladamente, na direção do convidado ilustre para limpar-lhe a calça.

— Água de colônia.

— Amônia.

— Limpem com água fria.

— Que força, que força. Isso é coisa de russo. *Crac* e pronto — elogiou o homenageado.

Levaram o convidado ilustre ao banheiro para se limpar.

— Vamos dançar na sala — agitou-se o homenageado. — Um Hércules...

Ligaram a vitrola. A agulha chiou. Andrei Ivánovitch, erguendo-se da mesa para tomar parte na dança (o convidado ilustre gostava que todos dançassem), tropeçou em algo macio. Inclinou-se e viu o corpo do galo morto, o cadáver sem cabeça do seu preferido.

Andrei Ivánovitch aprumou-se, olhou ao redor e empurrou a ave morta com o pé para debaixo da mesa. Depois, saiu apressado do cômodo — o convidado ilustre não gostava que se atrasassem para a dança.

(1956)

TERAPIA DE CHOQUE

Ainda naquela época abençoada em que Merzliakov trabalhava como cavalariço e, com um triturador de cereais artesanal — uma lata de conserva grande com furos no fundo, como uma peneira —, era possível transformar a aveia recebida para os cavalos em cereal para pessoas, cozinhar um mingau e, com essa massa amarga e quente, acalmar, atenuar a fome, mesmo naquela época ele já pensava a respeito de uma questão bem simples. Os grandes cavalos de carga do continente recebiam diariamente do Estado uma porção de aveia duas vezes maior que a dos cavalinhos peludos iacutos, embora uns e outros carregassem igualmente pouco peso. Para Trovão, um percherão monstruoso, jogavam no cocho uma quantidade de aveia suficiente para cinco iacutos. A regra era essa, fazia-se assim em toda parte, não era isso que atormentava Merzliakov. Ele não entendia por que a ração humana do campo de prisioneiros, o inventário misterioso de proteínas, gorduras, vitaminas e calorias destinadas a saciar os encarcerados, chamado de "lista do caldeirão", não levava em conta o peso das pessoas. Já que se consideravam todos os presos como rebanho de carga, então também no tocante à ração seria preciso um procedimento mais coerente, e não a manutenção de uma média aritmética qualquer, invenção de escriturários. Essa média pavorosa, no melhor dos casos, atendia apenas aos baixinhos e, realmente, os baixinhos demoravam mais tempo para se esgotarem.

Merzliakov, por sua compleição, era como o percherão Trovão, e as três pobres colheres de mingau no café da manhã apenas aumentavam a dor visceral em seu estômago. Com efeito, além da ração, o trabalhador das brigadas não recebia praticamente mais nada. Tudo o que era mais calórico — tanto a manteiga quanto o açúcar e a carne — ia parar no caldeirão numa quantidade bem diferente da que estava anotada na lista. Merzliakov também via outra coisa. Primeiro morriam os mais altos. Aqui, estar acostumado ao trabalho pesado não mudava absolutamente nada. Mesmo um intelectual franzino aguentava mais do que um gigante de Kaluga — cavoucadores natos — quando ambos eram alimentados da mesma maneira, segundo a ração do campo de prisioneiros. O aumento da ração de acordo com a porcentagem de trabalho extra também não dava vantagem nenhuma, pois o inventário básico permanecia o mesmo e não era calculado para pessoas altas. Para comer melhor, era preciso trabalhar melhor, mas para trabalhar melhor, era preciso comer melhor. Por toda parte, estonianos, letões e lituanos morriam primeiro. Esgotavam-se primeiro, fato que sempre despertava comentários entre os médicos: vejam, todos esses países bálticos são mais fracos do que o povo russo. Na verdade, o cotidiano habitual de letões e estonianos estava muito mais distante da rotina do campo de trabalhos forçados do que o cotidiano do campesinato russo, e assim eles sofriam mais. Porém, o mais importante não consistia nisso: eles não eram menos resistentes, eram simplesmente mais grandalhões.

Um ano e meio antes, quando era um novato, acontecera a Merzliakov, depois do escorbuto que rapidamente o derrubou, ir trabalhar como auxiliar de enfermagem extranumerário no pequeno hospital local. Lá ele viu que a prescrição das doses dos remédios era feita pelo peso. Testam medicamentos novos em coelhos, ratos, porquinhos-da-índia, mas determinam a dose humana de acordo com o cálculo do peso do corpo. A dose das crianças é menor do que a dos adultos.

Mas a ração do campo de prisioneiros não era calculada pelo peso do corpo humano. Estava aí o problema cuja solução incorreta surpreendia e inquietava Merzliakov. Mas antes que ele se enfraquecesse definitivamente, aconteceu-lhe o milagre de virar cavalariço, lá onde era possível roubar aveia dos cavalos e encher com ela o próprio estômago. Merzliakov já pensava que sobreviveria ao inverno, e depois, seja o que Deus quiser. Mas não aconteceu assim. O encarregado do setor dos cavalos foi expulso por bebedeira e, para o lugar dele, mandaram um velho cavalariço, um daqueles que, no seu tempo, ensinara Merzliakov a usar o triturador de cereais feito de lata. Ele próprio, o velho cavalariço, havia roubado muita aveia e sabia fazer isso com perfeição. Na tentativa de mostrar serviço à chefia, e não mais necessitado do cereal de aveia, ele achou o triturador e o desmantelou com suas próprias mãos. Então começaram a tostar, a cozinhar e a comer a aveia em sua forma natural, equiparando seu estômago ao dos cavalos. O novo encarregado redigiu um relatório à chefia. Alguns cavalariços, inclusive Merzliakov, foram mandados para o cárcere por roubo de aveia e devolvidos do setor dos cavalos para o local de onde tinham saído — os trabalhos comuns.

Nos trabalhos comuns, Merzliakov logo entendeu que a morte estava próxima. Ele cambaleava sob a carga das toras que era obrigado a carregar. O capataz, que antipatizou com aquele *lob* preguiçoso ("*lob*", no idioma local, significava "grandalhão"), toda vez colocava Merzliakov "no pedal", obrigando-o a arrastar a base, a ponta grossa da tora. Certa vez, Merzliakov caiu, não conseguiu se levantar logo do chão coberto de neve e, numa decisão repentina, recusou-

-se a arrastar a maldita tora. Já era tarde, estava escuro, os guardas da escolta corriam para a aula de educação política, os trabalhadores queriam chegar logo ao barracão e à comida, o capataz ia se atrasar para a batalha do carteado — e todo o atraso era culpa de Merzliakov. Ele foi castigado. Apanhou primeiro dos próprios camaradas, depois do capataz, depois dos guardas da escolta. A tora ficou ali mesmo, na neve — em vez da tora, carregaram Merzliakov para o campo. Ele foi liberado do trabalho e ficou deitado na tarimba. A região lombar doía. O enfermeiro untava as costas de Merzliakov com graxa; no posto médico, há muito tempo faltava medicamento para massagem. Merzliakov passava o tempo todo deitado, encolhido, queixando-se insistentemente de dor lombar. Há muito tempo não havia mais dor, o osso da costela reconstituiu-se muito rapidamente, mas Merzliakov tentava adiar a liberação para o trabalho inventando qualquer mentira. Pois não o liberaram. Certo dia, vestiram-no, colocaram-no na maca, levaram-no para a carroceria do caminhão e, junto com outros doentes, transportaram-no até o hospital regional. Lá não havia sala de raio X. Agora teria de pensar em tudo com cuidado, e Merzliakov pensou. Ficou deitado lá alguns meses, sem se esticar; foi transferido para o hospital central, onde, é claro, havia sala de raio X. Colocaram Merzliakov na ala cirúrgica, na enfermaria dos traumatismos que, por simplicidade de espírito, os doentes chamavam "dramatismos", sem parar para pensar no amargor desse trocadilho.

— Também esse — disse o cirurgião, apontando a ficha médica de Merzliakov — passamos ao senhor, Piotr Ivánovitch. Não é paciente para cirurgia.

— Mas você escreve no diagnóstico: ancilose em função de trauma da coluna. E ele vai parar nas minhas mãos por quê? — perguntou o neuropatologista.

Terapia de choque

— Ancilose, é claro. O que mais eu posso escrever? Depois de uma surra, essas coisas podem acontecer. Na lavra Siéri houve um caso. O capataz surrou um trabalhador...

— Não tenho tempo de ouvir os seus casos, Serioja. Estou perguntando: pra que transferir?

— Já escrevi: "Para exame com objetivo de averiguação". Espete umas agulhinhas, registramos e — para o vapor. Que seja um homem livre.

— Mas o senhor fez a chapa? As alterações podem ser vistas até sem agulhinha.

— Fiz. Está aqui, faça o favor de olhar.

O cirurgião aproximou o negativo escuro da cortina de gaze.

— Nem o diabo consegue enxergar alguma coisa nessa chapa. Enquanto não houver uma boa iluminação, um bom fornecimento de energia, nossas técnicas de radiografia vão fornecer só essa escuridão.

— Uma verdadeira escuridão — disse Piotr Ivánovitch.

— É assim mesmo.

E ele escreveu na ficha médica o próprio sobrenome e a sua autorização para a transferência de Merzliakov.

Na ala cirúrgica, ruidosa, bagunçada, repleta de casos de congelamento, escoriação, fratura, queimadura — as minas do Norte não brincavam em serviço —, na ala onde parte dos doentes ficava deitada diretamente no chão das enfermarias e dos corredores, onde trabalhava um único cirurgião jovem, sempre sobrecarregado, e quatro enfermeiros (todos dormiam três, quatro horas por dia) — naquela ala não podiam tratar o caso de Merzliakov com atenção. Merzliakov compreendeu que, na ala da neurologia, para onde de repente o levaram, teria início um exame de verdade.

Toda a sua vontade desesperada, própria dos detentos, estava concentrada há muito numa única coisa: não se endireitar. E ele não se endireitava. E como queria se endireitar, nem que fosse por um segundo! Mas então se lembrava da lavra, da respiração agoniada, do frio, das pedras escorregadias, brilhantes e gélidas da mina de ouro, da tigelinha de sopa que, no almoço, ele tomava de uma só vez, sem usar a desnecessária colher, da coronha das armas da brigada e das botinas dos capatazes — e então encontrava forças em si para não se endireitar. Aliás, agora já era mais fácil do que nas primeiras semanas. Ele dormia pouco, tinha medo de se endireitar durante o sono. Ele sabia que, há muito tempo, os auxiliares de enfermagem tinham recebido ordens de vigiá-lo para pegá-lo em flagrante. Em seguida ao flagrante, e isso Merzliakov também sabia, viria a ordem de mandá-lo para a lavra de correção, mas o que é que seria essa lavra de correção, se a comum já lhe deixara lembranças tão pavorosas?

No dia seguinte à transferência, apresentaram Merzliakov ao médico. O chefe do setor indagou brevemente sobre o surgimento da doença e balançou a cabeça em sinal de concordância. Contou, como se de passagem, que até músculos saudáveis, quando submetidos a uma posição antinatural por muitos meses, acostumam-se a ela, e o próprio indivíduo pode fazer de si um inválido. Depois Piotr Ivánovitch passou ao exame. Merzliakov respondia a esmo às perguntas feitas em meio a agulhadas, percussões com um martelinho de borracha e pressões.

Mais da metade do seu tempo de trabalho, Piotr Ivánovitch gastava no desmascaramento de simuladores. Ele entendia, é claro, os motivos que levavam os presos à simulação. O próprio Piotr Ivánovitch tinha sido, havia pouco, um preso e não se surpreendia nem com a teimosia infantil dos simuladores, nem com o caráter primitivo e irrefletido das suas armações. O próprio Piotr Ivánovitch, ex-docente de um dos institutos siberianos, tinha desenvolvido sua carreira científica nessas mesmas neves em que os seus doentes tentavam salvar a vida mentindo para ele. Não se pode dizer que ele não tivesse pena dos outros. Mas o médico nele prevalecia sobre o homem; acima de tudo, era um especialista. Orgulhava-se do fato de um ano de trabalhos comuns não ter matado nele o médico-especialista. Não enxergava, absolutamente, a tarefa de desmascarar fraudadores de um ponto de vista elevado, como uma tarefa social do governo, nem sequer como uma questão moral. Via nela, nessa tarefa, um modo adequado de usar os próprios conhecimentos, a capacidade psicológica de armar as arapucas em que, para a grande glória da ciência, deviam cair os famintos, os meio-loucos, os infelizes. Nesse combate entre médico e simuladores, tudo estava do lado do médico — milhares de medicamentos ardilosos, centenas de manuais, vários aparelhos, a ajuda da escolta, a enorme experiência do especialista; do lado do doente estava apenas o pavor daquele mundo de onde saíra antes de chegar ao hospital e para onde tinha medo de voltar. Exatamente esse pavor é que dava ao encarcerado forças para lutar. A cada enganador que desmascarava, Piotr Ivánovitch experimentava profunda satisfação: mais uma vez recebia da vida a confirmação de que era um bom médico, de que não perdera a própria qualificação, mas, ao contrário, continuava a refiná-la, a lapidá-la, em resumo, ele ainda podia...

"São uns idiotas, esses cirurgiões!", pensou ele, enquanto fumava um cigarro, após a saída de Merzliakov. "Não conhecem anatomia topográfica ou então esqueceram tudo; sobre reflexos, nunca souberam nada. Salvam-se apenas com o raio X. Sem chapa, já não podem ter certeza nem de uma fratura comum. Mas quanta presunção!" Que Merzliakov era um simulador, Piotr Ivánovich já sabia, é claro. "Que fique de cama uma semaninha. Durante essa semana, faremos todos os exames, para registrar tudo como se deve. Todos os papeizinhos serão anexados à ficha médica."

Piotr Ivánovitch sorriu, antegozando o efeito teatral do novo desmascaramento.

Uma semana depois, no hospital, juntaram um comboio para o vapor — transferência de doentes para o continente. Os protocolos foram escritos ali mesmo, na enfermaria, e o representante administrativo da comissão médica, que acabara de chegar, examinou pessoalmente os doentes preparados pelo hospital para a viagem. Seu papel consistia em examinar os documentos, verificar os respectivos formulários — o exame pessoal do doente durava meio minuto.

— Nas minhas listas — disse o cirurgião — há um tal Merzliakov. Um ano atrás a escolta quebrou a coluna dele. Eu gostaria de encaminhá-lo. Faz pouco ele foi transferido para a ala neurológica. Aqui estão os documentos para a viagem: tudo preparado.

O representante da comissão voltou-se na direção do neuropatologista.

— Tragam Merzliakov — disse Piotr Ivánovitch.

Trouxeram o semicurvado Merzliakov. O representante deu uma olhada rápida no doente.

— Que gorila — disse. — Sim, é claro, não há para que manter um desses.

E, pegando a pena, estendeu a mão na direção da lista.

— Eu não assino — disse Piotr Ivánovitch em voz alta e clara. — É um simulador, e amanhã terei a honra de demonstrar isso ao senhor e ao cirurgião.

— Bem, então vamos deixar esse — disse o representante com indiferença, colocando a pena sobre a mesa. — E, aliás, vamos terminar, já está tarde.

— É um simulador, Serioja — disse Piotr Ivánovitch, pegando o cirurgião pelo braço enquanto saíam da enfermaria.

O cirurgião livrou o braço.

— Pode ser — disse ele, fazendo uma careta de nojo.

Terapia de choque

— Que Deus o ajude no desmascaramento. Será uma grande satisfação para o senhor.

No dia seguinte, na reunião com o chefe do hospital, Piotr Ivánovitch informou detalhadamente sobre Merzliakov.

— Eu acho — disse ele em conclusão — que podemos desmascarar Merzliakov por meio de dois procedimentos. Primeiro será a anestesia Rausch, que o senhor esqueceu, Serguei Fiódorovitch — disse ele solenemente, virando-se para o lado do cirurgião. — Devia ter feito isso logo. Mas se nem a Rausch der resultado... — Piotr Ivánovitch abriu os braços — então, terapia de choque. É uma coisa interessante, garanto ao senhor.

— Não seria um exagero? — disse Aleksandra Serguéievna, uma mulher grande e pesadona, recém-chegada do continente, chefe da maior seção do hospital: a ala dos tuberculosos.

— Bem — disse o chefe do hospital —, para um canalha desses...

Ele pouco se intimidava na presença de damas.

— Vamos ver os resultados da Rausch — disse Piotr Ivánovitch atentamente.

A anestesia Rausch é um agente anestésico volátil à base de éter com efeito de curta duração. O doente adormece por quinze, vinte minutos; nesse tempo, o cirurgião pode reduzir uma fratura, amputar um dedo ou incisar algum abscesso agudo.

Toda a chefia, engalanada em jalecos brancos, cercava a cama cirúrgica da sala de curativos, para onde tinham levado o obediente e semicurvado Merzliakov. Os auxiliares de enfermagem pegaram as correias de linho com que costumavam amarrar os doentes à cama cirúrgica.

— Não precisa, não precisa! — gritou Piotr Ivánovitch, aproximando-se às pressas. — Veja bem, não precisa de correias.

Viraram o rosto de Merzliakov para cima. O cirurgião colocou nele a máscara anestésica e pegou a garrafinha de anestésico.

— Pode começar, Serioja!

O anestésico começou a gotejar.

— Mais fundo, respire mais fundo, Merzliakov! Conte em voz alta!

— Vinte e seis, vinte e sete — contava Merzliakov com voz preguiçosa e, de repente, interrompendo a conta, disse algo inicialmente incompreensível, entrecortado, misturado a um palavrão.

Piotr Ivánovitch segurava a mão esquerda de Merzliakov. Passados alguns minutos, sentiu a mão enfraquecer. Piotr Ivánovitch soltou-a. A mão, amolecida e morta, caiu sobre a borda da cama. Lenta e solenemente, Piotr Ivánovitch endireitou o corpo de Merzliakov. Todos soltaram uma exclamação.

— Então, agora o amarrem — disse Piotr Ivánovitch aos auxiliares.

Merzliakov abriu os olhos e viu o punho cabeludo do chefe do hospital.

— Pois bem, seu verme — roncou o chefe. — Agora vai parar no tribunal.

— Muito bem, Piotr Ivánovitch, muito bem! — secundou o representante da comissão, dando um tapinha no ombro do neuropatologista. — E eu ontem estava pronto a liberar esse gorila para viver como homem livre!

— Desamarre-o! — comandou Piotr Ivánovitch. — Desça da cama!

Merzliakov ainda não voltara a si definitivamente. As têmporas latejavam, na boca sentia o gosto ferroso e nauseante do éter. Merzliakov ainda não compreendia bem se aquilo era sonho ou realidade, e talvez já tivesse sonhado com isso antes, mais de uma vez.

Terapia de choque

— Vocês aí, todos, que se danem! — gritou ele inesperadamente e curvou-se como antes.

De ombros largos, ossudo, quase tocando o chão com os dedos longos e grossos, com o olhar turvado e os cabelos eriçados, realmente parecido com um gorila, Merzliakov saiu da sala de curativos. Reportaram a Piotr Ivánovitch que o doente Merzliakov estava deitado no leito, na sua pose habitual. O médico mandou que o levassem ao seu gabinete.

— Você foi desmascarado, Merzliakov — disse o neuropatologista. — Mas eu fiz um pedido ao chefe. Não vão mandar você para o tribunal, nem para a lavra de correção, você simplesmente terá alta do hospital e voltará para a sua lavra, para o antigo trabalho. Você, irmão, é um herói. Enganou a todos nós durante um ano inteiro.

— Não sei de nada — disse o gorila, sem erguer os olhos.

— Como não sabe? Pois acabaram de desmascarar você.

— Ninguém me endireitou.

— Bem, meu querido — disse o neuropatologista. — Isso já não é mais necessário. Eu queria tratá-lo bem. Mas, veja só, você mesmo vai pedir alta daqui a uma semana.

— O que não pode acontecer em uma semana? — disse baixinho Merzliakov. Como poderia explicar ao médico que uma semana a mais, um dia a mais, até uma hora a mais fora daquela lavra era para ele, Merzliakov, uma alegria? Se o médico não compreendia isso sozinho, como explicar? Merzliakov ficou calado, olhando para o chão.

Levaram Merzliakov e Piotr Ivánovicth aproximou-se do chefe do hospital.

— Então pode ser amanhã, e não daqui a uma semana — disse o chefe, depois de ouvir a proposta de Piotr Ivánovitch.

— Eu lhe prometi uma semana — disse Piotr Ivánovitch.

— Para que ofender o doente?

— Está certo — disse o chefe. — Que seja, daqui a uma semana. Mas me chame. Vai amarrar?

— É proibido amarrar — disse o neuropatologista. — Pode deslocar o braço ou a perna. Vamos segurar.

E, pegando a ficha médica de Merzliakov, o neuropatologista escreveu no campo de destino "terapia de choque" e pôs a data.

Na terapia de choque, injetam no sangue do doente uma dose de óleo de cânfora em quantidade algumas vezes superior àquela que se aplica com injeção subcutânea para a manutenção da atividade cardíaca em doentes graves. Sua ação leva a um acesso súbito, semelhante a um acesso de loucura ou ataque epilético. Durante o choque, a cânfora aumenta abruptamente toda a atividade muscular, todas as forças motoras da pessoa. Os músculos tensionam-se de modo anormal e a força do doente, que perde a consciência, aumenta umas dez vezes. O ataque dura alguns minutos.

Passaram-se alguns dias, mas Merzliakov nem pensava em se endireitar por vontade própria. Chegou a manhã indicada na ficha médica e levaram Merzliakov até Piotr Ivánovitch. No Norte valorizam qualquer diversão; o consultório médico estava lotado. Oito robustos auxiliares de enfermagem enfileiravam-se ao longo das paredes. No centro do consultório havia um sofá.

— É aqui que vamos fazer — disse Piotr Ivánovitch, levantando-se da mesa. — Não vamos para a cirurgia. A propósito, onde está Serguei Fiódorovitch?

— Ele não vem — disse Anna Ivánovna, enfermeira de plantão. — Disse que está "ocupado".

— Ocupado, ocupado — repetiu Piotr Ivánovitch. — Seria útil para ele ver como eu faço o trabalho dele.

Arregaçaram as mangas de Merzliakov e o enfermeiro passou iodo em seu braço. Segurando a seringa com a mão direita, o enfermeiro enfiou a agulha numa veia perto da do-

Terapia de choque 227

bra do cotovelo. Um sangue escuro escorreu pela agulha para dentro da seringa. O enfermeiro, com um leve movimento do dedo indicador, apertou o êmbolo, e uma mistura amarelada começou a entrar na veia.

— Mais rápido, ande logo! — disse Piotr Ivánovitch. — E afaste-se bem depressa. E vocês — disse ele aos auxiliares —, tratem de segurá-lo.

O corpo enorme de Merzliakov saltou e bateu-se contra as mãos dos enfermeiros. Oito homens o seguravam. Ele rouquejava, batia-se, chutava, mas os auxiliares seguravam-no com força, e ele começou a se acalmar.

— Um tigre, é assim que se segura um tigre — gritou Piotr Ivánovitch em êxtase. — Na Transbaicália, pegam tigres assim, com as mãos. Pois vejam bem — disse ele ao chefe do hospital — como Gógol exagera. Lembram-se do final de *Tarás Bulba*? "Não menos que trinta homens estavam agarrados aos seus braços e pernas."[81] Esse gorila é mais forte do que aquele Bulba. E bastam oito homens.

— Sim, sim — disse o chefe. Ele não se lembrava de Gógol, mas gostava demais da terapia de choque.

No dia seguinte, na hora de examinar os doentes, Piotr Ivánovitch deteve-se junto ao leito de Merzliakov.

— Pois bem, qual é sua decisão? — perguntou ele.

— Alta — disse Merzliakov.

(1956)

---

[81] *Tarás Bulba*, de Nikolai Gógol, tradução de Nivaldo dos Santos, São Paulo, Editora 34, 2007, p. 162. (N. da T.)

STLÁNIK

No Extremo Norte, na confluência da taiga com a tundra, entre bétulas anãs, arbustos nanicos de sorveira com frutinhas surpreendentemente graúdas, amarelo-claras e suculentas, entre lariços de seiscentos anos, que atingem a maturidade aos trezentos, cresce uma árvore singular: o *stlánik*. É um parente distante do cedro, um *kedratch*; um arbusto de conífera sempre-verde, com troncos de grossura pouco maior que um braço humano e dois, três metros de altura. Ele cresce despretensioso, prendendo as raízes às fendas das pedras na encosta das montanhas. É viril e teimoso, como todas as árvores do Norte. A sua sensibilidade é incomum.

É final do outono e já passa do tempo de cair neve, de invernar. Pelo espaço do firmamento, há muitos dias circulam nuvens baixas, azuladas, como se tivessem equimoses. Mas hoje, desde cedo, o vento cortante do outono tornou-se ameaçadoramente sereno. Cheira a neve? Não. Não vai cair neve. O *stlánik* ainda não se deitou. E passam-se dias após dias sem neve, nuvens baixas vagam ao longe, além das *sopkas*, e no céu alto nasceu um sol pequenino e pálido, em tudo outonal...

Então o *stlánik* verga-se. Verga-se cada vez mais baixo, como se estivesse sob um peso crescente, desmedido. Ele arranha a pedra com suas pontas, gruda-se à terra, esticando as patas cor de esmeralda. Estende-se. Parece um polvo envolto em penas verdes. Deitado, fica esperando, um dia, dois... então, eis que do céu branco espalha-se a neve, como pó, e o

Stlánik

stlánik mergulha na hibernação do inverno, como um urso. Sobre a montanha branca, avolumam-se enormes bolhas nevadas — são os arbustos de *stlánik* que se deitaram para invernar.

Já no final do inverno, quando a neve ainda cobre a terra numa camada de três metros, quando, nos desfiladeiros, nevascas já calcaram a neve, agora compacta, capaz de ceder apenas à força do ferro, embora pelo calendário seja tempo de chegar a primavera, é em vão que as pessoas buscam seus sinais na natureza. O dia, porém, não se distingue daquele do inverno: o ar é cortante e seco e não difere em nada do ar de janeiro. Felizmente, a sensibilidade das pessoas é muito grosseira, a percepção é muito simplória e, além disso, os sentidos são poucos, apenas cinco — insuficientes para previsões e adivinhações.

A natureza tem uma sensibilidade mais refinada do que a humana. Sabemos alguma coisa a esse respeito. Lembram-se dos peixes da espécie dos salmonídeos, que só desovam no mesmo rio onde foram depositadas as ovas das quais eles nasceram? Lembram-se do trajeto misterioso do voo migratório dos pássaros? Plantas-barômetro, flores-barômetro, não são poucas as que conhecemos.

E eis que, em meio à branca imensidão de neve, em meio à completa desesperança, de repente o *stlánik* se levanta. Ele sacode a neve, apruma-se, esticando-se todo, ergue em direção ao céu as suas folhas aciculares e verdes, enregeladas e um pouco enferrujadas. Ele ouve o chamado da primavera que não conseguimos captar e, confiando nele, levanta-se antes de todos no Norte. O inverno terminou.

Também pode acontecer outra coisa: uma fogueira. O *stlánik* é crédulo demais. Ele detesta tanto o inverno, que está pronto a acreditar no calor de uma fogueira. Se, no inverno, perto de um arbusto de *stlánik* arqueado, acende-se uma fogueira, o *stlánik* se levanta. Apaga-se a fogueira e o *kedratch*, desapontado, chorando de ressentimento, de novo se curva e deita no mesmo local de antes. E é coberto pela neve.

Não, ele não apenas prevê o tempo. O *stlánik* é a árvore da esperança, a única árvore do Extremo Norte que permanece sempre verde. Em meio ao brilho branco da neve, as suas patas de folhas aciculares, de um verde pálido, falam do sul, do calor, da vida. No verão, fica tímido e apagado: tudo ao redor floresce às pressas, tentando abrir todas as flores no curto verão do Norte. Flores de primavera, de verão, de outono atropelam-se numa corrida de florescimento incontida e tumultuada. Mas o outono está próximo, e eis que já se espalham aqui e ali as folhas aciculares miúdas e amareladas, despindo os lariços, a relva cor de palha enrodilha-se e seca, o bosque esvazia-se, e então se vê ao longe que, no meio da relva amarelada e do musgo cinzento, no meio do bosque, ardem as enormes tochas verdes do *stlánik*.

Para mim, o *stlánik* sempre foi a árvore russa mais poética, muito mais que o célebre chorão, o plátano, o cipreste. E a lenha do *stlánik* é mais quente.

(1960)

CRUZ VERMELHA

A vida no campo de trabalhos forçados está organizada de tal forma que só quem trabalha no setor médico pode oferecer uma ajuda real e concreta ao preso. Proteger o trabalho é proteger a saúde, e proteger a saúde é proteger a vida. A chefia do campo de trabalhos forçados é numerosa: há o chefe do campo e os carcereiros a ele subordinados, o chefe da segurança e o destacamento de soldados do serviço de escolta, o chefe do Comitê Executivo Municipal do Ministério do Interior e o seu aparato de investigadores, o ativista do serviço educacional — o chefe da seção educativo-cultural e sua inspetoria. Confia-se à vontade — boa ou má — dessas pessoas a aplicação do regime. Aos olhos do preso, todas essas pessoas são símbolo de opressão e coerção. Elas obrigam o preso a trabalhar, vigiam-no dia e noite para evitar fugas, cuidam para que ele não coma e não beba além da conta. Todos os dias, todas essas pessoas batem numa mesma tecla: "Trabalhe! Vamos!".

Só há uma pessoa que não diz ao encarcerado essas palavras terríveis, enfadonhas e tão odiadas no campo. É o médico. O médico diz outras palavras: "descanse, você está cansado"; "não trabalhe amanhã, você está doente". Só o médico não manda o preso para as trevas brancas do inverno, para o trabalho diário e prolongado na lavra gelada e pedregosa. O médico é o defensor do preso por dever profissional, é quem o protege do despotismo do chefe, da diligência excessiva dos veteranos da administração do campo.

Nos barracões do campo, em outros tempos, colavam na parede grandes cartazes impressos: "Direitos e obrigações do preso". Ali havia muitas obrigações e poucos direitos: o "direito" de apresentar requerimentos ao chefe, mas não coletivos... o "direito" de escrever cartas aos parentes, mas com a mediação dos censores do campo... o "direito" à assistência médica.

Esse último direito era extremamente importante, embora tratassem a disenteria, em muitos dos ambulatórios das minas de extração, com um preparado de permanganato de potássio, e, com esse mesmo preparado, apenas mais espesso, untassem feridas supuradas ou queimaduras de frio.

O médico pode liberar uma pessoa do trabalho oficialmente, pode hospitalizá-la, anotando o seu nome no livro, pode enviá-la a um centro de recuperação, pode aumentar sua ração. E o mais importante no campo de trabalhos forçados: o médico determina a "categoria de trabalho", o grau da capacidade de trabalho do preso, conforme o qual se calcula a cota de trabalho. O médico pode, inclusive, recomendar a libertação — por invalidez, de acordo com o famoso artigo 458. Quem foi liberado do trabalho por doença não pode ser obrigado a trabalhar — o médico é independente nessas ações. Somente os funcionários do alto escalão da medicina podem controlá-lo. Nos assuntos da medicina, o médico não está subordinado a ninguém.

É preciso lembrar ainda que o controle dos alimentos incluídos no caldeirão é responsabilidade do médico, assim como a observação da qualidade do alimento produzido.

O único defensor do preso, o seu verdadeiro defensor, é o médico do campo. Seu poder é muito grande, pois nenhum chefe do campo de prisioneiros pode controlar as ações do especialista. Se o médico entrega um relatório falso, inescrupuloso, só quem pode apontar isso é outro funcionário do setor médico e de posição hierárquica igual ou superior à

Cruz Vermelha

dele — novamente, um especialista. No campo, quase sempre os chefes eram inimigos dos médicos — o próprio trabalho os colocava em lados opostos. O chefe queria que o grupo "T" (temporariamente liberado do trabalho por motivo de doença) fosse menor, que o campo mandasse mais gente para o trabalho. Já o médico percebia que aqui a fronteira entre o bem e o mal há muito tinha sido ultrapassada, e que o número de pessoas enviadas para o trabalho doentes, cansadas e esgotadas — e, portanto, com direito à liberação do trabalho — era muito maior do que pensava a chefia.

Se fosse firme o bastante, o médico podia insistir em liberar alguém do trabalho. Sem a chancela do médico, nenhum chefe do campo podia mandar alguém trabalhar.

O médico podia livrar o detento do trabalho pesado — todos os encarcerados eram divididos, como os cavalos, em "categorias de trabalho". Esses grupos — podiam ser três, quatro, cinco — eram denominados "categorias de trabalho", embora essa expressão parecesse saída de um dicionário de filosofia. Essa é uma das pilhérias, ou melhor, uma das zombarias da vida.

Colocar alguém numa categoria de trabalho leve significava salvá-lo da morte. O mais triste de tudo era que as pessoas que se esforçavam para entrar na categoria do trabalho leve e que tentavam enganar o médico estavam na verdade muito mais doentes do que supunham.

O médico podia dar folga do trabalho, mandar o encarcerado para o hospital, e até "dar baixa", ou seja, lavrar um atestado de invalidez; nesse caso, o preso seria enviado ao continente. Na verdade, o leito no hospital e a alta da comissão médica não dependiam do médico que dava a licença, mas o importante, bem se vê, era iniciar o processo.

Tudo isso e ainda muito mais, tudo eventual e cotidiano, era compreendido e calculado com precisão pelos *blatares*. No código moral da bandidagem, estava incluída uma relação muito particular com os médicos. Juntamente com a ração prisional e o ladrão-*gentleman*, fortaleceu-se, no mundo do campo e da prisão, a lenda da Cruz Vermelha.

"Cruz Vermelha" é um termo da bandidagem, e eu sempre fico alerta quando ouço essa expressão.

Os criminosos demonstravam ostensivo respeito pelos funcionários do setor médico, prometiam-lhes todo tipo de apoio, destacando os médicos do imenso mundo dos *fráier* e dos *chtimp*.[82]

Surgiu a lenda — até hoje ela circula pelo campo — de que, certa vez, uns ladrõezinhos de galinha, uns *siávki*, roubaram um médico e depois uns ladrões de peso deram jeito de achar e devolver ao médico o que fora roubado. "O Breguet de Herriot",[83] sem tirar nem pôr.

Além disso, realmente não se roubava de médicos, tentavam não roubar. Mandavam presentes — coisinhas, dinheiro — aos médicos que eram trabalhadores livres. Faziam súplicas e ameaças de morte aos médicos encarcerados. Elogiavam os médicos que ajudavam os *blatares*.

"Fisgar" um médico era o sonho de todo grupo de bandidos. O *blatar* pode ser grosseiro e bruto com qualquer chefe — isso é chique; esse comportamento, bem explícito, é até obrigatório em determinadas circunstâncias. Diante do médico, o bandido é só bajulação, vez ou outra se rebaixa e não se permite nenhuma palavra grosseira até perceber que não

[82] Termo semelhante a *fráier*; criminoso novato, inexperiente. (N. da T.)

[83] Conto escrito em 1958 pelo escritor russo Liev Scheinin (1906-1967). O enredo narra um acontecimento real. Durante uma visita do político francês Édouard Herriot a Leningrado, roubaram-lhe um relógio Breguet de ouro. As autoridades soltaram dois presidiários especialmente para que eles localizassem e devolvessem o relógio. (N. da T.)

acreditam nele, que ninguém vai atender as suas exigências descaradas.

Dizem que, no campo de trabalhos forçados, nenhum trabalhador do setor médico precisa se preocupar com o próprio destino, os *blatares* ajudam-no material e moralmente: a ajuda material são bolachas e biscoitos roubados; a moral é honrar o médico com conversas, visitas e simpatia.

Custava pouco: no lugar de um *fráier* doente, esgotado pelo trabalho acima de suas forças, pela insônia e pelas surras, colocar no leito hospitalar um saudável chantagista ou pederasta assassino. Colocar e deixar o criminoso no leito do hospital até que ele próprio se digne receber alta.

Custava pouco: liberar regularmente os criminosos do trabalho para que eles pudessem ficar à toa.

Mandar o *blatar* para outros hospitais, com uma guia de encaminhamento médico, quando isso for conveniente para ele, de acordo com os mais altos objetivos da bandidagem.

Encobrir *blatares* simuladores, e os *blatares* são todos simuladores e enganadores, com eternos ferimentos autoinfligidos nas pernas e nas coxas, com cortes leves, mas impressionantes, na barriga etc.

Oferecer aos *blatares* "pozinhos", "codeínicos" e "cafeínicos", deixando toda a reserva de agentes narcóticos e destilados alcoólicos à disposição dos benfeitores.

Durante muitos anos, recebi comboios no grande hospital do campo de prisioneiros — cem por cento dos simuladores, enviados com guias de encaminhamento médico, eram ladrões. Os ladrões subornavam ou intimidavam o médico local e ele redigia um atestado falso.

Com frequência, acontecia também que um médico ou chefe local do campo, querendo livrar o próprio reino de um elemento perigoso e incômodo, enviava bandidos para o hospital na esperança de que, caso eles não desaparecessem para sempre, pelo menos a administração tivesse uma trégua.

Um médico subornado é algo ruim, muito ruim. Mas um médico amedrontado, isso se pode desculpar, pois as ameaças dos *blatares* não consistem de modo algum em palavras vazias. De um hospital, tinham enviado para o setor médico da mina Spokóini, onde havia muitos *blatares*, o jovem médico e — mais importante — jovem detento Suróvi, que concluíra havia pouco tempo seus estudos no Instituto de Medicina de Moscou. Os amigos tentaram dissuadir Suróvi — ir para os trabalhos comuns, tudo bem, mas nunca aceitar um trabalho claramente perigoso. Suróvi saíra dos trabalhos comuns para o hospital — tinha medo de voltar para lá, por isso concordou em trabalhar na lavra como médico. O chefe deu instruções a Suróvi, mas não deu conselhos sobre como se comportar. Proibiam-lhe categoricamente retirar da lavra ladrões saudáveis. Um mês depois ele foi assassinado bem na sala de triagem — contaram cinquenta e dois ferimentos a faca em seu corpo.

No setor feminino de outra lavra, uma idosa, a médica Chitsel, foi morta a golpes de machado pela própria auxiliar de enfermagem, a *blatarka*[84] Krochka, que aplicou a sentença dada pelos bandidos.

Assim funcionava na prática a Cruz Vermelha, nos casos em que os médicos eram rigorosos e não aceitavam propina.

Os médicos ingênuos procuravam explicações para as contradições nas palavras dos ideólogos do mundo do crime. Um desses filósofos-mor estava nessa época na ala cirúrgica do hospital. Dois meses antes, encontrando-se na solitária e desejando sair dali, usara um recurso comum e infalível, mas não muito seguro: salpicara pó de lápis-tinta nos olhos — nos dois, para garantir. Aconteceu que custaram a atendê-lo e o *blatar* perdeu a visão — ficou hospitalizado como inválido e

---

[84] Feminino de *blatar*. (N. da T.)

preparava-se para ser mandado ao continente. Mas, à semelhança do famoso sir Williams, do *Rocambole*,[85] apesar de cego, ele tomava parte na elaboração de planos criminosos e, nos tribunais de honra, era considerado uma autoridade incontestável. À pergunta do médico sobre a Cruz Vermelha e o assassinato de médicos nas lavras por ladrões, sir Williams respondeu, com a fala macia e sibilante, típica dos *blatares*:

— Na vida, podem acontecer várias situações em que não se deve aplicar a lei.

Era um dialético, esse sir Williams.

Em *Recordações da casa dos mortos*, Dostoiévski observa, enternecido, o comportamento dos infelizes que agem como crianças grandes, divertem-se com o teatro, brigam entre si como meninos, sem raiva. Dostoiévski não encontrou nem conheceu representantes do verdadeiro mundo do crime. Por esse mundo, Dostoiévski não se permitiria expressar nenhuma compaixão.

São incontáveis os delitos dos ladrões no campo de trabalhos forçados. Infelizes são os bons trabalhadores, dos quais o ladrão leva o último trapo, tira a última nota; e o trabalhador tem medo de reclamar, pois vê que o ladrão é mais poderoso do que a chefia. O ladrão surra o bom trabalhador e obriga-o a trabalhar — dezenas de milhares de pessoas são surradas pelos ladrões até a morte. Centenas de milhares, permanecendo no cárcere, são corrompidas pela ideologia da ladroagem e deixam de ser humanos. Algo de bandido assenta-se em sua alma para sempre; os ladrões e a sua moral deixam um rastro indelével na alma de todos para sempre.

---

[85] Rocambole é o protagonista de uma série de romances folhetinescos de autoria de Ponson du Terrail (1829-1871). Nos primeiros romances da série, Sir Williams era o mentor de Rocambole. (N. da T.)

O chefe é grosseiro e cruel, o educador é mentiroso, o médico é inescrupuloso, mas tudo isso são bobagens em comparação com a força corruptora do mundo da bandidagem. De qualquer modo, são pessoas, mas neles raramente se manifesta algo de humano. Os bandidos, portanto, não são gente.

A influência da sua moral na vida do campo de prisioneiros não tem fronteiras, está em toda parte. O campo é inteiramente uma escola negativa de vida. Ninguém leva daqui nada de útil, nada de bom: nem o preso, nem o chefe, nem o segurança, nem as testemunhas involuntárias — engenheiros, geólogos, médicos —, superiores ou subordinados.

Cada minuto da vida no campo de prisioneiros é um minuto envenenado.

Lá há muito daquilo que o ser humano não deve saber, não deve ver, e, caso veja, o melhor é que morra.

O preso habitua-se a odiar o trabalho — não há nada mais que ele possa aprender lá.

Lá ele aprende lições de bajulação, mentira, grandes e pequenas vilezas, torna-se um egoísta.

Quando volta a ser livre, ele vê que não apenas não cresceu durante a estada no campo, como também os seus interesses estreitaram-se, tornaram-se pobres e grosseiros.

As barreiras morais foram postas de lado.

Acontece que é possível cometer vilezas e ainda assim viver.

É possível mentir — e viver.

É possível prometer, não cumprir as promessas e mesmo assim viver.

É possível beber todo o dinheiro do camarada.

É possível implorar misericórdia e viver! Esmolar e viver!

Verifica-se que quem comete uma vileza não morre.

Ele se acostuma com a vadiagem, a fraude, a aversão a

tudo e a todos. Ele culpa o mundo todo, lamentando o próprio destino.

Ele valoriza demais os próprios sofrimentos, esquecendo-se de que cada ser humano tem a sua dor. Ele desaprendeu a ver a dor do outro com compaixão — ele simplesmente não a compreende, não quer compreender.

O ceticismo — isso ainda é bom, ainda é a melhor das heranças do campo de trabalhos forçados.

Ele se acostuma a odiar as pessoas.

Ele tem medo — é um covarde. Tem medo das repetições do destino — medo de delações, medo dos vizinhos, medo de tudo aquilo que o homem não deve temer.

Ele se abateu moralmente. As suas noções de moralidade mudaram, mas ele próprio não nota isso.

No campo, o chefe acostuma-se com um poder praticamente ilimitado sobre os detentos, acostuma-se a ver a si próprio como um deus, como o único representante onipotente do poder, como um homem de raça superior.

O que o guarda da escolta, aquele que tantas vezes teve nas mãos a vida de outros e que costumava matar quem ultrapassasse a zona proibida — o que ele vai contar à noiva sobre o trabalho no Extremo Norte? Vai contar que deu coronhadas em velhos famintos que não conseguiam andar?

O jovem camponês que vem parar no cárcere vê que, nesse inferno, apenas gatunos vivem relativamente bem: as pessoas contam com eles, a chefia todo-poderosa tem medo deles. Eles estão sempre bem-vestidos, bem alimentados, dão apoio um ao outro.

O camponês começa a refletir. Parece-lhe que a verdade da vida do campo de prisioneiros está com os *blatares*, que somente imitando o estilo de vida deles é possível manter-se firme na rota da verdadeira salvação. Há pessoas, ao que parece, que conseguem viver no fundo do poço. E o camponês começa a imitar o comportamento dos *blatares*, a sua maneira de agir. Ele abaixa a cabeça a cada palavra dos *bla-tares*, está pronto a cumprir as suas ordens, fala dos bandidos com medo e veneração. Ele se apressa a enfeitar a própria fala com palavrinhas da bandidagem — em Kolimá, ninguém passa sem essas palavrinhas, seja homem ou mulher, preso ou livre.

Essas palavras são um veneno, uma peçonha que penetra na alma da pessoa, e é justamente com o domínio do dialeto criminoso que tem início a aproximação entre o *fráier* e a vida da bandidagem.

O preso da *intelligentsia* é esmagado pelo campo. Tudo o que lhe era caro se transforma em cinzas, a civilização e a cultura o abandonam no mais curto período de tempo, em semanas.

O argumento da discussão é o punho, o pedaço de pau. O recurso do constrangimento é a coronha, o soco nos dentes.

O intelectual transforma-se em covarde, e o cérebro lhe sugere uma justificativa para seu comportamento. Ele pode convencer a si mesmo de qualquer coisa; numa disputa, pode tomar qualquer lado. No mundo criminoso, o intelectual vê "mestres da vida", defensores "dos direitos do povo".

O murro, o soco transforma o preso da *intelligentsia* num servo submisso a algum Siénetchka ou Kóstetchka.[86]

A ação física transforma-se em ação moral.

O intelectual fica aterrorizado para sempre. O seu espírito se abate. Esse temor e esse espírito abatido, ele carrega para a vida livre.

Engenheiros, geólogos, médicos que viveram em Kolimá, contratados pelo Dalstroi, rapidamente se depravam: dinheiro fácil, a lei da taiga, o trabalho escravo que pode ser

---

[86] Diminutivos de Semion e Konstantin, nomes comuns na Rússia. (N. da T.)

usado com tanta facilidade e proveito, a restrição dos interesses culturais — tudo isso deprava, corrompe; quem trabalha no campo por muito tempo não volta para o continente — lá vai receber uma miséria, mas está acostumado a uma vida rica e abastada. Pois justamente essa depravação é conhecida na literatura como "o chamado do Norte".

Dessa corrupção da alma humana é culpado, em larga medida, o mundo dos *blatares*, dos criminosos reincidentes, cujos gostos e hábitos se manifestam em toda a vida de Kolimá.

(1959)

A TRAMA DOS JURISTAS

Na brigada de Chmeliov, juntavam a escória humana — restos de gente da mina de ouro. Da cava de onde extraíam areia e turfa saíam três caminhos: "sob a *sopka*", isto é, para as valas comuns, anônimas, para o hospital e para a brigada de Chmeliov; três caminhos dos *dokhodiagui*. Essa brigada trabalhava ali mesmo, junto com as outras, só que os serviços de que lhe incumbiam não eram tão importantes. Os bordões "Cumprir o plano é lei" e "Mineiros, cumpram o plano" não eram simples palavras. Interpretavam-nas assim: se não cumpriu a cota, infringiu a lei, enganou o Estado e deve pagar com uma nova pena ou até com a própria vida.

E alimentavam os de Chmeliov pior, em menor quantidade. Mas eu me lembro muito bem do ditado local: "No campo, não é a ração pequena que mata, e sim a grande". Eu não corria atrás da ração grande das principais brigadas das minas.

Eu tinha sido transferido para Chmeliov pouco tempo antes, umas três semanas, e não conhecia o rosto do chefe — era o auge do inverno, a cabeça dele ficava engenhosamente agasalhada com uma echarpe rasgada, e à noite ficava escuro no barracão — a *kolimka* de benzina mal iluminava a porta. Eu não me lembro do rosto do chefe da brigada. Só da voz, uma voz rouca, resfriada.

Trabalhávamos em dezembro, no turno da noite, e cada noite parecia uma tortura — 50 graus não é brincadeira.

A trama dos juristas

Mas, de qualquer modo, à noite era melhor, mais calmo, havia menos chefes na galeria, menos xingamentos e brigas.

A brigada estava se formando para a saída. No inverno, a formação acontecia no barracão, e ainda agora é um martírio lembrar desses derradeiros minutos antes de sairmos para a noite gelada, para o turno de doze horas. Ali, naquele aperto indeciso junto à porta semiaberta, por onde se esgueirava um vapor congelante, manifestava-se o caráter humano. Um, controlando o tremor, marcha diretamente para a escuridão; outro suga às pressas uma guimba de cigarro de *makhorka* que não se sabe de onde veio, pois por ali não se via nem cheiro nem rastro de *makhorka*; um terceiro resguarda o rosto do vento cortante; um quarto continua de pé junto à salamandra, segurando as luvas inteiriças para acumular nelas o calor.

Os últimos, o faxina enxotava. Assim agiam com os mais fracos em toda parte, em todas as brigadas.

Nessa brigada, ainda não tinham me enxotado. Aqui havia pessoas mais fracas do que eu e isso gerava certa serenidade, certa alegria fortuita. Aqui eu ainda era um homem. Os empurrões e murros do faxina tinham ficado para trás, lá na brigada "do ouro", de onde me transferiram para Chmeliov.

A brigada postara-se junto à porta do barracão, pronta para sair. Chmeliov aproximou-se de mim.

— Você fica em casa — rouquejou ele.

— Fui transferido para o diurno, hein? — disse eu, incrédulo.

Transferiam de um turno a outro sempre atentos ao relógio, para que o dia de trabalho não fosse perdido e o preso não tivesse nem uma hora de descanso a mais.

Esse mecanismo eu conhecia.

— Não. Románov quer falar com você.

— Románov? Quem é Románov?

— Seu verme, não conhece Románov! — intrometeu-se o faxina.

— É o delegado estatal, entendeu? Mora perto do gabinete. Você vai às oito horas.

— Às oito horas!

Fui tomado por uma enorme sensação de alívio. Se o delegado estatal me segurasse por lá até as doze, até o almoço da noite ou pouco mais, eu teria direito a nem ir trabalhar aquele dia. Em seguida, o corpo sentiu cansaço. Mas era um cansaço de alegria, os músculos começaram a doer.

Desfiz o nó do cinto, desabotoei o *buchlat* e sentei perto da salamandra. Logo ficou quente e os piolhos começaram a se agitar sob a *guimnastiórka*. Com as unhas roídas, cocei o pescoço, o peito. E cochilei.

— Está na hora, está na hora — disse o faxina, sacudindo o meu ombro. — Vá. Traga um cigarrinho, não se esqueça.

Bati na porta da casa onde vivia o delegado estatal. Retiniram ferrolhos e trancas, uma enormidade de ferrolhos e trancas, alguém que não se via gritou por detrás da porta:

— Quem é?

— É o preso Andrêiev, fui chamado.

Soou o estrépito dos ferrolhos, o barulho das trancas — e tudo silenciou.

O frio penetrava sob o *buchlat*, as pernas congelavam. Comecei a bater uma *burka* na outra — não usávamos botas de feltro, mas *burki* feitas de restos de calças e *telogreikas* de algodoim acolchoado.

Os ferrolhos retiniram de novo e a porta dupla abriu-se, deixando sair luz, calor e música.

Entrei. A porta que separava a antessala da sala de jantar não estava fechada — lá havia um rádio ligado.

O delegado estatal Románov estava de pé à minha frente. Ou melhor, eu estava de pé diante dele, e ele, baixinho, forte, cheirando a perfume, agitado, girando ao meu redor, examinava a minha figura com olhos pretinhos e rápidos.

O cheiro de prisioneiro chegou até suas narinas, ele sacou e sacudiu um lenço de nariz branco como a neve. Ondas de música, calor e água-de-colônia me envolviam. O mais importante era o calor. A salamandra holandesa incandescia.

— Enfim nos encontramos — afirmou Románov solenemente, movimentando-se ao meu redor e balançando o lenço perfumado. — Enfim nos encontramos. Pois bem, entre.

E ele abriu a porta para o cômodo contíguo — um gabinetezinho com uma escrivaninha e duas cadeiras.

— Sente-se. Você nem imagina por que eu o chamei. Fume.

Ele remexeu os papéis em cima da escrivaninha.

— Qual é o seu nome? E o patronímico?

Eu disse.

— E o ano de nascimento?

— 1907.

— Jurista?

— Não sou bem um jurista, mas estudei na Universidade de Moscou, na Faculdade de Direito, na segunda metade da década de 20.

— Então é jurista. Excelente. Agora fique aí, preciso telefonar para um lugar e então sairemos.

Románov esgueirou-se do cômodo, logo desligaram a música na sala de jantar e teve início a conversa telefônica.

Eu cochilava, sentado na cadeira. Até comecei a sonhar. Románov ora desaparecia, ora reaparecia.

— Escute. Você tem alguma coisa no pavilhão?

— Está tudo comigo.

— Excelente, realmente excelente. O carro já vai chegar e então partiremos. Sabe aonde vamos? Nem imagina! Para Khattinakh, para a diretoria. Já esteve lá? Bem, estou brincando, estou brincando.

— Para mim tanto faz.

— Isso é bom.

Eu desenfaixei os pés, desentorpeci os dedos com as mãos e reatei a *portianka*.

O relógio de pêndulo na parede marcava onze e meia. Mesmo se tudo aquilo fosse brincadeira — aquela história de Khattinakh — de qualquer modo, naquele dia eu já não iria mais trabalhar.

O carro buzinou ali perto, a luz dos faróis esgueirou-se pelas persianas e tocou o teto do gabinete.

— Vamos, vamos.

Románov usava uma peliça branca curta, um *malakhai*[87] iacuto e *torbassi* com desenhos. Eu abotoei o *buchlat*, prendi o cinto e aproximei as luvas inteiriças da salamandra.

Saímos na direção do carro. Um caminhão de uma tonelada e meia, com a carroceria levantada.

— Quantos graus hoje, Micha? — perguntou Románov ao chofer.

— Sessenta, camarada delegado. As brigadas noturnas foram dispensadas do trabalho.

Então a nossa, de Chmeliov, estava em casa. No final, não tive tanta sorte assim.

— Andrêiev — disse o delegado estatal, saltando à minha volta —, você vai sentado na carroceria. É perto. E Micha vai andar mais rápido. Não é verdade, Micha?

Micha ficou em silêncio. Eu subi na carroceria, enrodilhei-me como novelo, abracei as pernas. Románov enfiou-se na cabina e partimos.

A estrada era ruim; balançava tanto que eu não congelei.

---

[87] Gorro de pele grande, com abas amplas para cobrir as orelhas, típico dos povos bachkir e quirguiz. (N. da T.)

A trama dos juristas

Eu não tinha vontade de pensar em nada; também, no frio, não é possível pensar em nada.

Umas duas horas depois, cintilaram luzes e o carro parou perto de uma casa de dois andares, feita de toras de madeira. Tudo estava escuro, apenas em uma janela do segundo andar havia luz. Dois sentinelas de *tulup* estavam postados perto da grande entrada.

— Bem, eis que chegamos, excelente. Que ele fique aqui — Románov subiu a escadaria e desapareceu.

Eram duas horas da madrugada. Não havia luz em lugar nenhum. Brilhava apenas uma lampadazinha na mesa do vigia de plantão.

Não foi preciso esperar muito. Románov — que já tivera tempo de trocar de roupa e vestia um uniforme do NKVD[88] — desceu a escadaria correndo e acenou.

— Venha cá, venha cá.

Junto com o ajudante do vigia, subimos até o corredor do segundo andar e paramos diante de uma porta com a tabuleta "Smiértin — Delegado-Chefe do NKVD". Até eu, extremamente cansado, impressionei-me com pseudônimo tão ameaçador (é claro que não era o sobrenome verdadeiro).[89]

"Para um pseudônimo, é excessivo", pensava eu, mas já era preciso entrar, andar pelo cômodo enorme, onde havia um retrato de Stálin de parede inteira, parar diante da escrivaninha de dimensões ciclópicas, examinar o rosto pálido e arruivado de um homem que tem passado a vida inteira em cômodos, em cômodos como aquele.

Románov inclinou-se junto à mesa, com deferência.

---

[88] Sigla do *Naródni Komissariat Vnútrennikh Diel*, Comissariado do Povo para Assuntos Internos, órgão associado ao serviço secreto e grande responsável pela repressão política. (N. da T.)

[89] Em russo, *smiert* significa morte. (N. da T.)

Os olhos azuis baços do velho camarada delegado Smiértin pararam em mim. Pararam por pouquíssimo tempo: ele estava procurando algo em cima da mesa, remexia uns papéis. Os dedos prestimosos de Románov encontraram aquilo que era preciso encontrar.

— Sobrenome? — perguntou Smiértin, perscrutando os papéis. — Nome? Patronímico? Artigo? Pena?

Eu respondi.

— Jurista?

— Jurista.

O rosto pálido ergueu-se da mesa.

— Redigiu requerimentos?

— Redigi.

Smiértin arfou:

— Por causa do pão?

— Por causa do pão e também por outras coisas.

— Muito bem. Levem-no.

Eu não fiz nenhuma tentativa de esclarecer, de perguntar nada. Para quê, se eu não estava no frio, nem na galeria à noite? Que esclarecessem o que quisessem.

O ajudante do vigia chegou com um memorando e levou-me até o extremo da vila escura, onde, sob a proteção de quatro torres de vigilância junto a uma cerca de três fileiras de arame farpado, encontrava-se o isolador, a prisão do campo.

Na prisão havia celas enormes, mas também havia solitárias. Foi em uma dessas solitárias que me enfiaram. Eu falei de mim sem esperar resposta dos vizinhos, sem lhes perguntar nada. Era preciso fazer assim para que não pensassem que eu fora infiltrado ali.

Entrou a manhã, a habitual manhã de inverno em Kolimá, sem luz, sem sol, inicialmente indistinguível da noite. Bateram na barra, trouxeram um balde de água quente fumegante. O guarda da escolta veio me buscar, e eu me des-

A trama dos juristas

pedi dos camaradas. Não sabia nada a respeito deles. Levaram-me de volta para aquela mesma casa. A casa me pareceu menor do que à noite. Não me colocaram mais diante dos olhos de Smiértin.

O vigia de plantão ordenou que eu me sentasse e esperasse; sentei-me e fiquei esperando até que ouvi uma voz conhecida:

— Isso é muito bom! Ah, excelente! O senhor vai partir agora mesmo! — Em território estranho, Románov me tratava por "senhor".

Os pensamentos movimentavam-se vagarosamente pelo cérebro — uma sensação quase física. Era preciso pensar a respeito desse algo novo, algo com o qual eu não estava acostumado, algo que eu não conhecia. Algo novo, não da mina. Se estivéssemos voltando para a nossa mina Partizan, Románov diria: "Agora vamos". Quer dizer que estavam me levando para outro lugar. Que se danem!

Pela escadaria, quase aos pulos, desceu Románov. Parecia que por pouco não se sentava no corrimão e escorregava escada abaixo, como uma criança. Nas mãos, trazia um pão quase inteiro.

— Tome aqui, para a viagem. E mais um pouco.

Sumiu lá para cima e voltou com dois arenques.

— Tudo certo, não é? Tudo, parece... Ah, sim, esqueci do mais importante, isso porque não fumo.

Románov subiu e apareceu de novo com um jornal. No jornal, havia *makhorka*. "Umas três caixinhas, provavelmente", calculei eu com meus olhos experientes. O pacote de *makhorka* cabia em oito caixas de fósforos. Era uma medida de volume do campo de prisioneiros.

— Para a viagem. Ração seca, por assim dizer.

Assenti com a cabeça.

— E a escolta, já chamaram?

— Chamaram — disse o plantonista.

— Mande o responsável subir.

E Románov sumiu escada acima.

Chegaram dois guardas da escolta — um mais velho, bexiguento, com uma *papakha*[90] à moda do Cáucaso; outro jovem, de uns vinte anos, com faces rosadas e um capacete do Exército Vermelho.

— É este — disse o vigia, apontando para mim.

Ambos — o jovem e o bexiguento — mediram-me com o olhar, atentamente, dos pés à cabeça.

— E o chefe, onde está? — perguntou o bexiguento.

— Lá em cima. E o pacote também.

O bexiguento subiu e logo voltou com Románov. Eles conversaram baixinho e o bexiguento apontou para mim.

— Muito bem — disse finalmente Románov —, providenciaremos um memorando.

Saímos. Perto da entrada, ali onde à noite ficara parado o caminhãozinho da Partizan, havia um confortável "corvo"[91] — uma viatura prisional com janelas gradeadas. Sentei-me lá dentro. Fecharam as portas gradeadas, os guardas ocuparam o assento dianteiro, o carro arrancou. Durante algum tempo, o "corvo" rodou pela estrada, pela magistral que corta Kolimá ao meio, mas depois virou numa lateral. O caminho serpenteava entre *sopkas*, o motor roncava o tempo todo nas subidas; havia encostas escarpadas, com raros bosques foliáceos, e galhos de salgueiros recobertos de geada. Finalmente, depois de fazer várias curvas em torno das *sopkas*, o carro, que seguia pela margem de um riacho, entrou de repente em uma pequena pracinha. Ali havia uma clareira, torres de vigilância e, no fundo, a uns trezentos metros, tor-

---

[90] Gorro alto de pele de carneiro e forma cilíndrica, comum na parte oriental da Rússia. (N. da T.)

[91] Em russo, *voron*. Assim era chamado o carro preto da polícia para transporte de presos. (N. da T.)

res inclinadas e uma massa negra de pavilhões cercados por arame farpado.

Abriu-se a porta de uma pequena casinha na estrada, uma guarita, e de lá saiu o vigia de plantão com um revólver na cintura.

O carro parou sem desligar o motor.

O chofer saltou da cabina e passou diante da minha janela.

— Céus, quanta volta! Uma verdadeira Serpantínnaia.

Esse nome eu conhecia, dizia-me mais do que o ameaçador sobrenome Smiértin. Era a Serpantínnaia — o famoso centro de detenção de Kolimá, onde tanta gente morrera no ano anterior. Os cadáveres ainda não tinham tido tempo de se decompor. Aliás, os cadáveres nunca irão se decompor — são os mortos do *permafrost*.

O guarda mais velho saiu a pé pela trilha até a prisão; eu continuei sentado junto à janela, pensando que chegara a minha hora. Pensar na morte era tão difícil quanto pensar em qualquer outra coisa. Eu não imaginava nenhum quadro do meu próprio fuzilamento. Fiquei sentado, esperando.

O crepúsculo invernal já começava. A porta do "corvo" abriu-se, o guarda mais velho jogou-me umas botas de feltro.

— Calce! Tire as *burki*.

Descalcei-me, experimentei as botas. Não, não entravam. Eram pequenas.

— De *burki* não chega lá — disse o bexiguento.

— Chego.

O bexiguento arremessou as botas de feltro para um canto do carro.

— Vamos!

O carro fez a volta e o "corvo" voou para fora da Serpantínnaia.

Eu logo entendi, pelos carros cintilando ao passar por nós, que estávamos de novo na estrada.

O carro reduziu a velocidade — em volta brilhavam as luzes de uma grande vila. A viatura aproximou-se da entrada de uma casa intensamente iluminada, e eu entrei num corredor claro, muito parecido com o da casa onde morava o delegado estatal Smiértin: além da barreira de madeira, ao lado do telefone de parede, estava sentado um vigia com uma pistola no flanco. Era a vila Iágodnoie. No primeiro dia de viagem, tínhamos percorrido dezessete quilômetros no total. Para onde mais iríamos?

O vigia conduziu-me a um cômodo distante, que se revelou um cárcere, com um catre, um balde de água e uma latrina. Na porta, tinham recortado um "olhinho".

Fiquei ali dois dias. Tive tempo até de secar um pouco e recolocar as faixas nos pés — os pés supuravam em feridas de escorbuto.

No prédio da seção regional do NKVD reinava um silêncio de fim de mundo. Do meu canto, tenso, eu tentava ouvir alguma coisa. Mesmo de dia, era raro, muito raro alguém andar pelo corredor. Raramente a porta da entrada se abria ou a chave girava na fechadura. E o vigia, o eterno vigia, de barba por fazer, numa *telogreika* velha, com um revólver Nagant pendurado no ombro — tudo parecia um fim de mundo em comparação com a reluzente Khattinakh, onde o camarada Smiértin fazia alta política. O telefone tocava raramente, muito raramente.

— Sim. Estão abastecendo. Sim. Não sei, camarada chefe.

— Certo, eu direi.

De quem estavam falando? Dos guardas da minha escolta? Uma vez ao dia, no final da tarde, a porta da minha cela abria-se e o vigia enfiava ali a panelinha de sopa, um pedaço de pão.

— Coma!

Era o meu almoço. Fornecido pelo Estado. E vinha com

uma colher. O segundo prato era misturado ao primeiro, despejado na sopa.

Eu pegava a panelinha, comia e lambia o fundo até brilhar, costume adquirido na mina.

No terceiro dia, a porta abriu-se e o soldado bexiguento, com um *tulup* sobre a peliça, atravessou o limiar do cárcere.

— E então, descansou? Vamos.

Fiquei parado na porta de entrada. Pensei que iríamos de novo na viatura da prisão, com aquecimento, mas não se via o "corvo". Um caminhão comum de três toneladas estava parado no pátio.

— Entre.

Subi a bordo, obediente.

O jovem soldado enfiou-se na cabina do chofer. O bexiguento sentou-se ao meu lado. O carro arrancou e, após alguns minutos, já nos encontrávamos na estrada.

Aonde estavam me levando? Para o norte ou para o sul? Para o leste ou para o oeste?

Não era preciso perguntar, e também o escolta não responderia.

Estavam me transferindo para outro setor? Qual seria?

O carro rodou muitas horas e parou de repente.

— Almoçamos aqui. Desça.

Desci.

Entramos em um restaurante de beira de estrada.

A estrada era a artéria e o nervo central de Kolimá. Nas duas pistas, circulavam constantemente carregamentos de materiais, sem segurança; para alimentos, a escolta era obrigatória: os fugitivos atacavam, roubavam. E, apesar de precária, a escolta também era uma proteção contra o chofer e o agente de abastecimento — ela podia prevenir o roubo.

Nesses restaurantes, encontravam-se geólogos, engenheiros de minas das equipes exploratórias — que saíam de férias com muitos rublos de salário —, vendedores clandestinos de tabaco e *tchifir*, heróis do Norte e canalhas do Norte. Nos restaurantes daqui, sempre vendem álcool. As pessoas encontram-se, discutem, brigam e trocam novidades, apressadas, apressadas... Deixam o carro ligado, com o motor em funcionamento, e vão dormir na cabina, por duas ou três horas, para descansar e depois prosseguir. Por aqui levam para a taiga grupos de presos organizados e limpinhos e devolvem da taiga um monte de escória suja. Por aqui passam também os agentes de operações policiais de captura de fugitivos. E também os próprios fugitivos — frequentemente em uniformes militares. Por aqui circula de ZIS[92] a chefia — senhores da vida e da morte de todas essas pessoas. O dramaturgo deve retratar o Norte justamente no restaurante de estrada — é a melhor cena.

Eu estava ali, tentando abrir caminho até a salamandra, uma enorme salamandra, vermelha de tão incandescente. Os guardas da escolta não se preocupavam muito com minha possível fuga — eu estava enfraquecido demais e via-se isso muito bem. Estava claro para qualquer um que o *dokhodiaga* não tinha para onde fugir sob cinquenta graus de frio.

— Sente-se lá, coma.

O guarda comprou-me um prato de sopa quente, deu-me pão.

— Já vamos seguir caminho — disse o jovem. — O encarregado chega e nós vamos.

Mas o bexiguento não chegou sozinho. Com ele, veio um combatente mais velho (naquela época ainda não eram chamados de soldados), de fuzil e peliça. Olhou para mim, para o bexiguento.

— Bem, então podemos ir — disse ele.

— Vamos — disse-me o bexiguento.

---

[92] Limusine soviética produzida pela fábrica Stálin (*Zavod Ímeni Stálina*). (N. da T.)

A trama dos juristas

Fomos para o outro canto do enorme restaurante. Lá, encolhido junto à parede, estava sentado um homem de *buchlat* e gorro *bamlaguerka*,[93] um gorro de flanela preta com abas para as orelhas.

— Sente-se aqui — disse-me o bexiguento.

Submisso, larguei-me no chão, ao lado daquele homem. Ele não voltou a cabeça.

O bexiguento e o combatente desconhecido saíram. Meu jovem guarda de escolta ficou comigo.

— Eles tiraram umas férias, entendeu? — sussurrou-me de repente o homem de gorro de detento. — Não têm esse direito.

— Ah, que morram — disse eu —, que façam o que quiserem. O que foi, você não gostou?

O homem ergueu a cabeça.

— Já disse, não têm esse direito...

— Pra onde vão nos levar? — perguntei.

— Você eu não sei, eu vou para Magadan. Para o fuzilamento.

— Fuzilamento?

— Sim. Fui condenado. Sou da Divisão Oeste. De Sussuman.

Isso não me agradou nem um pouco. É que eu não conhecia a ordem das coisas, os procedimentos em caso de pena capital. Calei-me, embaraçado.

O combatente bexiguento aproximou-se, junto com o nosso novo companheiro de viagem.

Começaram a conversar entre si. Assim que a escolta aumentou, eles ficaram mais ríspidos, mais grosseiros. Não compraram mais sopa para mim.

---

[93] De *Bamlag*, sigla do Campo de Trabalho Correcional da Região do Baikal e do Amur. (N. da T.)

Passaram-se ainda algumas horas e mais três juntaram--se a nós — reunia-se um comboio; um grupo significativo.

Os três novos eram de idade desconhecida como todos os *dokhodiagui* de Kolimá; a pele branca intumescida, o inchaço do rosto falavam da fome, do escorbuto. Os rostos tinham manchas de congelamento.

— Para onde estão levando vocês?

— Para Magadan. Para o fuzilamento. Somos condenados.

Deitamos retorcidos na carroceria do caminhão, afundamos nos joelhos, apoiados nas costas um do outro. O caminhão tinha bons amortecedores, a estrada era excelente, quase não balançávamos, então começamos a congelar.

Gritamos, gememos, mas a escolta foi implacável. Era preciso chegar à mina Sporni ainda à luz do dia.

O condenado à morte implorava para "se aquentar", nem que fosse por cinco minutos.

O carro entrou correndo na Sporni quando as luzes já estavam acesas. O bexiguento apareceu.

— Vão colocar vocês no isolador, de manhã seguiremos viagem.

Eu estava congelado até os ossos, entorpecido de frio; com as últimas forças, batia as solas das *burki* na neve. Não conseguia me aquecer. Os combatentes procuravam a chefia do campo. Finalmente, uma hora depois, levaram-nos para um isolador congelado, sem aquecimento. A geada branca recobria todas as paredes, o chão de terra estava completamente congelado. Alguém trouxe um balde de água. A fechadura retiniu. E a lenha? E a salamandra?

Eis que ali, naquela noite, na Sporni, mais uma vez todos os meus dez dedos dos pés congelaram; em vão tentava pegar no sono, nem que fosse por um minuto.

De manhã nos tiraram de lá, nos puseram no carro. *Sopkas* surgiam e desapareciam, carros roncavam, passando

A trama dos juristas

por nós. Descemos um passo de montanha e ficamos tão aquecidos que dava vontade de não ir a lugar nenhum, de esperar um pouco, de andar, ainda que só um pouquinho, por aquela terra de maravilhas.

A diferença era de uns dez graus, não menos. E ainda soprava um vento morno, quase primaveril.

— Escolta! Preciso me aliviar!

Como dizer de outra forma aos combatentes que estávamos contentes com o calor, com o vento sul, felizes por nos livrarmos da taiga que gela a alma?

— Ande, desça!

Os guardas também sentiam prazer em se movimentar, fumar. O meu defensor da justiça foi logo se aproximando da escolta.

— Podemos fumar, cidadão combatente?

— Fumem. Vá pro seu canto.

Um dos novatos não queria descer do carro. Mas, vendo que a parada se prolongava, aproximou-se da beirada e me fez um sinal com a mão.

— Me ajude a descer.

Estendi a mão, e eu, um *dokhodiaga* sem forças, de repente senti a extraordinária leveza do corpo dele, uma leveza de morte. Afastei-me. Segurando-se na borda da carroceria, o homem deu alguns passos.

— Como está quentinho.

Mas seus olhos estavam opacos, sem nenhuma expressão.

— Agora vamos, vamos.

Trinta graus. A cada hora ficava ainda mais quente.

No refeitório da vila de Palatka, os guardas da nossa escolta almoçaram pela última vez. O bexiguento me comprou um quilo de pão.

— Pegue aqui, do branco. Chegaremos à noite.

Caía uma neve miúda quando, ao longe, lá embaixo,

apareceram as luzes de Magadan. Dez graus. Sem vento. A neve caía quase na vertical — cristais miudinhos, miudinhos. O carro parou perto da seção regional do NKVD. Os guardas da escolta entraram na repartição. Um homem à paisana, sem gorro, saiu à rua. Nas mãos, segurava um envelope aberto.

Ele gritou o sobrenome de alguém num tom habitual e sonoro. O homem de corpo leve arrastou-se para o lado, obedecendo-lhe o sinal.

— Para a prisão!

O homem à paisana entrou no prédio, sumiu e reapareceu num instante.

Nas mãos, trazia um novo pacote.

— Ivanov!

— Konstantin Ivánovitch.

— Para a prisão!

— Ugritski!

— Serguei Fiódorovitch!

— Para a prisão!

— Símonov!

— Ievguêni Petróvitch!

— Para a prisão!

Eu não me despedi da escolta, nem daqueles que viajaram comigo até Magadan. Não era costume.

Diante da entrada da seção regional, ficamos só eu e os guardas da escolta.

O homem à paisana apareceu na entrada, com um pacote.

— Andrêiev! Para a seção regional! Já entregarei aos senhores o protocolo — disse o homem à minha escolta.

Entrei no prédio. Primeira coisa — onde está a salamandra? Ali está: o aparelho da calefação central. Um vigia atrás da barreira de madeira. Um telefone. Mais pobre do que o gabinete do camarada Smiértin, em Khattinakh. Talvez por-

A trama dos juristas

que aquele tivesse sido o primeiro gabinete da minha vida em Kolimá.

Do corredor, saía uma escada íngreme para o segundo andar.

Esperei pouco. De cima veio aquele mesmo homem à paisana que nos recebera na rua.

Pela escadinha estreita, subimos ao segundo andar e chegamos a uma porta com a inscrição: "I. Atlas, Delegado-Chefe".

— Sente-se.

Sentei-me. No gabinete minúsculo, uma mesa ocupava o lugar central. Papéis, pastas, listas.

Atlas tinha uns 38, 40 anos. Era um homem forte, de compleição atlética, cabelos pretos, um pouco calvo.

— Sobrenome?

— Andrêiev.

— Nome, patronímico, artigo, pena?

Respondi.

— Jurista?

— Jurista.

Atlas ergueu-se num salto e deu a volta na mesa.

— Excelente! O capitão Riebrov vai conversar com o senhor!

— E quem é esse capitão Riebrov?

— Chefe da SPO.[94] Vá lá para baixo.

Voltei ao meu lugar, perto do aquecedor. Depois de refletir sobre as novidades, resolvi comer antecipadamente o quilo do pão branco que os guardas tinham me dado. Bem

---

[94] Sigla soviética da Seção da Polícia Secreta, criada em 1931. Cuidava tanto da repressão política, quanto do controle da informação e das artes. (N. da T.)

ali havia um galão de água e uma caneca presa a ele. Um relógio de pêndulo na parede tiquetaqueava, cadenciado. Em meio à sonolência, ouvi alguém passando por mim e subindo a passos rápidos; então, o vigia me acordou.

— Ao capitão Riebrov.

Levaram-me ao segundo andar. Abriu-se a porta de um gabinete pequeno, e eu ouvi uma voz aguda:

— Aqui, aqui!

Um gabinete comum, pouco maior do que aquele onde eu estivera umas duas horas antes. Os olhos vidrados do capitão Riebrov fixaram-se diretamente em mim. Na ponta da mesa, havia um copo meio cheio de chá com limão e uma casquinha de queijo mordida num pires. Telefones. Pastas. Retratos.

— Sobrenome?

— Andrêiev.

— Nome? Patronímico? Artigo? Pena? Jurista?

— Jurista.

O capitão Riebrov inclinou-se sobre a mesa, aproximando de mim os olhos vidrados, e perguntou:

— O senhor conhece Parfiéntiev?

— Sim, conheço.

Parfiéntiev tinha sido meu chefe na brigada da galeria de mina, antes da minha transferência para a brigada de Chmeliov. Da brigada de Parfiéntiev, levaram-me para a de Poturáiev, de lá para a de Chmeliov. Trabalhei na de Parfiéntiev alguns meses.

— Sim. Conheço. Foi o meu chefe na brigada, Dmitri Timoféievitch Parfiéntiev.

— Certo. Muito bem. Quer dizer que conhece Parfiéntiev?

— Sim, conheço.

— E Vinográdov, conhece?

— Vinográdov eu não conheço.

— Vinográdov, representante do Dalkraisud?[95]

— Não conheço.

O capitão Riebrov acendeu um cigarro, tragou profundamente e continuou olhando para mim, pensando em alguma outra coisa.

O capitão Riebrov apagou o cigarro no pires.

— Quer dizer então que você conhece Vinográdov, mas não conhece Parfiéntiev?

— Não, eu não conheço Vinográdov...

— Ah, sim. Você conhece Parfiéntiev e não conhece Vinográdov. Então, é isso!

O capitão Riebrov apertou o botão da campainha. Uma porta abriu-se às minhas costas.

— Para a prisão!

O pires, com a guimba e a casca de queijo mordida, ficou no gabinete do chefe da SPO, na escrivaninha, à direita, perto da bilha de água.

Na noite alta, o guarda da escolta conduziu-me pela Magadan adormecida.

— Ande mais depressa.

— Não tenho por que ter pressa.

— Abra a boca de novo! — o combatente sacou a pistola. — Atiro em você, como se fosse um cachorro. É fácil dar baixa.

— Não vai dar baixa — disse eu. — Terá de prestar contas ao capitão Riebrov.

— Vá, peste!

Magadan é uma cidade pequena. Logo chegamos à Casa Vaskov, como se chamava a prisão local. Vaskov era o vice de Bérzin[96] quando construíram Magadan. A prisão de madeira foi um dos primeiros prédios de Magadan. Conser-

---

[95] Acrônimo do Tribunal Regional do Extremo Leste. (N. da T.)

[96] Eduard Petróvitch Bérzin (1894-1938), um dos organizadores e

262   Contos de Kolimá

vava o nome do homem que a construiu. Em Magadan há muito tinha sido erguida uma prisão de pedra, mas esse novo prédio, "confortável" segundo a última palavra em técnica penitenciária, também se chamava Casa Vaskov.

Depois de breves negociações no posto de vigilância, deixaram-me entrar no pátio da Casa Vaskov. Um comprido conjunto prisional, baixo, atarracado, feito de troncos de lariço pesados e lisos. Do outro lado do pátio — dois pavilhões, construções de madeira.

— Para o segundo — disse a voz atrás de mim.

Agarrei-me à maçaneta, abria a porta e entrei.

Tarimbas duplas cheias de gente. Mas nada apertado, nada lotado. Chão de terra. Uma salamandra, metade de um barril com pernas de ferro compridas. Cheiro de suor, lisol e corpos sujos. Custei a chegar lá em cima — era mais quente, apesar de tudo —, e esgueirei-me até um lugar vazio. O vizinho acordou.

— Veio da taiga?

— Da taiga.

— Com piolhos?

— Com piolhos.

— Então vá se deitar lá no canto. Aqui não temos piolho. Aqui fazemos desinfecção.

"Desinfecção — isso é bom", pensei, "mas o mais importante é o calor."

Davam a comida de manhã. Pão, água quente. Eu ainda não tinha direito ao pão. Tirei as *burki*, coloquei-as sob a cabeça, baixei as calças de algodão para esquentar os pés, peguei no sono e acordei 24 horas depois, quando já entregavam o pão e eu tinha sido inscrito na lista de abastecimento da Casa Vaskov.

administradores do sistema dos campos de prisioneiros e trabalhos forças-dos. (N. da T.)

A trama dos juristas

No almoço deram *iúchka* de *galuchki* e três colheres de mingau de trigo. Eu dormi até a manhã do dia seguinte, até o minuto em que a voz braba do vigia me acordou.

— Andrêiev! Andrêiev! Quem é Andrêiev?

Desci da tarimba.

— Sou eu.

— Vá para o pátio, depois para aquela entrada ali.

As portas da Casa Vaskov original abriram-se diante de mim e eu entrei num corredor iluminado por uma luz baça. O carcereiro destrancou a fechadura, empurrou o ferrolho de ferro maciço e abriu uma câmara minúscula, com duas tarimbas. Havia dois homens sentados, encurvados, no canto das tarimbas de baixo.

Aproximei-me da janela, sentei-me.

Alguém sacudiu o meu ombro. Era o meu chefe da brigada da mina, Dmitri Timoféievitch Parfiéntiev.

— Você está entendendo alguma coisa?

— Não estou entendendo nada. Quando trouxeram você?

— Três dias atrás. Atlas me trouxe num carro de passeio.

— Atlas? Ele me interrogou na seção regional. Uns quarenta anos, meio calvo. À paisana.

— Comigo ele estava de farda. E o que o capitão Riebrov perguntou a você?

— Se eu conhecia Vinográdov.

— E aí?

— De onde é que eu ia conhecer?

— Vinográdov é o representante do Dalkraisud.

— Você sabe disso, mas eu não sei quem é o tal Vinográdov.

— Eu estudei com ele.

Comecei a entender alguma coisa. Antes da detenção, Parfiéntiev era procurador regional em Tcheliábinsk, procurador na região da Carélia. Vinográdov, ao passar pela

Partizan, ficou sabendo que o seu colega de universidade agora estava na mina, mandou-lhe dinheiro, pediu ao chefe da Partizan, Aníssimov, que o ajudasse. Levaram Parfiéntiev ao ferreiro martelador. Aníssimov relatou o pedido de Vinográdov para o NKVD, a Smiértin; este relatou em Magadan, ao capitão Riebrov, e o chefe da SPO cuidou da abertura do processo de Vinográdov. Foram detidos todos os prisioneiros juristas de todas as minas do Norte. O restante era coisa da instauração do inquérito.

— E nós estamos aqui por quê? Eu estava no pavilhão...

— Seremos liberados, seu burro — disse Parfiéntiev.

— Liberados? Livres? Quer dizer, não livres, mas liberados para a provisória, para a *tranzitka*?[97]

— Sim — disse um terceiro homem, esgueirando-se para a luz e olhando-me com evidente desprezo.

Uma fuça rosada e bem-alimentada. Vestido num *dokhá*[98] preto, a camisa de zefir aberta no peito.

— Então são conhecidos? O capitão Riebrov não conseguiu pegar vocês. Inimigos do povo...

— E você, por acaso é amigo do povo?

— Mas pelo menos não sou dos políticos. Nunca usei distintivo. Nunca humilhei gente trabalhadora. É por causa de vocês, de uns tipos assim, que prendem a gente.

— É ladrão ou o quê? — perguntei.

— Uns são ladrões, outros capitães.

— Ah, chega disso, chega disso — manifestou-se em minha defesa Parfiéntiev.

— Verme! Não suporto!

As portas retiniram.

— Saiam!

[97] Local de detenção dos prisioneiros que aguardam transferência para os campos ou que estão voltando para o continente. (N. da T.)

[98] Casaco com pele do lado de fora e no forro. (N. da T.)

A trama dos juristas

Perto da entrada, apertavam-se uns sete homens. Parfiéntiev e eu nos aproximamos.

— Vocês são o quê, juristas? — perguntou Parfiéntiev.

— Sim! Sim!

— O que aconteceu? Por que estamos sendo liberados?

— O capitão Riebrov foi preso. Ordenaram soltar todos os que foram presos por ordem dele — disse baixinho alguém que sabia de tudo.

(1962)

QUARENTENA DE TIFO

O homem de jaleco branco estendeu a mão e Andrêiev colocou a *guimnastiórka* suada e gasta sobre aqueles dedos abertos, rosados e limpos, de unhas cortadas. O homem livrou-se dela, sacudindo a mão.

— Roupa de baixo, eu não tenho — disse Andrêiev, indiferente.

Então o enfermeiro pegou a *guimnastiórka* de Andrêiev com as duas mãos, virou as mangas pelo avesso num movimento ágil e habitual e examinou-as com atenção...

— Tem, Lídia Ivánovna. — E berrou para Andrêiev: — Como é que arrumou essa piolhada, hein?

Mas a doutora Lídia Ivánovna impediu que ele continuasse.

— E eles lá têm culpa? — perguntou ela, num tom baixo e reprovador, sublinhando a palavra "eles", e pegou o estetoscópio sobre a mesa.

Andrêiev guardou a ruivinha Lídia Ivánovna na memória a vida inteira, abençoou-a mil vezes, lembrando-se dela sempre com carinho e afeto. Por quê? Porque ela sublinhou a palavra "eles" naquela frase, a única que Andrêiev ouviu dela. Pela boa palavra, dita na hora certa. Teriam suas bênçãos chegado até ela?

O exame durou pouco. Não foi preciso estetoscópio naquele exame.

Lídia Ivánovna bafejou num carimbo violeta e apertou--o com força, com as duas mãos, contra um formulário em branco. Ela inscreveu ali algumas palavras e então levaram Andrêiev.

O guarda de escolta, que esperava na entrada do setor médico, conduziu Andrêiev não de volta à prisão, mas ao centro do povoado, a um dos grandes armazéns. O pátio ao redor do armazém estava cercado com as dez fileiras regulamentares de arame farpado e uma cancela, junto à qual um sentinela de *tulup* e fuzil fazia a ronda. Eles entraram no pátio e dirigiram-se ao *pakgauz*.[99] Uma forte luz elétrica escapava pela fresta da porta. Com dificuldade, o guarda escancarou a porta enorme, feita para carros e não para pessoas, e desapareceu no depósito. Sobre Andrêiev pairava um cheiro de corpo sujo, de coisas guardadas, de suor humano azedo. Um vago ruído de vozes humanas tomou conta daquela caixa enorme. As tarimbas inteiriças de quatro andares, feitas de troncos de lariços inteiros, tinham sido construídas para durar eternamente, à semelhança das pontes de César. Nas prateleiras do enorme *pakgauz* havia mais de mil pessoas. Era um das duas dezenas de ex-armazéns cheios até o topo de uma mercadoria nova e viva — o porto estava em quarentena de tifo e há mais de um mês não saía de lá nenhum carregamento ou "comboio", como diziam na linguagem da prisão. Fora interrompida a circulação sanguínea do campo de prisioneiros, cujas hemácias eram pessoas vivas. Os carros de transporte permaneciam estacionados. Nas lavras, a jornada de trabalho dos prisioneiros tinha sido aumentada. Na cidade, a fábrica de pães não dava conta da produção, pois era preciso fornecer a cada um quinhentos

---

[99] O termo vem do alemão *Packhaus*, instalação militar para armazenagem de mercadorias e cargas. (N. da T.)

268   Contos de Kolimá

gramas por dia, então tentavam assar pão em casas particulares. A ira da chefia acumulava-se ainda mais porque na cidade despejavam aos poucos, vinda da taiga, a escória dos detentos expelida pelas lavras.

Na "seção", como era moda chamar o depósito para o qual levaram Andrêiev, havia mais de mil pessoas. Mas não se notava logo essa enormidade. Nuas por causa do calor, estavam deitadas nas tarimbas de cima, nas tarimbas de baixo e sob as tarimbas, em cima de *telogreikas*, *buchlats* e gorros. A maioria ficava de costas ou de bruços (ninguém explica por que detentos quase nunca dormem de lado) e os corpos nas tarimbas maciças lembravam saliências, corcovas de árvores, tábuas empenadas.

As pessoas movimentavam-se em grupos apertados ao lado ou em torno de um narrador, um "romancista", ou ao redor dos incidentes, e os incidentes, em tal ajuntamento de gente, surgiam, necessariamente, a cada minuto. Estavam deitadas ali há mais de um mês, não iam ao trabalho, iam apenas aos banhos para desinfecção. Vinte mil jornadas de trabalho perdidas diariamente, 160 mil horas de trabalho ou talvez até 320 mil horas — há vários tipos de jornadas de trabalho. Ou então 20 mil dias de vida preservados.

Vinte mil dias de vida. Os números podem ser calculados de vários modos, a estatística é uma ciência ardilosa.

Na hora da distribuição da comida, todos ficavam em seus lugares (as refeições eram entregues às dezenas). Era tanta gente que os encarregados da distribuição mal conseguiam entregar o café da manhã e já chegava a hora do almoço. Mal terminavam a distribuição do almoço e punham-se a entregar o jantar. Distribuíam comida desde cedo até a noite. Mas de manhã davam somente o pão para o dia inteiro, chá — uma água morna — e, dia sim, dia não, meio arenque; no almoço, somente sopa; no jantar, somente mingau.

E ainda assim o tempo era pouco para distribuir isso.

Quarentena de tifo

O supervisor acompanhou Andrêiev até as tarimbas e indicou a segunda fileira:

— Seu lugar é ali!

Começaram a protestar lá do alto, mas o supervisor praguejou. Andrêiev aferrou-se à borda da tarimba com ambas as mãos e tentou jogar a perna direita para cima, sem sucesso. A mão forte do supervisor o jogou para o alto e ele desabou pesadamente entre corpos nus. Ninguém prestou atenção nele. O procedimento de "registro" e "ingresso" estava concluído.

Andrêiev dormia. Só despertava quando distribuíam comida; depois lambia as mãos com cuidado e zelo e dormia de novo, só que um sono leve: os piolhos não o deixavam cair no sono pesado.

Ninguém lhe fazia perguntas, embora em toda a *tranzitka* houvesse poucas pessoas vindas da taiga e todos os outros estivessem condenados a ir para a taiga. E sabiam disso. Por isso mesmo não queriam descobrir nada sobre a inevitável taiga. E estavam certos, julgava Andrêiev. Não precisavam saber nada sobre o que ele tinha visto. Não se podia fugir de nada, não era possível prever nada. Para que um temor a mais? Ali ainda eram gente — Andrêiev era um representante dos mortos. E os seus conhecimentos, conhecimentos de um morto, não podiam servir a eles, ainda vivos.

Uns dois dias depois, chegou a hora do banho. Todos já estavam cansados de desinfecções e banhos, e iam de má vontade, mas Andrêiev queria muito dar cabo dos piolhos. Tempo, agora, havia de sobra e, várias vezes ao dia, ele examinava todas as costuras da *guimnastiórka* desbotada. Mas só a câmara de desinfecção poderia trazer a vitória definitiva. Por isso, ele foi de boa vontade e, embora não tivessem distribuído roupa de baixo e ele precisasse vestir a camiseta molhada sobre o corpo nu, pelo menos já não sentia as picadas habituais.

No banho, davam água de acordo com a cota: uma bacia de água quente, uma de água fria — mas Andrêiev enganou o supervisor dos banhos e recebeu uma bacia a mais.

Davam um pedacinho de sabão minúsculo, mas no chão era possível juntar restinhos, e Andrêiev tentou se lavar devidamente. No último ano, esse tinha sido o melhor banho. Não importava que sangue e pus gotejassem das feridas de escorbuto em suas pernas. Não importava que as pessoas se abalassem para longe dele. Não importava que todos se afastassem com nojo da sua roupa piolhenta.

Devolveram as coisas da câmara de desinfecção e Ógniev, vizinho de Andrêiev, em vez das meias de pele de ovelha, recebeu miniaturas, de tanto que a pele encolhera. Ógniev começou a chorar — as meias de lã eram sua salvação no Norte. Mas Andrêiev olhava para ele com má vontade. Tinha visto tantos homens chorando, pelos mais diversos motivos. Havia os espertalhões simuladores, havia os doentes dos nervos, havia os desesperançados, havia os enfurecidos. Havia quem chorasse de frio. De fome, Andrêiev não vira ninguém chorar.

Voltaram pela cidade escura e calada. As poças cor-de--alumínio congelavam-se, mas o ar era fresco, primaveril. Depois do banho, Andrêiev dormiu profundamente, até ficar "saciado", como dizia o vizinho Ógniev, já esquecido da sua desventura nos banhos.

Não deixavam ninguém ir a lugar nenhum. Mas ainda assim, havia na seção uma função que permitia ultrapassar o arame farpado. É claro que não se tratava de sair do povoado do campo de prisioneiros, para além do arame externo — três cercas com dez fileiras de arame farpado e mais a zona proibida, cercada por um arame baixo bem esticado. Com isso, ninguém sequer sonhava. A questão era sair do patiozinho rodeado de arame. Lá fora havia o refeitório, a cozinha, os depósitos, o hospital — em resumo, outra vida,

Quarentena de tifo

271

uma vida proibida para Andrêiev. Além do arame, só um homem podia sair — o latrineiro. E quando ele morreu subitamente (a vida está cheia de acasos benfazejos), Ógniev — vizinho de Andrêiev — operou prodígios de energia e sagacidade. Não comeu pão por dois dias, depois trocou o pão por uma grande mala de fibra.

— Do barão Mandel, Andrêiev!

Barão Mandel! Descendente de Púchkin! Bem ali, bem ali. Via-se de longe o barão — alto, de ombros estreitos, o crânio calvo miúdo. Mas Andrêiev não chegou a conhecê-lo.

Ógniev conservara uma jaqueta de sarja do tempo em que era livre; ele estava na quarentena há poucos meses.

Então, ofereceu ao supervisor a jaqueta e a mala de fibra e recebeu a função do falecido latrineiro. Duas semanas depois, os bandidos quase estrangularam Ógniev na escuridão — felizmente, não o mataram — e arrancaram dele uns três mil rublos em dinheiro.

Durante o auge da carreira comercial de Ógniev, Andrêiev praticamente não se encontrava com ele. Naquela madrugada, espancado e abatido, Ógniev confidenciou-se com Andrêiev, depois de ocupar seu antigo lugar.

Andrêiev poderia ter lhe contado algo do que vira na lavra, mas Ógniev não parecia arrependido, não se lamentava nem um pouco.

— Hoje me batem, amanhã bato neles. Bato neles... bato na trinca, no faraó, no trinta e um. Pego tudo de volta!

Ógniev não ajudara Andrêiev em nada, nem com pão, nem com dinheiro, mas também isso não seria aceito nesses casos; do ponto de vista da ética do campo de prisioneiros, tudo correu normalmente.

Um dia, Andrêiev surpreendeu-se de ainda estar vivo. Levantar-se da tarimba era muito difícil, mas mesmo assim ele se levantava. O mais importante era não trabalhar, poder ficar deitado, e mesmo quinhentos gramas de pão de centeio, três colheres de mingau e uma tigela de sopa rala ao dia podiam ressuscitar a pessoa. Desde que não precisasse trabalhar.

Foi ali que ele entendeu que não tinha medo e não dava valor à própria vida. Entendeu também que passara por uma grande provação e continuara vivo. Que estava condenado a usar em proveito próprio a terrível experiência da lavra. Entendeu que, embora as opções de escolha, de livre-arbítrio do detento fossem mínimas, elas existiam, eram uma realidade, e podiam salvar a vida em alguns casos. E Andrêiev estava pronto para aquela grande batalha em que deveria usar a esperteza animal na luta com a fera. Ele fora enganado. Então também enganaria. Não morreria, não estava pronto para morrer.

Ele iria realizar os desejos do próprio corpo, aquilo que o corpo lhe dissera na lavra. Na lavra ele perdera uma batalha, mas não a última. Ele era a escória expelida da lavra. Então seria essa escória. Viu que o carimbo roxo impresso pelas mãos de Lídia Ivánovna no papel era um carimbo de três letras: TFL, trabalho físico leve. Andrêiev sabia que nas lavras não prestavam atenção nessas indicações, mas ali, no centro, ele extrairia delas tudo o que fosse possível.

Mas as possibilidades eram poucas. Podia dizer ao supervisor: "Eu, Andrêiev, fico aqui deitado e não quero ir a lugar nenhum. Se me mandarem para a lavra, na primeira passagem de vale, assim que frearem o carro, eu pulo fora; e o guarda da escolta que atire, para mim tanto faz, não vou nunca mais para uma mina de ouro".

As possibilidades eram poucas. Mas ali ele seria mais inteligente, confiaria mais no próprio corpo. E o corpo não o enganaria. A família o enganara, o país o enganara. Amor, energia, habilidades, tudo fora pisoteado, esmagado. Todas as justificativas que o cérebro buscara eram falsas, enganosas,

Quarentena de tifo

e Andrêiev compreendia isso. Só o instinto animal despertado pela lavra podia ditar, e realmente ditava, uma saída.

Exatamente ali, naquelas tarimbas ciclópicas, Andrêiev compreendeu que valia alguma coisa, que podia ter respeito por si próprio. Pois estava ali, ainda vivo, e não traíra ninguém, não entregara ninguém, nem no inquérito, nem no campo de prisioneiros. Ele tinha conseguido dizer a verdade, tinha conseguido reprimir o medo. Não é que ele não tivesse medo de nada, não é isso, as barreiras morais determinavam-se com maior clareza, maior precisão do que antes, tudo ficara mais simples, mais claro.

Estava claro, por exemplo, que Andrêiev não podia sobreviver. A antiga saúde fora perdida sem deixar rastros, destruída para sempre. Para sempre? Quando trouxeram Andrêiev para essa cidade, ele pensou que teria duas, três semanas de vida. Para recuperar a força anterior teria de descansar pra valer, muitos meses ao ar puro, em balneários, com leite, chocolate. E, como estava absolutamente claro que Andrêiev não veria um balneário desses, seu destino era morrer. O que também não dava medo. Muitos companheiros morriam. Mas alguma coisa mais forte do que a morte não o deixava morrer. Amor? Raiva? Não. O ser humano vive por força dos mesmos princípios que fazem viver uma árvore, uma pedra, um cachorro. Eis o que ele compreendera, e não apenas compreendera, mas sentira, justamente ali, na *tranzitka* urbana, durante a quarentena de tifo.

As escoriações na pele sararam muito antes das outras feridas de Andrêiev. Desaparecia aos poucos a couraça de tartaruga em que se transformava a pele humana na lavra; a pontinha cor-de-rosa dos dedos congelados escurecia; a pelezinha fina que os cobrira depois de estourada a bolha da queimadura de frio endurecia. E — mais importante — até os dedos da mão esquerda fechada em punho começavam a amolecer. Depois de um ano e meio de trabalho na lavra, as duas mãos tinham se fechado na largura do cabo da pá ou da picareta e, parecia a Andrêiev, tinham enrijecido para sempre. Na hora da comida, como todos os seus companheiros, ele segurava o cabo da colher com a pontinha dos dedos, como num beliscão, esquecera que podia segurar a colher de outro modo. O punho, vivo, parecia uma prótese em forma de gancho. Realizava apenas os movimentos de uma prótese. Além do mais, era possível fazer o sinal da cruz, isso se Andrêiev rezasse. Mas, em sua alma, não havia nada além de raiva. As feridas da alma não cicatrizavam tão facilmente. Não cicatrizaram nunca.

Já a mão de Andrêiev, apesar de tudo, abriu-se. Certa vez, nos banhos, os dedos da mão esquerda estenderam-se. Isso surpreendeu Andrêiev. Chegaria também a vez da mão direita, por enquanto tão enrijecida quanto antes. E à noite Andrêiev tocava de leve a mão direita, experimentava esticar os dedos e sentia que logo, logo ela se abriria. Ele roía as unhas com bastante cuidado e agora mordiscava aos poucos a pele suja, grossa, um pouco amolecida. Essa operação higienizadora era uma das poucas distrações de Andrêiev quando ele não estava nem comendo, nem dormindo.

As rachaduras ensanguentadas das plantas dos pés já não doíam tanto quanto antes. As chagas do escorbuto nas pernas ainda não tinham cicatrizado e exigiam um curativo, mas as feridas diminuíam mais e mais — em lugar delas, surgiam manchas azul-escuras, parecidas com marcas feitas a ferro por um dono de escravos, um vendedor de negros. Só os dedões dos pés não reviviam: o congelamento atingira a medula óssea e deles pouco a pouco vertia o pus. É claro que o pus era muito menos do que antes, na lavra, onde pus e sangue a tal ponto se acumulavam na galocha de borracha, o calçado de verão dos prisioneiros, que o pé chafurdava a cada passo, como em uma poça.

Quarentena de tifo

Muitos anos ainda passariam antes que esses dedos de Andrêiev recuperassem vida. E, muitos anos após reviverem, eles recordariam a lavra do Norte com uma dor aguda ao menor sinal de frio. Mas Andrêiev não pensava no futuro. Ele, que aprendera na lavra a não contar a vida além do dia de hoje, tentava lutar pelo imediato, como faz qualquer pessoa à beira da morte. Agora ele queria uma única coisa — que a quarentena de tifo durasse para sempre. Mas isso não podia acontecer, e chegou o dia em que a quarentena teve fim.

Naquela manhã, expulsaram para o pátio todos os moradores da seção. Por algumas horas, os presos, congelados, circularam em silêncio junto à cerca de arame farpado. De cima de um barril, o supervisor gritava sobrenomes numa voz rouca e desencantada. Aqueles que eram chamados saíam pela cancela — sem volta. Na estrada, os caminhões buzinavam, buzinavam tão alto no ar matutino gelado que incomodavam o supervisor.

"Que não me chamem, que não me chamem", suplicava Andrêiev ao destino, como se dissesse uma fórmula mágica da infância. Não, ele não terá êxito. Mesmo que não chamem hoje, chamarão amanhã. Ele irá de novo para as galerias da mina, para a fome, as surras e a morte. Os pés e as mãos congelados perderam a sensibilidade, as orelhas e a face perderam a sensibilidade. Andrêiev trocava as pernas cada vez mais rápido, encurvado, respirando no tubo formado pelos dedos trançados, mas não era tão simples aquecer os pés insensibilizados e as mãos doloridas. Tudo em vão. Ele era impotente na luta com essa máquina titânica, cujos dentes mastigavam o seu corpo.

— Vôronov! Vôronov! — esganiçava-se o supervisor. — Vôronov! Venha aqui, cadela! — E o supervisor arremessou a fina pasta amarela do "processo" no barril e o esmagou com o pé.

Então Andrêiev entendeu, entendeu tudo na hora. Era a luz de um relâmpago trovejante que indicava o caminho da salvação. E, no mesmo instante, inflamado de nervosismo, tomou coragem e deu um passo à frente, na direção do supervisor. Este continuava chamando sobrenome após sobrenome, as pessoas saíam do pátio uma após a outra. Mas a multidão ainda era grande. Vai chamar, vai chamar...

— Andrêiev! — gritou o supervisor.

Andrêiev ficou calado, olhando as faces barbeadas do supervisor. Depois de contemplar as faces, transferiu o olhar às pastas dos "processos". Eram poucas.

"Último carro", pensou Andrêiev.

O supervisor continuava segurando a pasta de Andrêiev mas não o chamou de novo; colocou a pasta de lado, sobre o barril.

— Sitchov! Identifique-se: nome e patronímico!

— Vladímir Ivánovitch — respondeu um preso idoso, de acordo com o regulamento, e abriu caminho entre a multidão.

— Artigo? Tempo de pena? Vá!

Mais alguns homens foram chamados pelo sobrenome e saíram. Atrás deles saiu o supervisor. Os encarcerados voltaram para a seção.

A tosse, as batidas de pés e os chamados amainaram, dissolveram-se na conversa de múltiplas vozes, de centenas de pessoas.

Andrêiev queria viver. Estabeleceu para si dois objetivos simples e decidiu alcançá-los. Estava muito claro que era preciso permanecer ali o máximo de tempo possível, até o último dia. Conter-se, esforçar-se para não cometer um erro... A mina de ouro era a morte. Nessa *tranzitka* ninguém sabia disso melhor do que ele. Era preciso fugir da taiga, das galerias de minas, a qualquer preço. Como ele, Andrêiev, um escravo sem direitos, podia conseguir isso? Eis como. A taiga

Quarentena de tifo

na época da quarentena esvaziara — o frio, a fome, o trabalho pesado de muitas horas e a falta de sono roubavam os homens da taiga. Quer dizer, em primeiro lugar mandariam da quarentena máquinas para a administração "aurífera", e só depois que as encomendas de pessoas das lavras ("Mandem duas dezenas de árvores", como escrevem nos telegramas de serviço) fossem cumpridas, só então já não seriam mais enviados nem para a taiga, nem para a mina. Para onde seriam enviados — tanto fazia. Desde que não fosse para a mina.

Andrêiev não disse nem uma palavra sobre isso a ninguém. Não se aconselhou com ninguém, nem com Ógniev, nem com Parfiéntiev, camarada da lavra, nem com nenhum outro dentre aqueles mil homens deitados junto a ele nas tarimbas. Pois ele sabia: qualquer um a quem contasse o seu plano acabaria por delatá-lo ao chefe — em troca de um elogio, de uma guimba de *makhorka*, ou só por contar...

Ele sabia que era justamente o segredo, o silêncio que poderia salvá-lo. Só assim não teria medo. Para uma pessoa sozinha era mais fácil, duas, três quatro vezes mais fácil escapar dos dentes da máquina. O jogo dele era só dele — tinha aprendido isso muito bem na lavra.

Durante muitos dias, Andrêiev não respondeu ao chamado. Assim que a quarentena terminou, começaram a enxotar os presos para o trabalho e, na saída, era preciso se esgueirar de forma a não cair nos grupos grandes — esses eram habitualmente levados para o trabalho de escavação, com pés-de-cabra, enxadas e pás; já nos grupos pequenos, de dois ou três homens, sempre havia a esperança de ganhar um pedaço extra de pão ou um punhado de açúcar — Andrêiev não via açúcar havia mais de um ano e meio. Esse cálculo era simples e estava inteiramente correto. Todos esses trabalhos eram ilegais, claro: os presos do comboio eram contados e havia quem quisesse usar a força de trabalho deles de graça.

278   Contos de Kolimá

Aqueles que iam parar nos trabalhos de escavação partiam para lá com a esperança de mendigar tabaco ou pão em alguma parte. E conseguiam, até mesmo de transeuntes. Andrêiev ia para o depósito de legumes, onde comia beterraba e cenoura à vontade, e levava "para casa" algumas batatas cruas, que então cozinhava na cinza do fogão, retirava e comia meio cruas — a vida local exigia que todos os negócios alimentares fossem conduzidos às pressas, havia famintos demais ao redor.

Começaram dias quase razoáveis, preenchidos com alguma atividade. Diariamente, desde cedo, tinham de permanecer umas duas horas de pé no frio intenso. E o supervisor gritava: "Ei, o senhor, identifique-se: nome e patronímico". E, quando a vítima diária de Moloch era escolhida, todos, batendo os pés, corriam para o pavilhão — era de lá que os tiravam para o trabalho. Andrêiev ficou algum tempo na panificadora, carregou lixo na seção feminina da prisão temporária e limpou o chão no destacamento dos guardas, onde, na penumbra do refeitório, juntava saborosos restos de carne deixados nos pratos das mesas dos comandantes. Depois do trabalho, levavam para a cozinha grandes bacias cheias de pudim e montanhas de pão, todos sentavam-se ao redor delas, comiam e enchiam os bolsos de pão.

Apenas uma vez o cálculo de Andrêiev deu errado. Quanto menor o grupo — melhor: esse era o seu mandamento. Melhor ainda se fosse sozinho. Mas raramente levavam só um. Certa vez, o supervisor, que se lembrava do rosto de Andrêiev (ele o conhecia como Muraviov), disse-lhe:

— Achei um trabalho para você, vai lembrar para o resto da vida. Rachar lenha para a alta chefia. Vai trabalhar em dupla.

Eles corriam alegremente à frente do guia vestido com um capote da cavalaria. Este, de botas, escorregava, tropeçava, pulava as poças e depois corria para alcançá-los, seguran-

Quarentena de tifo

do as abas do capote com as duas mãos. Logo se aproximaram de uma casa pequena, com o portão fechado e arame farpado no alto da cerca. O guia bateu. No pátio, um cachorro latiu. O faxina do chefe abriu-lhes o portão, em silêncio levou-os ao celeiro, fechou-os lá e soltou no pátio um enorme pastor alemão. Trouxe um balde de água. E os detentos ficaram lá, guardados pelo pastor, até terminarem de rachar e empilhar toda a lenha do depósito. Escoltaram-nos até o campo tarde da noite. No dia seguinte, mandaram-nos ao mesmo lugar, mas Andrêiev escondeu-se debaixo da tarimba e não foi trabalhar nesse dia.

No dia seguinte, de manhã, antes da distribuição do pão, veio-lhe à cabeça uma ideia simples, que Andrêiev logo pôs em prática.

Tirou as *burki* dos pés e colocou-as na beirada da tarimba, uma ao lado da outra, com as solas para fora — como se ele próprio estivesse deitado na tarimba, calçado com aquelas *burki*. Ali ao lado, ele se deitou de bruços e apoiou a cabeça no cotovelo.

O encarregado da distribuição contou rapidamente um grupo de dez e deu a Andrêiev dez porções de pão. Andrêiev ficou com duas porções. Mas esse recurso era incerto, ocasional, e Andrêiev recomeçou a procurar trabalho fora do pavilhão...

Será que ele pensava então na família? Não. Na liberdade? Não. Recitava versos de memória? Não. Lembrava-se do passado? Não. Vivia simplesmente num estado de raiva indiferente. Foi justamente neste momento que encontrou o capitão Chnaider.

A bandidagem ocupava os lugares mais próximos da salamandra. As tarimbas estavam cobertas de cobertores de lã sujos, sobre os quais havia uma variedade de travesseiros de penas de tamanhos variados. O cobertor de lã é o companheiro obrigatório do ladrão bem-sucedido, a única coisa que ele carrega consigo pelas prisões e campos, e quando não tem um, o ladrão rouba ou tira de outro; já o travesseiro, ele não é apenas apoio para a cabeça, é uma mesinha de jogo na hora dos incontáveis combates de cartas. A esta mesinha é possível dar qualquer forma. Mas, mesmo assim, é um travesseiro. Os jogadores de cartas preferem perder as calças do que o travesseiro.

Sobre cobertores e travesseiros posicionavam-se os chefes da bandidagem, ou seja, aqueles que ocupavam posição de comando naquele momento. Na parte de cima, na terceira fileira de tarimbas, onde estava escuro, havia mais cobertores e travesseiros: para lá eram arrastados jovens ladrõezinhos efeminados — e não apenas os ladrõezinhos, mas praticamente todos os ladrões eram pederastas.

Ao redor dos ladrões, uma multidão de servos e lacaios — narradores cortesãos, pois os bandidos consideravam de bom-tom interessar-se por romances; cabeleireiros cortesãos com frasquinhos de perfume, pois eles existem inclusive nessas condições; e ainda uma multidão de serviçais, prontos a fazer qualquer coisa desde que repartissem com ele uma casca de pão ou lhes servissem uma sopinha.

— Silêncio! Siénietchka está falando alguma coisa. Silêncio, Siénietchka vai dormir...

Uma cena habitual da lavra.

De repente, no meio da multidão de pedintes, da eterna corte dos *blatares*, Andrêiev viu um rosto conhecido, traços conhecidos, ouviu uma voz conhecida. Não tinha dúvidas — era o capitão Chnaider, camarada de Andrêiev na prisão Butírskaia.

O capitão Chnaider era um comunista alemão, ativista político da Internacional Comunista, excelente falante de russo, conhecedor de Goethe, teórico marxista culto. Na me-

Quarentena de tifo   281

mória de Andrêiev tinham ficado as conversas com ele, conversas de "grande intensidade" nas longas noites da prisão. Animado por natureza, o ex-capitão da marinha mantinha o espírito guerreiro na cela da prisão.

Andrêiev não acreditava nos próprios olhos.

— Chnaider!

— Sim? O que foi? — voltou-se o capitão.

Os seus olhos azuis embaciados não reconheceram Andrêiev.

— Chnaider!

— Ei, o que foi? Silêncio! Siénietchka vai acordar.

Mas já a ponta do cobertor se erguia e um rosto pálido, doentio surgia à luz.

— Ah, capitão — retiniu o tenor de Siénietchka languidamente. — Não consigo pegar no sono, você não estava aqui.

— Já vou, já vou — apressou-se Chnaider.

Ele subiu nas tarimbas, afastou o cobertor, sentou-se, enfiou a mão debaixo do cobertor e pôs-se a coçar os calcanhares de Siénietchka.

Andrêiev voltou ao seu lugar lentamente. Não tinha mais vontade de viver. E, embora isso fosse algo pequeno e insignificante comparado com tudo o que ele vira e ainda veria, nunca mais se esqueceu do capitão Chnaider.

A quantidade de pessoas foi diminuindo. A *tranzitka* esvaziou-se. Andrêiev topou com o supervisor frente a frente.

— Qual é o seu sobrenome?

Mas Andrêiev há muito tinha se preparado para isso.

— Gúrov — disse ele pacificamente.

— Espere!

O supervisor percorreu as folhas de papel vegetal das listas.

— Não, não está.

— Posso ir?

— Vá, cavalo — urrou o supervisor.

Certa vez ele foi parar no serviço de limpeza e lavagem da louça no refeitório dos temporários libertos, que tinham concluído o tempo de prisão. O seu parceiro era um magricela esgotado, um *dokhodiaga* de idade indeterminada, recém-liberado da prisão local. Era a primeira vez que esse *dokhodiaga* saía para trabalhar. Ele perguntava tudo — o que iam fazer, se seriam alimentados, se era conveniente pedir algo comestível pelo menos um pouco antes do trabalho. O *dokhodiaga* disse que era professor de neuropatologia e Andrêiev reconheceu o seu sobrenome.

Por experiência, Andrêiev sabia que os cozinheiros do campo de prisioneiros, e não só os cozinheiros, não gostavam desses Ivans Ivánovitches, como chamavam, depreciativamente, a *intelligentsia*. Ele aconselhou o professor a não pedir nada antes e pensou, tristemente, que a parte principal da limpeza e da arrumação ficaria por conta dele, Andrêiev — o professor estava fraco demais. Isso estava justo, e não havia por que se ofender — quantas vezes na lavra Andrêiev fora um parceiro ruim, fraco para os seus camaradas de então e ninguém nunca dissera uma palavra? Onde estariam todos? Onde estariam Cheinin, Riútin, Khvostov? Todos morreram, enquanto ele, Andrêiev, reviveu. Aliás, ele ainda não revivera e dificilmente reviveria. Mas lutaria pela vida.

As suposições de Andrêiev mostraram-se corretas — o professor realmente era um parceiro fraco, apesar de barulhento.

O trabalho fora concluído e o cozinheiro os mandou para a cozinha, colocou diante deles uma tigela enorme de sopa de peixe grossa e um prato de ferro grande com mingau. O professor bateu palmas de alegria, mas Andrêiev, que vira

Quarentena de tifo

na lavra um homem comer até vinte porções de almoço composto de três pratos, com pão, tratou a comida servida como insatisfatória.

— O que é isso, sem pão? — perguntou Andrêiev, enfezado.

— Como assim, sem pão? Vou dar um pouquinho.

E o cozinheiro tirou dois pães do armário.

A refeição terminou rapidamente. Nessas "casas", Andrêiev sempre comia com cautela, sem o pão. E agora também colocou o pão no bolso. Já o professor partiu o pão, engoliu a sopa, mastigou e gotas grandes de suor sujo surgiram em sua cabeça raspada.

— E ainda um rublo para cada um — disse o cozinheiro. — Hoje não tenho mais pão.

Era um pagamento sensacional.

Na prisão temporária havia um mercadinho, uma lojinha, onde se podia comprar pão de um trabalhador livre. Andrêiev disse isso ao professor.

— Sim, sim, o senhor está certo — disse o professor. — Mas eu vi que lá vendem *kvas* doce. Ou será limonada? Estou com muita vontade de tomar limonada, algo doce.

— O senhor decide, professor. Mas eu, em seu lugar, compraria pão.

— Sim, sim, o senhor está certo — repetiu o professor —, mas estou com muita vontade de tomar algo doce. Beba o senhor também.

Mas Andrêiev recusou o *kvas* categoricamente.

No final das contas, Andrêiev arranjou um trabalho individual — começou a lavar o chão na administração da seção de controle da prisão temporária. Todas as tardes, era acompanhado pelo faxina, cuja obrigação consistia justamente em manter a administração limpa. Eram dois cômodos minúsculos, cheios de mesas, de uns quatro metros quadrados cada um. O chão era pintado. Um trabalho besta, de dez minutos, e Andrêiev não entendeu logo de cara por que o faxina tinha contratado um trabalhador para aquela limpeza. Pois até a água para a lavagem o próprio faxina trouxera, atravessando o campo inteiro; os panos de chão limpos também já estavam sempre preparados. E o pagamento era generoso — *makhorka*, sopa e mingau, pão e açúcar. O faxina prometeu dar a Andrêiev até uma jaqueta leve, mas não teve tempo.

Estava claro que o faxina considerava desonroso ele próprio limpar o chão — ainda que fossem cinco minutos por dia — se tinha condições de contratar um bom trabalhador. Essa característica, própria dos russos, Andrêiev observara também na lavra. O chefe dá ao faxina um punhado de *makhorka* para limpar o pavilhão: metade da *makhorka* o faxina despeja na própria cigarreira, com a outra metade contrata um faxina do barracão dos presos pelo artigo 58. Este, por sua vez, divide a *makhorka* ao meio e contrata um bom trabalhador do próprio pavilhão por dois cigarrinhos de *makhorka*. E eis que os bons trabalhadores, depois de doze a quatorze horas no turno, de noite lavavam o chão em troca desses dois cigarros. E ainda consideravam isso uma sorte — podiam trocar o tabaco por pão.

A questão dos valores de troca é o campo mais complexo da teoria econômica. Também no campo de prisioneiros a questão dos valores é complexa, os padrões são surpreendentes: chá, tabaco, pão — eis os valores de cotação.

O faxina da seção administrativa às vezes pagava a Andrêiev com talões da cozinha. Eram pedaços de cartolina com uma inscrição, uma espécie de ficha — dez almoços, cinco pratos quentes etc. Assim o faxina dava a Andrêiev uma ficha de vinte porções de mingau, mas essas vinte porções não chegavam a encher o fundo da bacia de alumínio.

Andrêiev via que os bandidos enfiavam na janelinha, em lugar das fichas, notas de trinta rublos alaranjadas, enroladas

Quarentena de tifo

na forma de ficha. Isso funcionava sempre. Uma bacia cheia de mingau saía da janelinha em troca da "ficha".

A quantidade de gente na *tranzitka* diminuía cada vez mais. Chegou um dia em que, após o envio do último carro para o pátio, restaram só umas três dezenas de homens.

Dessa vez, não deixaram que eles voltassem para o pavilhão, mas os mandaram entrar em formação e os escoltaram por todo o campo.

— De qualquer modo, não vão nos mandar para o fuzilamento — disse um homem enorme, caolho, de mãos grandes, que caminhava ao lado de Andrêiev.

Exatamente isso — será que não vão nos fuzilar? — era o que Andrêiev estava pensando. Levaram todos ao supervisor do departamento de contas.

— Vamos tirar as suas digitais — disse o supervisor ao aparecer na entrada.

— Bem, se é pelas digitais, nem precisam levantar o dedo — disse alegremente o caolho. — Meu sobrenome é Filippovski, Gueorgui Adamóvitch.

— E o seu?

— Andrêiev, Pável Ivánovitch.

O supervisor remexeu os processos individuais.

— Estamos procurando vocês há um tempão — disse ele, sem maldade. — Direto para o pavilhão, depois direi aonde devem se dirigir.

Andrêiev sabia que tinha vencido a batalha pela vida. Era simplesmente impossível que ainda faltasse gente na taiga. Se fossem enviados para algum lugar, seria para trabalhos em locais próximos, ali por perto. Ou então até na cidade — melhor ainda. Não podiam mandá-lo para longe — não apenas porque Andrêiev estava no "trabalho físico leve". Andrêiev conhecia bem a prática das mudanças repentinas de designação. Não podiam mandar para longe porque as brigadas da taiga estavam cheias. E o que esperava os últimos grupos eram apenas os trabalhos próximos, onde a vida era mais fácil, mais simples, mais farta, onde não havia galerias de mina, quer dizer, onde havia esperança de salvação. Andrêiev merecera isso à custa de muito sofrimento em seus dois anos de trabalho na lavra. Sob a pressão animalesca desses meses de quarentena. Tinha feito muitas coisas. As esperanças deviam se realizar a qualquer custo.

Ele só tinha de esperar mais uma noite.

Depois do café da manhã, o supervisor entrou correndo no pavilhão com a lista, uma lista pequena, como logo notou Andrêiev, aliviado. As listas das lavras tinham 25 homens para o carro, e sempre havia vários desses papéis.

Chamaram Andrêiev e Filippovski por essa lista; na lista havia mais gente — pouca, porém mais do que dois ou três sobrenomes.

Os homens chamados dirigiram-se ao local habitual, à porta da seção de contagem. Lá estavam postados três — um velho calvo, imponente, quieto, numa boa sobrecasaca de pele de ovelha e botas de feltro, e um homem sujo, irrequieto, numa *telogreika* acolchoada, calças e galochas de borracha com *portianka* enrolada nas pernas. O terceiro era um velho de boa aparência, que olhava para os próprios pés. Ao longe, estava um homem de *bekecha* e *kubanka*.

— Estão todos aqui — disse o supervisor. — Servem?

O homem de *bekecha* chamou o velho com o dedo.

— O senhor, quem é?

— Izguibin, Iuri Ivánovitch, artigo 58. Pena: 25 anos — reportou o velho, animadamente.

— Não, não — disse o homem de *bekecha*, franzindo o rosto. — Qual é a sua profissão? Eu posso encontrar os seus dados sem a sua ajuda...

— Estufeiro, cidadão chefe.

— E o que mais?

— Conheço o trabalho de funileiro.

Quarentena de tifo

287

— Muito bom. E você?

O chefe transferiu o olhar para Filippovski.

O gigante caolho contou que era foguista de maria-fumaça da linha Kámienets-Podolski.

— E você?

O velho de boa aparência murmurou inesperadamente algumas palavras em alemão.

— O que é isso? — disse o homem de *bekecha*, com interesse.

— Não se preocupe — disse o supervisor. — Ele é ferreiro, o bom ferreiro Frizorguer. Está um pouco fora de si. Não se dá conta.

— Mas está falando em alemão pra quê?

— Ele é da região de Sarátov, da república autônoma...

— Ah... E você? — a pergunta era para Andrêiev.

"Eles precisavam de especialistas e, em geral, povo trabalhador", pensou Andrêiev, "serei curtidor de couro."

— Curtidor, cidadão chefe.

— Muito bom. Quantos anos?

— Trinta e um.

O chefe balançou a cabeça. Mas, sendo ele um homem experiente, que já vira gente ressurgir dos mortos, ficou calado e transferiu o olhar ao quinto homem.

O quinto homem, o irrequieto, aconteceu de ser, nada mais, nada menos do que um ativista da sociedade esperantista.

— Em geral sou agrônomo, entende, agrônomo de formação, até dei palestras, mas o meu negócio, quer dizer, é o esperanto.

— Espionagem ou o quê? — disse o homem de *bekecha*, indiferente.

— Aí está, aí está, algo assim — confirmou o homem irrequieto.

— E então? — perguntou o supervisor.

— Vou levar — disse o chefe. — De qualquer modo, não acharei outros melhores. As opções atualmente não são muitas.

Todos os cinco foram levados para uma câmara isolada — um cômodo anexo ao pavilhão. Mas na lista havia ainda uns dois ou três sobrenomes — isso Andrêiev reparou bem. O supervisor apareceu.

— Para onde vamos?

— Para um trabalho local, aonde mais? — disse o supervisor. — E esse será o seu chefe. Sairão daqui a uma hora. Descansaram aqui por três meses, amigos, agora é hora de honrar o próprio nome.

Daí a uma hora, conduziram-nos não para o carro, mas para o armazém. "Pelo visto, enganaram-se no uniforme", pensou Andrêiev. Pois a primavera estava por um triz — abril. Darão um de verão, e esse, de inverno, odioso, da lavra, ele ia vender, jogar fora, esquecer. Mas, em lugar do uniforme de verão, deram-lhes o de inverno. Por engano? Não — na lista estava marcado em lápis vermelho: "De inverno".

Sem entender nada, num dia de primavera, eles vestiram a *telogreika* do segundo período, o *buchlat* e botas de feltro velhas, remendadas. E, saltando as poças como podiam, inquietos, chegaram ao cômodo do pavilhão de onde os enviaram para o depósito.

Todos estavam muito agitados, todos mudos e apenas Frizorguer sussurrava algo, e sussurrava em alemão.

— Ele está rezando, que se dane... — cochichou Filippovski a Andrêiev.

— Bem, alguém aqui sabe de alguma coisa? — perguntou Andrêiev. O estufeiro grisalho, parecido com um professor, listou todos os trabalhos próximos: porto, quilômetro 4, quilômetro 17, 23, 47...

Depois desses, começavam os trechos de administração da estrada — local das lavras de ouro um pouco melhores.

— Saiam! Marchem até os portões!

Todos saíram e dirigiram-se aos portões da prisão temporária. Além dos portões, havia um caminhão grande, coberto de lona verde.

— Comboio, seguir!

O escolta do comboio fez a chamada. Andrêiev sentia as pernas gelarem, as costas...

— Entrem no carro!

O soldado de escolta bateu na borda da grande carroceria — o carro estava cheio de gente, todos sentados, de uniforme.

— Entrem!

Todos os cinco sentaram-se juntos. Todos calados. O guarda de escolta entrou no carro, ligou o motor e o carro arrancou pela via que levava à estrada principal.

— Vamos para o quilômetro 4 — disse o estufeiro.

Os marcos de quilometragem passavam voando. Todos os cinco moviam as cabeças na direção das frestas da carroceria, não acreditavam nos próprios olhos...

— Sete...

— Vinte e três... — contava Filippovski.

— Que trabalho local, canalhas! — rouquejou o funileiro, enfurecido.

O carro há muito tempo rodava pela estrada que serpenteava entre despenhadeiros. A estrada parecia um canal pelo qual arrastavam o mar até o céu. Eram as montanhas que o arrastavam, de costas arqueadas.

— Quarenta e sete — piou o esperantista irrequieto, já sem esperanças.

O carro passou direto.

— Para onde vamos? — perguntou Andrêiev, segurando o ombro de alguém.

— Para Atka, vamos pernoitar no 208.

— E depois?

— Não sei... Me dê um cigarro.

O caminhão, rangendo pesadamente, seguia pelo despenhadeiro da cordilheira Iáblonov.

(1959)

MAPA DA UNIÃO SOVIÉTICA

292

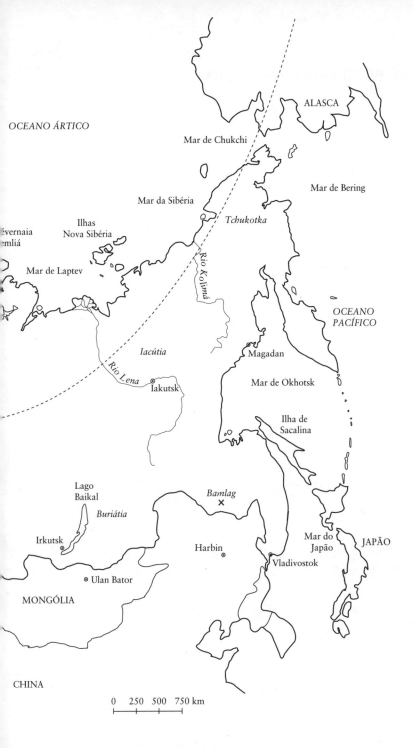

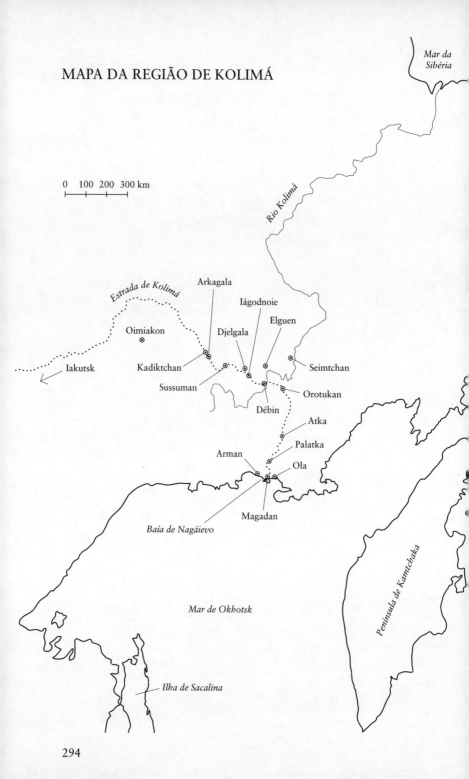

GLOSSÁRIO

artigo 58 — Artigo do Código Penal soviético de 1922, relativo a crimes políticos por atividade contrarrevolucionária

balanda — Em ucraniano, batata cozida e amassada diluída em *kvas* ou salmoura de pepino. Sinônimo de comida ruim e aguada.

blatar — Bandido ou criminoso profissional que segue o "código de conduta" da bandidagem.

bekecha — Sobretudo longo de algodão ou lã, com cintura bem marcada, pregas e abertura atrás, na parte de baixo.

benzinka — O mesmo que *kolimka*.

buchlat — Casaco de inverno pesado, tradicionalmente usado por marinheiros, com tecido duplo para proteger das rajadas de vento.

burki — Botas de cano alto de feltro, sem corte, feitas especialmente para o clima muito frio.

Dalstroi — Acrônimo de *Glávnoie Upravliénie Stroítelstva Dálnego Siévera*, Administração Central de Obras do Extremo Norte, empresa estatal submetida ao NKVD e responsável pela construção de estradas e exploração mineral na região de Kolimá.

dokhodiaga — Categoria de prisioneiros completamente sem forças, esgotados, acabados.

fráier — Termo do jargão criminal. Indica o criminoso ocasional, que não faz parte da bandidagem; sinônimo de ingênuo, vítima dos bandidos de verdade.

galuchki — Pedacinhos de massa cozidos em leite ou caldo.

guimnastiórka — Blusão de tecido grosso usado pelo Exército Vermelho e, posteriormente, pelo Exército Soviético até 1972.

iuchka — No sul da Rússia, Ucrânia e Bielorrússia, sopa bem rala com algum complemento.

kedratch — Sinônimo de *stlánik*, cuja denominação completa, em russo, é *kedróvi stlánik*.

kolimka — Lamparina artesanal de vapor de benzina.

komsomóliets — Membro do Komsomol, a Juventude Comunista da URSS.

kossovorotka — Camisa masculina larga, tipo bata, com abertura lateral e não no meio do peito. Peça tradicional do vestuário russo, era tanto um traje popular quanto roupa de baixo no uniforme de militares.

krágui — Grandes luvas inteiriças, usadas no Extremo Norte.

krásni ugolok — Literalmente, "cantinho vermelho". Também chamado de "lar da cultura", consistia em um prédio ou sala, nas repartições públicas, destinado a atividades de conscientização política. Surgiram na década de 1920 e, inicialmente, eram locais de "liquidação do analfabetismo", onde se realizavam leituras coletivas de jornais.

kubanka — Chapéu de pele, de copa reta, característico dos cossacos da região do rio Kuban, no norte do Cáucaso.

makhorka — Tabaco muito forte e de baixa qualidade.

NKVD — Sigla do *Naródni Komissariat Vnútrennikh Diel*, Comissariado do Povo para Assuntos Internos, órgão associado ao serviço secreto e grande responsável pela repressão política.

portianka — Pano para enrolar os pés e protegê-los do frio.

sopka — Nome dado a montes e colinas com o topo arredondado no leste da Rússia.

stlánik — Espécie de pinheiro (*Pinus pumila*).

tchifir ou *tchifirka* — Chá de erva forte, extremamente amarga, que tira o sono.

telogreika — Literalmente, "esquentador de corpo". Agasalho acolchoado, confeccionado para proteger contra o clima rigoroso do inverno russo, com temperaturas bem abaixo de zero. De fácil fabricação e baixo custo, popularizou-se no período soviético como símbolo de roupa funcional, em que a estética cedia lugar à praticidade. Fazia parte do uniforme de inverno do Exército Vermelho.

torbassi — Botas de cano alto macias, de pele de cervo, com os pelos para fora, muito comum entre os povos do norte da Rússia e da Sibéria.

tranzitka — Local de detenção dos prisioneiros que aguardam transferência para os campos ou que estão voltando para o continente.

tulup — Casaco de pele de carneiro, com os pelos na parte interior.

uchanka — Gorro de pele com abas para cobrir as orelhas.

vlássovtsi — Integrantes do exército russo que se uniram às forças antissoviéticas, lutando ao lado dos alemães na Segunda Guerra Mundial. Receberam essa denominação a partir do sobrenome do tenente-general Andrei Andrêievitch Vlássov (1901-1946).

Varlam Tíkhonovitch Chalámov (1907-1982),
no registro de sua primeira prisão, em fevereiro de 1929.

SOBRE O AUTOR

Varlam Tíkhonovitch Chalámov nasceu no dia 18 de junho de 1907, em Vólogda, Rússia, cidade cuja fundação remonta ao século XII. Filho de um padre ortodoxo que, durante mais de uma década, atuara como missionário nas ilhas Aleutas, no Pacífico Norte, Chalámov conclui os estudos secundários em 1924 e deixa a cidade natal, mudando-se para Kúntsevo, nas vizinhanças de Moscou, onde arranja trabalho num curtume. Em 1926 é admitido no curso de Direito da Universidade de Moscou e, no ano seguinte, no aniversário de dez anos da Revolução, alinha-se aos grupos que proclamam "Abaixo Stálin!". Ao mesmo tempo escreve poemas e frequenta por um breve período o círculo literário de Óssip Brik, marido de Lili Brik, já então a grande paixão de Maiakóvski. Em fevereiro de 1929, é detido numa gráfica clandestina imprimindo o texto conhecido como "O Testamento de Lênin", e condenado a três anos de trabalhos correcionais, que cumpre na região de Víchera, nos montes Urais. Libertado, retorna a Moscou no início de 1932 e passa a trabalhar como jornalista para publicações de sindicatos. Em 1934, casa-se com Galina Ignátievna Gudz, que conhecera no campo de trabalho nos Urais, e sua filha Elena nasce no ano seguinte. Em 1936, tem sua primeira obra publicada: o conto "As três mortes do doutor Austino", no número 1 da revista *Outubro*. Em janeiro de 1937, entretanto, é novamente detido e condenado a cinco anos por "atividades trotskistas contrarrevolucionárias", com a recomendação expressa de ser submetido a "trabalhos físicos pesados".

Inicia-se então para Chalámov um largo período de privações e sofrimentos, com passagens por sucessivos campos de trabalho, sob as mais terríveis condições. Após meses detido na cadeia Butírskaia, em Moscou, é enviado para a região de Kolimá, no extremo oriental da Sibéria, onde inicialmente trabalha na mina de ouro Partizan. Em 1940, é transferido para as minas de carvão Kadiktchan e Arkagala. Dois anos depois, como medida punitiva, é enviado para a lavra Djelgala. Em 1943, acusado de agitação antissoviética por ter dito que o escritor Ivan Búnin era "um clássico da literatura russa", é condenado a mais dez anos de prisão. Esquelético, debilitado ao extremo, passa o outono em recuperação no hospital de Biélitchie. Em dezembro, é enviado para a lavra Spokóini, onde fica até meados de 1945, quando volta ao hospital de Biélitchie; como modo de prolongar sua permanência, passa a atuar como "organizador cultural". No outono, é designado para uma frente de trabalho na taiga, incumbida do corte de árvores e processamento de madeira — ensaia uma fuga, é capturado, mas, como ainda está sob efeito da segunda condenação, não tem a pena acrescida; no entanto, é enviado para trabalhos gerais na mina punitiva de Djelgala, onde passa o inverno. Em 1946, após trabalhar na "zona pequena", o campo provisório, é convidado, graças à intervenção do médico A. I. Pantiukhov, a fazer um curso de enfermagem para detentos no Hospital Central. De 1947 a 1949, trabalha na ala de cirurgia desse hospital. Da primavera de 1949 ao verão de 1950, trabalha como enfermeiro num acampamento de corte de árvores em Duskania. Escreve os poemas de *Cadernos de Kolimá*.

Em 13 de outubro de 1951 chega ao fim sua pena, e Chalámov é liberado do campo. Continua a trabalhar como enfermeiro por quase dois anos para juntar dinheiro; consegue voltar a Moscou em 12 de novembro de 1953, e no dia seguinte encontra-se com Boris Pasternak, que lera seus poemas e o ajuda a reinserir-se no meio literário. Encontra trabalho na região de Kalínin, e lá se estabelece. No ano seguinte, divorcia-se de sua primeira mulher, e começa a escrever os *Contos de Kolimá*, ciclo que vai absorvê-lo até 1973. Em 1956, definitivamente reabilitado pelo regime, transfere-se para Moscou, casa-se uma segunda vez, com Olga Serguêievna Nekliúdova, de quem se divorciará dez anos depois, e passa a colaborar com a revista *Moskvá*. O número 5 de *Známia* publica poemas seus, e Chalámov começa a ser reconhecido como poeta — ao todo publicará cinco coletâneas de poesia durante a vida. Gravemente doente, começa a receber pensão por invalidez.

Em 1966, conhece a pesquisadora Irina P. Sirotínskaia, que trabalhava no Arquivo Central de Literatura e Arte do Estado, e o acompanhará de perto nos últimos anos de sua vida. Alguns contos do "ciclo de Kolimá" começam a ser publicados de forma avulsa no exterior. Para proteger o escritor de possíveis represálias, eles saem com a rubrica "publicado sem o consentimento do autor". Em 1967, sai na Alemanha (Munique, Middelhauve Verlag) uma coletânea intitulada *Artikel 58: Aufzeichnungen des Häftlings Schalanow* (*Artigo 58: apontamentos do prisioneiro Schalanow*), em que o nome do autor é grafado incorretamente. Em 1978, a primeira edição integral de *Contos de Kolimá*, em língua russa, é publicada em Londres. Uma edição em língua francesa é publicada em Paris entre 1980 e 1982, o que lhe vale o Prêmio da Liberdade da seção francesa do Pen Club. Nesse meio tempo, suas condições de saúde pioram e o escritor é transferido para um abrigo de idosos e inválidos. Em 1980, sai em Nova York uma primeira coletânea dos *Contos de Kolimá* em inglês. Seu estado geral se deteriora e, seguindo o parecer de uma junta médica, Varlam Chalámov é transferido para uma instituição de doentes mentais crônicos, a 14 de janeiro de 1982 — vem a falecer três dias depois.

Na Rússia, a edição integral dos *Contos de Kolimá* só seria publicada após sua morte, já durante o período da *perestroika* e da *glásnost*, em 1989. Naquele momento, houve uma verdadeira avalanche de escritores "redescobertos", muitos dos quais, no entanto, foram perdendo o brilho e o prestígio junto ao público conforme os dias soviéticos ficavam para trás. Mas a obra de Varlam Chalámov não teve o mesmo destino: a força de sua prosa não permitiu que seu nome fosse esquecido, e hoje os *Contos de Kolimá* são leitura escolar obrigatória na Rússia. Também no exterior a popularidade de Chalámov só vem crescendo com o tempo, e seus livros têm recebido traduções em diversas línguas europeias, garantindo-lhe um lugar de honra entre os grandes escritores do século XX. Prova disso são as edições completas dos *Contos de Kolimá* publicadas em anos recentes, primeiro na Itália (Milão, Einaudi, 1999), depois na França (Paris, Verdier, 2003) e Espanha (Barcelona, Minúscula, 2007-13), e agora no Brasil.

SOBRE AS TRADUTORAS

Denise Regina de Sales é doutora em Literatura e Cultura Russa pela Universidade de São Paulo e trabalha atualmente como professora de Língua e Literatura Russa na Universidade Federal do Rio Grande do Sul (UFRGS). Nasceu em Belo Horizonte, em 1965, e graduou-se em Comunicação Social (Jornalismo) pela Universidade Federal de Minas Gerais. De 1996 a 1998, trabalhou na Rádio Estatal de Moscou como repórter, locutora e tradutora. Defendeu em 2005, também na Universidade de São Paulo, a dissertação de mestrado "A sátira e o humor nos contos de Mikhail Zóchtchenko". No doutorado, estudou a obra *História de uma cidade*, do escritor russo Saltikov-Schedrin. Publicou diversas traduções, entre elas o romance *Propaganda monumental*, de Vladímir Voinóvitch (Planeta, 2007), a peça *O urso*, de A. P. Tchekhov (no volume *Os males do tabaco e outras peças em um ato*, Ateliê, 2001), o conto "Vii", de Nikolai Gógol (em *Caninos: antologia do vampiro literário*, Berlendis & Vertecchia, 2010), e, pela Editora 34, as novelas *Minha vida* e *Três anos*, de A. P. Tchekhov (2011 e 2013, respectivamente), a coletânea de contos de Nikolai Leskov, *A fraude e outras histórias* (2012), e o primeiro volume dos *Contos de Kolimá*, de Varlam Chalámov (2015).

Elena Vasilevich nasceu na Rússia, em Leningrado (atual São Petersburgo), e vive no Brasil desde 2007. Formada em Letras pela Universidade Estatal de Leningrado — em que também defendeu dissertação de mestrado acerca da obra de A. P. Tchekhov —, trabalhou como arquivista e guia na casa-museu desse escritor em Ialta, na Crimeia. Escreveu diversos artigos acerca de temas russos e colaborou com Denise Sales na tradução de *Minha vida* e *Três anos*, novelas de Tchekhov publicadas pela Editora 34. Em 2018 defendeu seu doutorado, um estudo sobre *Uma novela enfadonha*, de Tchekhov, no Programa de Pós-Graduação em Literatura e Cultura Russa da Faculdade de Filosofia, Letras e Ciências Humanas da Universidade de São Paulo.

ESTE LIVRO FOI COMPOSTO EM SABON
PELA BRACHER & MALTA, COM CTP
E IMPRESSÃO DA EDIÇÕES LOYOLA EM
PAPEL PÓLEN SOFT 80 G/M² DA CIA.
SUZANO DE PAPEL E CELULOSE PARA
A EDITORA 34, EM JULHO DE 2021.